赤泥棒

献鹿狸太朗

講談社

目次

赤泥棒
003

青辛く笑えよ
069

奇食のダボハゼ
201

装　幀
杉田優美（G×complex）

赤泥棒

姿見から一歩分離れたところで、悪くない顔だと頷《うなず》く。特別彫りが深いとか、神秘的なほど睫毛《まつげ》が長いとかいうことはないが、どのパーツも悪目立ちせず小綺麗《こぎれい》に収まっている、そんな顔。とは言え、十七年付き合ってきた贔屓目《ひいきめ》で見ているところはあるだろうし欠点が全くないわけでもない。特にこの下唇《したくちびる》にあるホクロが座標をやらかしているのだ。海苔《のり》ついてるよ、と幾度となく指摘されてきたそこに爪《つめ》の先《さき》ほどのチップを滑《すべ》らせる。欠点に薄く上塗りされた珊瑚色《さんごいろ》を上下に擦り合わせ二、三回口を開く度、ぱっぱっ、と気持ちのいい音がした。

かわいいんじゃない？

すっかり化粧をし終えた彼、百枝菊人《ももえだきくと》は姉のスカートに脚を通しながら呟《つぶや》いた。断っておくが、彼の女装は女の姿をその身に臨模すること自体が目的ではない。言わば別の目的のための手段であり、過程だ。菊人はこの格好で獲物を探しに行く。これはスキューバダイビングをするときウェットスーツが必要なのと似ていて、つまり化粧も姉の制服も女でなければ入ることの許されない場所に踏み入るための酸素ボンベ的役割を担うのだ。

すなわち、菊人の場合女子トイレが猟場であった。特に拘《こだわ》りはないがこの日は四ツ谷駅《よやえき》で獲物を探すことに決めた。彼は単に、ここのトイレには上智《じょうち》の女が大勢立ち寄っているはずだと踏んだのだ。

もちろん男が女性用のトイレに入るのは犯罪であるが、それはあくまで日本の法律の話である。そして倫理とか、道徳とか、一般常識とかいう詐欺《さぎ》まがいの与太目線の話だ。菊人はそういった観念的な教条主義には決して屈しない。堂々と女子トイレに歩み入り、そこにどんな女がいようと意に介さず個室を目指す（万が一男がいれば動揺するかもしれない）。必要であれば余裕を持って並ぶのだ。男子トイレと違って並ばされることは少なくないが、いちいち並んでいる人間が女かどうか確認する者はいない。これは女子トイレには当然女しかいないという思い込みと、菊人の女装の完成度がもたらすものであった。小柄《こがら》なうえ、線の細い体はブレザーの硬さに隠され、雄である証憑《しょうひょう》をうまく匿《かくま》っているのだ。スカートから覗《のぞ》くのは伊達《だて》に部活中ベンチを温めていない、筋肉のキの字もない脚である。

足早に個室の鍵《かぎ》を閉め、漸《ようや》く宝箱と対面する。ドアを背にして左下、彼の獲物はプラスチック製の三角柱の中身だ。最近はステンレス製の物も多いが、ここのは見慣れた白さだ。足で蓋《ふた》を開閉する形のサニタリーボックスからは、既に目視できるほどのお宝が溢《あふ》れていた。入りきらない分は蓋に載せてあったり傍《そば》に置いてあったりするまさに贅沢《ぜいたく》な当たりの宝箱だ。菊人はチークで人工的に色付けられた頬《ほお》を、今度は本能的に紅潮させていた。

とにかくこの猟は時間帯が肝心なのだ。清掃が入るギリギリのタイミングを狙《ねら》って駆け込む。宝箱の中身が清掃員に回収される前、最も生理用ナプキンの数が多い時間。個室が多ければいちばん奥が好ましい。駅のトイレでナプキンを替える女は時間にある程度の余裕があるということで、奥が空いているのならそこを選ぶため使用率も高く結果的に数も増える。上のほうにある物ほど新鮮だ。菊人はごく慣れた様子で蓋の上におざなりな態度で張り付く宝に手を伸ばした。重要な巻物のようにそれを拡《ひろ》げ、血液量を見定める。熱帯夜に置き去りの屍体《したい》みたいな生臭さだ。菊人は噎《む》せ返《かえ》るほど強烈な死にたての遺伝子を肺に吸い込み、深く深呼吸した。真っ白な筋を吸い上げるコカインとは対照的に真っ赤な筋だ。本当のところ赤ではない、どす黒い筋ではあるが元々はきっと真っ赤だったはずである。その証拠にこれらは水に晒《さら》すときわめて無垢《むく》な混じりっけのない赤色を取り戻す。よく観察してみるとひとによって猩々《しょうじょう》緋《ひ》であったり真紅であったり個性がみられるが、色相環で並べたときには同じ赤を指す、決定的な血の色なのだ。

これが彼を、どうも猟奇的に駆り立てるらしい。女に毎月メンスが訪れ自らの出血と嫌でも向き合わなければならないのに対して、男はこんなにも大量の血を目にする機会は滅《めっ》多《た》にない。ずるい、女だけ血に慣れるなんてあんまりではないか、菊人は月の障《さわ》りというものを理解したときそう思った。女どもはずっとこれを掩蔽《えんぺい》し、隔離し、男から遠ざけてきたのだ。

なぜ女子トイレの標識は赤で、男子トイレは青なのか。理科室の人体模型に習うと新鮮な血液を運んでいる動脈が赤色で、働きを終え汚れた血液を運ぶ静脈は青色で描写される。あんまりだ、綺麗《きれい》な血は女の専売特許だと言いたいのか。生まれながらにして汚れた青色を押し付けやがって、トイレに立ち寄る度そう憤りを感じている。こんなふうに菊人は些細《ささい》なこじつけからマインドマップの要領で怒りや結論を手繰《たぐ》り寄《よ》せる部分があり、自己正当化の手段を数多く持つ、どこに出しても恥ずかしくない純然たる犯罪者であった。

ナプキンに貼《は》り付《つ》いた凶悪な黒さの血液を凝然として見つめる。陰唇と長い間口付けを交《か》わしていたであろうコットンに磔《はりつけ》のキスマークは、女どもが独《ひと》り占《じ》めしてきた神秘的な魚拓、いや女拓だ。ちょうど絵の具を水で溶かずに使ったような乱暴な濃度。隠されるから見たくなる、単純明快な女の蔵匿こそが菊人の昂《たかぶ》りの根源にあった。保健の授業で男と女を分けて月経を学ばせたのが全《すべ》ての元凶、彼は何を必死に遠ざけたがるのか知りたくて仕方がなくなってしまう質なのだ。ブラインドの好奇心に踊らされ、血塗《ちまみ》れの花園までやってきてしまったのだ。後戻りはできない、天邪鬼を抱いて召されるのが己の運命であると、今も真剣に思い込んでいる。もちろん、女に生まれていたのならこんな背徳感や禁欲感は味わえなかったことは重々承知なため、間違っても今の性別以外に生まれておけばよかったなんて考えに及ぶことはない。

表面がまだ乾ききっておらず、レバー状の血塊がてらてらと水分を見せているのを確認し、また丸め直すとスクールバッグの中のジップロックに詰め込んだ。ほかにも上にあるものから数個同じ要領でしまっていく。あまり長居できる場所でもない。形式的にいくらかトイレットペーパーをカラカラ言わせ水を流し、何事もなかったかのような顔をして立ち去る、常習犯のルーティンだ。本日も大漁であった。たいへん満足した様子で現場を後にしようとした菊人の手を、何者かが摑《つか》んだ。

「一組の百枝か？」

＊

いっそのことこの手を摑んだのが駅員や警察、上智生であれば言い逃れの術《すべ》はあった。そのための女装だ。菊人は女装がばれることがあれば女装を根拠とし心の性別を偽る気でいたからだ。それでこんなに強気に出ていられた。体が男である証拠はいくらでも出せるが、心が女である証拠は誰にも出せない。このことは非常に都合が良く、加害者である自分が一転して被害者の立場に立てる可能性を秘めていた。今の世の中はあきれるほど少数派に甘い。少数派が少数派だけで存在していれば多数派はそれを無視するなり封殺するなり銃殺するなり幾らでも手段があるが、多数派の中から少数派に加担する最も悪質な人間が増えている。それは決して本質的には少数派ではないのだ。少数派の肩を持つ理由はだいたい金銭的なモノか、そうでなければ自慰である。これが多数派を苦しめ、もっと言えば利口な少数派すら苦しめる。その結果自分のような犯罪者がこの隙《すき》に付け込むわけだ。

だが手を摑んだのが知り合いであればどうだろうか。どちらに転んでもまずい。最悪経血泥棒をしていることがばれなくても、女装癖があるという誤解を生んでしまう。一瞬にして血の気が引いたが意を決して振り返った。

「やっぱり、百枝だ……うまいな、化粧」

予想外なことを口走った彼女は、菊人の高校の制服を着ている。随分背が高い女だ。何度か学校で見かけたときも「でっか」と愚直な感想を零《こぼ》した記憶がある。目の前の八頭身は摑んだ手を離さないまま前髪のない前下がりのショートヘアを凜々《りり》しく揺らして菊人の目を捉《とら》えた。どういうつもりかは知らないが、面と向かって睨《にら》まれたますます嘘《うそ》をつける人間はまずいない。菊人はアイシャドウで囲まれた瞳《ひとみ》をふらつかせながら最終的には気まずく笑顔を作るほかなかった。

「あのう、明石《あかし》さん?」

「そう、明石睦美《むつみ》。なんだ知ってるのか。お前ひとに興味なさそうなのに……ここでなくていい、ちょっと話したい、お前と」

「話?　なんの?　このまま……この格好で?」

「そうだ。ああいや、大丈夫、似合ってる」

明石は申し訳なさそうに咳払《せきばら》いだけして有無を言わさず改札を出た。何を考えているんだろうか、学校での接点はないに等しいから明石がどんな人間なのか見当もつかないし、彼女からしてもそれは同じことだろうと菊人は首をひねった。女装をネタに強請《ゆす》られるというちばん簡単な展開も想像できるが、だとしたらさっきの口振りが引っ掛かる。そもそも菊人の女装は文化祭の出し物のようなクオリティではなく、熟れた本格的なものだ。すれ違う程度でどこの誰かばれるような仕事ではないはずである。それを見抜いて、やっぱりと言った。既に自分の知らないところで百枝菊人は女装癖があるという噂《うわさ》でも広まっていないと出ない台詞《せりふ》だ。そうなればさらにまずい。社会的にどう切り抜けるか彼是《あれこれ》思案しているうちに気がつけばファミレスに連れ込まれていた。

引《ひ》っ掻《か》き切りたい能天気な顔が並ぶなか、二人のテーブルだけはイリジウムのように重い雰囲気を漂泊させていた。

「百枝、お前なんでその……そういう格好してるんだ？」

ナプキンを盗むためですと言ってやったらどんな顔をするのか一抹の悪質な好奇心に駆られそうになったが、十七年被《かぶ》り続けてきた愛用の猫を用心深く被り直してから口を開いた。

「ヘン？」

「ま、まさか。ヘンじゃない、大丈夫」

菊人はここでほとんど確信した。どうやらまだ事態は最悪に陥《おちい》ったわけではないらしい。この女が今自分に向けている目は軽蔑《けいべつ》や疑念、あるいは嘲謔《ちょうぎゃく》といった類《たぐ》いのものには感じられない。どちらかというとお粗末《そまつ》な憐情《れんじょう》なのではないかというひとつの仮説を立て、それを煽《あお》ってやろうと決めた。

「明石さん、もしよかったら学校の人とかには言わないで欲しいんだけど……」

「待て、待て、もちろん言わない、大丈夫だってば。お前、今日初めてしたとかいうわけじゃないんだろ？　もっと前からやってるんだろ？」

「うそ、もっと前から見てたの？　どこのトイ……どこで？」

「いや、実際に見たのは今日が初めてだけど前から……目星をつけてたって言うか。その、目の周り色素沈着とかしてるし」

「色素沈着」

「その……初めはアトピーとか、そういうのかと思ったんだけど、やっぱ違うんじゃないかって気になりだすと……あっごめん、気を悪くしたか？」

「色素沈着って何？」

前のめりになって訊《き》いた。精神的にこの場を支配したいという欲から現れる仕草《しぐさ》だった。声のトーンは落ち着いていて、蓋をするような具合で発声された。明石睦美は自分の女装について話すことを後ろめたく思っている節がある。つまり今自分は責められているわけでも強請られているわけでもないのだ。菊人はすっかり冷静さを取り戻し、カップの縁に付いた薄ピンクと目の前の女子を交互に見た。今まで意識して見たことはなかったが、しっかりした鷲鼻《わしばな》を挟む眉《まゆ》は眉尻《まゆじり》にかけて角度をつけ、諄《くど》い美人といった印象の女だ。

「目、の、とこに、化粧の跡が残るっていうか、色がこう……ついてる、アイシャドウだけならまあ肌弱いのかなとか思ったかもしれないけど、黒っぽいのは変だ。あっいや、変じゃないけど」

「まじ？」

裏返しに置いてあった端末を起こし鏡代わりに目元を見た。瞼《まぶた》やその周辺、目の下が薄ぼんやりとくすんでいるのは隈《くま》とかそういう話ではなかったらしい。こんな些細なことから化粧をしてるとばれてしまうのか。

「え、僕のことってウワサになってたりする？」

「まさか。誰も気づいてない……と思う。百枝は普段はうまく隠してるなと思うよ」

明石の言う通り、学校には菊人の特異な密《ひそ》か事について知っている者はおろか勘づいている者もいない。どこかボンヤリ流されるのが得意で、趣味も害もない奴《やつ》という立ち位置にしれっと収まっている。確かに目元には普段から化粧をしている徴《ちょう》憑《ひょう》が灰みを帯びて居座っているが、それで全てを決めつけられるようなものでもない。これをなぜ明石睦美は見抜いたのか。菊人の頭にはひとつの疑惑が湧《わ》いた。

「明石さんも？　なの？」

黒々とした睫毛で縁取られた瞳はキュッと瞳孔《どうこう》を締め上げて強《こわ》ばった。テーブルの下では汗が握《にぎ》り潰《つぶ》された。明石睦美は隣の席まで聴こえそうな勢いで唾《つば》を飲み込むと、腹を括《くく》る。

「そうだ。男子トイレに入ったことはないけどな。制服以外で女の格好はしない」

なるほど。明石睦美はどうやら都合のいい勘違いをしているようだ。つまり彼女の言った「そうだ」とは自分も男装癖、それに準ずる何らかの気《け》があるというカミングアウトにあたる。それで菊人を仲間だと思って目をつけていたらしい。言いふらされる心配がないのならこっちのものだと、菊人は深く座り直した。ならばより人心を掌握するため詳細な部分も話を合わせる必要がある。

「女の子が好き？」

「まあ、まあそうだよ。そう。女の子が好きだ。百枝は男が好きなのか、女の格好することだけが好きなのかどっちなんだ」

「ああ、ええと、んん……そうだね、男……が好きかも」

これで合ってるかい、そういう気持ちで彼女の顔色を窺《うかが》うと、嬉《うれ》しそうに口角を上げていた。当たり、胸の裡《うち》で得意げに呟いて同じようにして微笑《ほほえ》んだ。菊人はこんなふうなミラーリングをまだ喃語《なんご》しか喋《しゃべ》らない歳《とし》からやっている。言われてみればいかにもな女だ。本物には初めて会うがレズビアンくさい、開き直った大いなる偏見の眼《め》を通してみれば、レズビアンと言われて簡単に思い浮かべるのがだいたいこんなショートヘアでタッパのある女だろうと納得した。

「それって、ゲイか？」

「ゲイ……どうだろう、そうなのかな」

「あのな、百枝。俺は言いたいことがあって……」

ふっと真剣そうな面持ちに戻り、今度は自分のことを俺と言った。わお、俺って言ったよ、痛いオタクの女の子みたい。菊人は自分の悪事が公表されない安心感から内心おどけていた。半分は飽きかけていた。

「俺は、レズビアンじゃない」

嘘つけ、ついさっき女が好きだと言ったのを忘れたのか。女が好きな女のことをレズビアンと呼ぶのだ。もしかして思っているより面倒な奴に捕まったのかもしれないと脳内で悪態《あくたい》をつきつつも、被った猫の髭《ひげ》を弄《もてあそ》ぶ要領でなんとかこの茶番に向き合った。レズビアンじゃないならなんなんだ、バイ・セクシャルですか、そう訊けるものなら訊きたかったたが、きっと正解はそれじゃない。いつだって相手が欲しがる言葉を経験値という辞書から速やかに引いて提示してやるのが平和に生きるコツというものである。菊人は熟知していた。猫は優しくザラザラの舌から発される台詞で目の前のボーイッシュな女を甘やかす。

「だって、女の子じゃないもんね」

「……ああ百枝、わかってくれるか……」

明石は泣きそうな顔で天を仰ぎ、諄《くど》い仕草で再び菊人を見つめた。決して女の目ではない、男が男を見るときの目だ。もっとも男が男を見るメリットなんて毛ほどもないからそんな目は何かスポーツの試合やライブ会場にしか存在しないのだが。しかし今日の場合は感無量を訴える眼差《まなざ》しにほかならない。同志を、理解者を見つけた気になって喜んでいる彼女には残酷だが、菊人は根本から艱苦《かんく》を呑《の》み込《こ》んだわけではない。女の子が好きな女の子のくせしてレズビアンではない、男装までして一人称は俺。煎《せん》じ詰《つ》めれば明石睦美はトランスジェンダー、若《も》しくは性同一性なんたらとかいうやつなのであろうと、推測することは容易《たやす》かったのだ。女の体と心で女を好きな女と、女の体と男の心で女を好きな女の間にはストレートの知り得ない径庭《けいてい》が存在するのだろう。知り得ないとは言い換えればどうでもいいということなのだが、一先《ひとま》ず推測する能力の高さはそのまま優しさに換算して差し支えない。想像してやることは思いやりの基盤だ。菊人本人も、脳内でどんなに人を見下し、嘲《あざけ》り、笑おうともそれを己のなか以外には決して出さない。悪意を共有しない分には、それは悪ではないというのが彼の持論であった。陰口《かげぐち》を言えば悪だが、自分一人で斯《か》く斯く感想を言うのは自由だ。ハイセンスな悪口が思いついたって我慢して何処《どこ》にも出さないのは紳士的ですらある。心なんて誰にも見えないからだ。心が見えると思い込んでいる清々《すがすが》しい馬鹿《ばか》が心の綺麗さまで求めてくる。清々しい馬鹿であろうとひとの心を見る術なんてないので、それらの前では同調していればいいだけの話だ。ＳＮＳで、誰しもが見える場で外性器を曝《さら》したとしよう。これは犯罪だ。見たくもない人に見せることになるからだ。しかしそれが自分以外誰も見ることのできないような閉鎖的なアカウントであれば当然自由だ。外性器どころか内臓だって見せても構わない。映画のように白黒に加工しなくたって平気なのだ。清々しい馬鹿にもこのように優しく説明してやればそのうち理解させることが可能かもしれない。この考えに則《のっと》った最終的な行動が、あの経血盗みであった。

一度捨てられたゴミを拾うのがそんなに悪いことか。菊人には本気で罪悪感がない。ゴミを拾い少し愉《たの》しんだ後また別の場所に捨てるだけだ。拾ったものを転売するわけでもなく、いつまでも懐《ふところ》に置いて私物化するわけでもなく、誰かほかの人物に見せるわけでもなく、ましてやそこからＤＮＡなんかを調べあげたりするわけでもない。女子トイレには入るが、そこで周りの女を視姦《しかん》してもいないし、盗撮や盗聴などといった犯罪行為もしない。どこで誰が傷つくというのだろうか。完全犯罪どころの騒ぎではない、完全無罪だと、彼は赤誠をもって実行しているのだ。

「背が、高いだろ、俺」

「高いね、遠くからでも目立つよ、僕より高い」

「これが証拠なんだよ、間違えてる証拠。本当に男として産まれる予定だったんだ、絶対そうだ。名前もそう。睦美っていうんだけど、ムツミって、男の名前としても通るだろ」

睦美は大真面目《おおまじめ》にそう語った。すっかり参ってしまっている精神はいちるの偶然を手繰り寄せて縋《すが》る。厘毛な要素を運命とこじつけて信じ込む。憐《あわ》れだと菊人は思ったが、はっきり言って彼だって同じものを持っていた。えてして欠けている者はそれを自覚できないものである。

ふいに窓ガラスに映る自分たちを見た。精悍《せいかん》な雰囲気の女子高生と、大人しそうな女子高生。片方の一人称は俺で、もう片方は僕だ。

「お前は仲間だと思ってつい言ってしまったけど、普段は自分のこと俺なんて言わないんだ。イタいやつだと思われるだろ」

「思われるかもしれないけど、それってイタいやつのせいだよ」

「イタいやつのせい？」

「イタい女の子が俺とか僕とか言うでしょ、だから女の子が俺とか僕とか言ったらイタいって思われるわけじゃない？　考えてみてよ、そのイタい女の子はべつにトランスジェンダーでもなくて、たぶん漫画やアニメに憧《あこが》れて言ってるんだろうなって想像がつくよね。イタい子が迷惑かけてるんだよね、本当に俺とか僕とか言うべきヒトに対して。周りから見たら本物も偽物も一括りにされちゃうから」

「いやでも……一人称なんて自由だろ」

「本気？　明石さんさっきレズビアンじゃないとまで言ったよ。レズビアンと一括りにされるのだって嫌なくせに、隠す必要ないよ、イタい偽物は迷惑だってここで言ったって僕は同意するだけだ。悪いことじゃない」

「別に自分を特別なんて思ってない！」

「きみは特別だよ。偽物がたくさんいるっていうのはね、イソップ寓話《ぐうわ》のオオカミ少年の、オオカミ少年がたくさんいる状況と同じなんだ。その中で一度も嘘を言わず、最後の一回真実を知らせるのがきみ。でもたくさんの嘘つきの積み重ねた嘘と誰も見分けてくれない」

　菊人の口調には癖《くせ》があった。それがどんな相手でも穏《おだ》やかに、もの柔らかに、幼《おさな》い子に語りかけるように話す。これはなるべく少ない労力でおおさ理解してもらおうという姿勢からくるものであったが、なんだか犯罪的にも思えた。ピノキオを誘うなら彼のような口調が良《い》いだろう。

「百枝、お前思ったよりも変わってるな」

「そうだね、お姉ちゃんの制服を着るくらいには変わってるかも」

「……悩んでることとかあったら、また共有したいし、して欲しい」

　そっちもね、と笑ったが、実際悩んでいるのは明石睦美ひとりだ。全てがばれなかった僥倖《ぎょうこう》に愁眉《しゅうび》を開いていた菊人の脳裏に、思い出したように鞄《かばん》の中の罪咎《ざいきゅう》が浮かんだ。あの凶暴な血塊と、眼前の憐れな女がリンクする。わあ、彼女にも生理って来るよね神様。可憐《かれん》な男子高校生は倖《しあわ》せを見つけた気になって口許《くちもと》を綻《ほころ》ばせた。

*

スピッツという犬を知っているだろうか。真っ白であんまり頭が良さそうには見えない、何もかけていないカキ氷のような中型犬。小さなサモエドのような犬。ちなみにサモエドとは、大きなスピッツのような犬のことだ。

古家未々《ふるやみみ》は、スピッツ犬によく似ていた。制服のスカートは折るのではなく切って限界まで短くしたし、くびれた柔らかなセミディは寝癖《ねぐせ》風ではなく本当の寝癖だ。おかしくなくても常に口角が上がっていて、ピクサーの登場人物みたいにオーバーに顔色を変える。帰するところ随分嘗《な》めた面をしている。明石睦美はこの女に惚《ほ》れていた。

蓋を外してまで生クリームを増量した彼女は、それを零さないよう慎重に足のつかない椅子《いす》に座った。中にも上にもキャラメルのかかるカップには慣れた字で have a nice day と書かれているが、もう午下だ。

「謎《なぞ》な二人！　百枝くん睦美といつから友達なの？」

「ええと、昨日だね」

　隣でなんのカスタムもない裸のコーヒーを啜《すす》る菊人は、今日は日焼け止めすら乗っていない素膚《すはだ》を曝し、自分の学ランに袖《そで》を通していた。明石が二人を会わせたいと言ったのだ。彼女が言うには、古家未々には自分の性的指向及び心のジェンダーについては完全にクローゼットで、表向きはただの友人関係を演じているらしい。

「ああ、おもしろい奴だから……未々にも会わせたくて。その、前に未々、言っただろ」

「なんか言ったっけ？　どれ？　一生喋ってるから忘れちゃうんだよね」

　古家未々の不自然に明るい角膜と目が合った。人工的なベージュが少々威圧的な印象を煽っている。この瞳は爪先まですっぽりと着込まれた菊人の猫の奥を見抜くだろうか。

「あ！　そうだ！　メイク、してんじゃないかって言ってた子だ」

　百枝菊人の女装を見抜いていたのは、古家未々だったのだ。あの子、近くで見たらそうっぽくない？　何気なく与えられたその情報に、明石はひとりで勝手に仲間を見つけた気になっていたのだろう。悪気なく掛けられた無神経な言葉に、菊人は悟ったような苦笑を寄越した。自分のことは隠しているくせに、百枝菊人というひとりの生徒のことは売ろうとしているのか。明石は結局トランスジェンダーを目の当たりにしたときの彼女の反応を実験的に見ておきたかったのだ。

　なるほどせこい。菊人はここで初めて明石睦美の精神が男であることを理解した。男にも女にも夫々《それぞれ》違ったせこさがあるが、今目の当たりにしたせこさは確実に男のそれである。共感性が低いのか、あるいは自分の価値を高く置いているのか、自分がやられたら困るであろうことを平気で人にやる。一方女のせこさは遅効性であり、後から気づかされるようなものだ。もしくは当人だけは気づかず、俯瞰《ふかん》で見たときに嵌《は》められているような手口である。とにかくこの浅はかな軽視はきわめて男性的に感じたのだ。そして、好きな女に会わせても問題ないと判断したということは、百枝菊人の好きな性別も完全に誤解したまま信じ込んでいるということだ。

「うん、してるよ。あんまり言いふらさないでね」

「えええ！　ええ！　うそー！　えっえっえっ、ないの？　ないの写真？　見たい見たい！　なんで？　なんで女装してるの？」

「末々、そんなふうに言うなよ」

「ああごめんごめん、ごめんね！　言いふらさないよ！　ここだけね！　ここ三人だけ！えっ昨日知り合ったってことは、なに？　昨日女装してるとこに出くわした的なこと？えっえっやばやば、ずるいずるい！　うちも見たい！」

「そうそう、鋭いね。写真はないけど……ゴメンね。まあ、ええと、なんだろう。アレなのかも、ぼく」

おかま？　末々は声には出さず嬉々《きき》とした表情でそう口を動かした。一方睦美は予想以上の反応にどう対処していいのか考えあぐねている様子だ。これが肯定なのか、奇異の目なのか判断しかねているのだろう。さっきよりほんの僅《わず》か、お印程度申し訳なさそうな顔になって菊人と未々を交互に見遣《みや》る。本当に言いふらされないというのならさほど問題はないが、古家未々がこの後どういう行動に出るかは皆目見当もつかない。今の平穏を崩されるわけにもいかないが、それよりももっと、菊人には手の付けられないひび割れた砂漠のような乾きが生まれていた。楽欲《ぎょうよく》に照りつけられ、康寧を失い切った心が血を吹いて乾涸《ひから》びているのだ。

女であることに絶望している女の血、何よりも欲しいぜ神様。菊人は昨日からずっとこのことしか頭になかった。明石睦美の経血はそこら辺の女の経血とは訳が違う。毎月メンスと対峙《たいじ》する度、己の体が男ではないことのプルーフを自分自身に突きつけられている。子宮内膜が動かぬ証拠、物的証拠、サスペンスには付き物の血痕《けっこん》。男も女も体の南半球は呆《あき》れるほど雄弁なのだ。脳が拒否し、心が拒否したことを他人ではなく自分の体に呆気《あっけ》なく覆されるというのは、千言万語を費やしても表現し得ない屈辱なのであろう。毎月訪れる真っ赤な謀叛《むほん》だ。どんな気持ちであの赤を、赤を経《へ》た錆《さび》色を眺《なが》めるのだろうか。それは彼がこれ以上は望めない冒瀆《ぼうとく》、アチアチの冒瀆、何としてでも手に入れたい冒瀆だ。自分の嘘の趣味嗜好《しこう》くらい譲ったっていい九鼎《きゅうてい》がここにはある。子宮からとった宛字《あてじ》で宮鼎と呼ぼう。菊人は目の前の尊厳を捨て、代わりに情熱を手にしようとしていた。体が大きければ付随的に子宮も大きいのだろうか。どのくらいの量の厭世《えんせい》が膣《ちつ》から吐《は》き出《だ》されるのだろうか。清く透き通った追求心が湯水のように湧いた。それは触ったりしない限り害のない毒だった。

「メイクとか全部ひとりでしてるの？　誰にも内緒で？」

「うん、まぁお姉ちゃんは知ってるけどね。お姉ちゃんのを借りてるし。使い方とかたまに教えてくれるよ」

実際姉には全てを打ち明けたわけではなく、本当にたまたまばれてしまっただけなのだが存外快《こころよ》く受け入れてくれたのだ。もちろんナプキン盗みまであけすけに話したわけではないが、トランスジェンダーを騙《かた》ったりはせず単にそういう趣味があると話した。過去に彼女がいたこともあったため、あんたバイなんだね、と天空海闊《てんくうかいかつ》な対応だった。べつにバイでもないよ、女の子が好きでも女の子の格好がしたくなることってあるんだ、一応そう弁明しておいたが姉にとってその辺はどうでもよかったようだ。犯罪行為に荷担させられているとは微塵《みじん》も思っていない。

「わぁめっちゃいいお姉さんじゃん！　うちも教えてあげられることあったら教えてあげたいって思ったのにいらない感じ？」

「未々……あんまりおもしろがるな」

「おもしろがってないよ！　こういうのってめっちゃ良くない？　うちまじで口堅い

し！」

あ、じゃあこのクレンジングミルク知ってる？　と即座に端末を叩《たた》いて菊人のほうに肩を寄せた。色素沈着取りたいよねえ、と笑いかける未々はすっかり女友達を見る目だ。明石睦美のメンタルが男だと理解するのに一日かかった菊人とは対照的に彼女は、この場で、彼の言葉だけで彼が女子であると信じ疑わないのだ。ミーハーなのか頭が弱いのか、何もかも軽い未々の反応に睦美はいい気がしていないようだ。マイノリティに理解があることが証明されたはずだが、今のやり取りを見ていてどうも釈然としない気持ちが湧いて、つまりはおもしろくないのだろう。それはなぜか。

「未々、未々。百枝は今まで隠してたんだ、急にそう色々訊かれても困るだろ」

つまらなそうに結ばれた睦美の咬筋《こうきん》の痙攣《けいれん》を見て、菊人はまた一歩先を悟った。果たせるかな彼女は外見の壁を越えられてはいない。精神が女だとタカをくくって実験台にしたが、目の前で好きな女と並ばせてみれば外見は男、嫉妬《しっと》対象にほかならなかったのだ。菊人を自分と同じ悩みを抱《かか》える同胞だと確信し、迎え入れ、わかってやったつもりではあったが、結局は自分を理解してくれない第三者と同じ。心が女だから何だ、外見は男じゃないか、そういう矛盾じみたどうしようもない悲憤は女々《めめ》しく睦美を傷つけた。女々しいというのは本来男につかう言葉であり、男のくせに、などと枕詞《まくらことば》がついたりもする。ならばこんなにも女々しい嫉妬心を湧《わ》き上《あ》がらせている睦美の脳ミソは皮肉にも男性的と言わざるを得ない。女々しいの対義語として挙げるとすれば雄々しい、男らしいになるだろうが、雄々しいや男らしいというのはそのまま男につかう言葉だ。もし男らしいという言葉を女にしかつかえないのならば順当に日本一男らしい女は轟《とどろき》悠《ゆう》あたりになるだろう。おかしなことに、女々しいという男用の悪口はあるのにその反対はないのだ。女のようだと言うのは侮辱であるが、男のようだと言うのは賞賛らしい。睦美は粉臭い活動家のようなくだらない思いつきに自嘲《じちょう》気味に笑った。断じて違うのに。はっきり言って睦美がいちばん遠ざけたいのは自分を理解してくれないヘテロではなく、声を荒らげ、存在感を放ち、飽くことなくマイノリティを嘆き訴える層であった。違うのだ、自分はあれとは。まるで違う、傍から見れば同じであろうと、シェルティとコリーは違う犬種だ。ちょうど主語の大きすぎる人間から一括りに「我々学生は」「東京都民は」「日本人は」などと主張されて被害を受ける現象と似ている。睦美は同性婚など求めていない。どんなセクシュアリティを持った人でも好きな職に就けるような社会など求めていない。

睦美が欲しいのはただひとつ、嘘偽りのない男性器にほかならないのだ。精巣が、陰嚢《いんのう》が、当然のものとしてあるはずの男の生殖機能全てが欲しいのだ。何と引き換えにしようとも、訴えたいのは社会にじゃない。こんなちぐはぐな体を創《つく》った何者かにだ。無宗教でも、都合のいいときには神を呪《のろ》う。為《な》す術がないことは頭ではわかっているが、心のほうはいつまでも愚図って言うことを聞こうとしない。惨《みじ》めだった。男を見る度、女を見る度、自分を見る度、惨めだった。このことを丸く現実的に訳すと、自分の嘘を信じてくれる人に出会いたい、という結論に至る。明石睦美が男だなんていうのは常識的に、身体的に考えれば嘘だ。でも嘘ではないのだ。だから惨めだった。

「睦美、どうしたの？」

「あ、いや……何も」

「ぼくらで盛り上がっちゃったから嫉妬しちゃったんだよね、ごめんね」

「あーもー睦美ごめんねー！　違うの違うの、どういうメイクが似合うかなとか考えたら楽しくて！　こーゆーの考えるの好きなの知ってるでしょ？　百枝くん女の子みたいな顔してるしめっちゃいいよ、色々想像膨《ふく》らむし……睦美はどう思う？」

「……女の子みたいな、は失礼だ」

「えっなんで」

「ううんぼくはいいよ、褒め言葉だよね」

猫は彼女の憤りの片鱗《へんりん》を見抜いていた。元々察しがよく、無意識のうちに顔色を窺って正鵠《せいこく》を射るのが得意な薄い舌だ。極論も極論、身も蓋もない馬鹿げた極論、トランスジェンダーの彼女は男性であるという全ての要素に嫉妬している。理不尽だ。菊人だってなりたくて男に生まれたわけじゃない。体と心が不揃《ふぞろ》いに生まれるのとは比べ物にならない生きやすさではあるが、何が起こったって性別は譲ってやれないのだ。分けられるものではないのだから。でも血は分けられる。減るもんじゃない。正確には減るが、毎秒作られている財産であり、現実的だ。だから菊人はこのままご機嫌をとって必ず経血を拝もうと固く誓っていた。

＊

すれ違う人間のうち何人が自分の性に満足しているのだろうか。帰り道、何事もなさそうに生きる他人の顔を見て睦美はより一層みすぼらしい気分になった。今日豆腐に打った鎹《かすがい》は、引き抜けば末々の純粋さに錆《さ》び付《つ》いてしまっているだろう。自分の人生には無駄が多すぎる。その無駄を代表するのが下腹部に居座る子宮だ。

睦美はメディア越しに見る自分以外のLだGだBだTだQだを自分と同じ生き物だと感じたことがなかった。たとえば睦美は、尊厳なんて欲しがっていない。男性の体が欲しいのだ。たとえば睦美は、同性婚なんて欲しがっていない。男性の体が欲しいのだ。たとえば睦美は、男女平等なんて欲しがっていない。男性の体が欲しいのだ。菊人が経血を欲しがっているように、カラカラでスナスナの心に、どっかりふっかり睾丸をふたつばかり、欲しいのだ。わがままを言っているつもりはなかった。サンタクロースには男性の体を強請《ねだ》った。初詣の時には男性の体を願った。流れ星には男性の体を唱えた。信楽焼ですら持っている睾丸を、睦美は持っていなかったのだ。そんな睦美に尊厳なんて与えられてもみすぼらしいだけだ。同性婚なんて与えられても詮無いことだ。男女平等なんて与えられてもウソっこに思える気がした。メディアの中にいるマイノリティたちとやらに、協力してやれる思想は持ち合わせていなかった。メディアの中のマイノリティが現実に存在するとしたら、睦美は異端で、仲間はずれだった。

睦美が一番苦しいのは、自分で自分を嫌いになる瞬間だ。誰かから差別を受ける瞬間でも、虐げられる瞬間でも、好奇の目に晒される瞬間でもない。鏡の前に立って、毒々しい凹凸を目の当たりにする瞬間こそ彼女を苦しめていた。当然、自分で自分を嫌う苦しみを、他の誰かに訴えることは不可能なのだ。だからこそ常人には想像もできない痛みがそこにはあった。心臓がキューと温度を失くし、死ぬまで治らないのだろうか、と簡単に死が脳裏を掠めるのだ。それが毎日続くものだから脳裏なんてクレーターだらけになっているはずだ。

睦美のようなマイノリティの中のマイノリティの叫びを没収するのはいつも、神様ではなかった。神様は心と繫がった体を与えなかっただけに過ぎない。では誰が彼女の声を取り上げるのか。神じゃないからと言って悪魔のはずもないし、両親や教師といった教育者でもないだろう。ヘテロの友人でもなければLでもGでもBでもQでもない。サンタクロースでも流れ星でもなければ謎の美女でもないし、家の無いおじいさんでもなければ漫画家でもやくざ屋さんでも警察でもない。無論、菊人のような極悪人でもなくて、当然同じ苦しみを抱えるトランスジェンダーでもないとしたら、残る容疑者は一生懸命言葉狩りのお仕事をしている者のみに絞られるのだ。言葉は人を傷つける凶器になるのだから、なるほどとっても大事なお仕事だ。だからそのお仕事をする人は間違っても言葉で人を傷つけることが許されない。例えば世論とは違う思想を没収する際に、「お前は無知蒙昧で赤っ恥の差別主義者だ」などと言ってはいけないのだ。それを知らない人がいるため、睦美はいつまでも口を開けないでいた。

思想を取り上げられた睦美は、生まれてから今日まで文字通りの泣き寝入りしかしていなかった。ただでさえ陰茎を取り上げられた気でいる彼女から、奪いたがり屋さんたちは苦しむ言葉さえも奪うのだ。当然、睦美にはそんな人たちの言動がマイノリティを守っても、マイノリティの中のマイノリティを守る気はないように映った。マイノリティの中のマイノリティの思想によって、マイノリティが傷つく可能性を危惧してのことだろう。そう解釈した。解釈の通りならあまりに辛《つら》い世界だったが、道徳が功利主義からのみ齎《もたら》されるなら最大多数の最大幸福のために、隔絶された睦美が頷くほかない現象だと思ったのだ。

可哀想な明石睦美ができるのは、奪うならおそそまで奪って欲しいと最後の憎まれ口を叩いてみることのみだった。その様は皮肉にも男性的で、ポストモダンな感じもしたし、ポストノーマライゼーションの敗北にも見えたし、ポテトチップスって感じもした。ここまで来れば彼女がやることなすこと全て、シリアスシュールな自傷である。社会に怒る余裕のある者たちは、自分よりよっぽど冷静で、正常で、平気なのだ。とてもじゃないが社会のせいになんてできない。自分の苦衷は全て神のせいなのだ。そこが世の中と睦美の決定的な違いであった。

認めてくれと怒れるのは幸福なことだ。睦美は今の自分を認められるなんて耐えられない。自分ですら自分を認めていないのだから当たり前だ。睦美は認めないで欲しい。治して欲しい、正常な体に治して欲しいのだ。ありもしない奇跡を求めて一人で祈ったり呪ったり忙《せわ》しない。馬鹿らしい。社会に訴えるものたちよりよっぽど滑稽《こっけい》で孤独だった。自覚のある病《やまい》と無自覚な病はどちらのほうが生きやすいのか、答えの明白な問いが日毎《ひごと》その影を育てている。

改札で未々と別れ、本来ならば菊人と睦美も違う線に乗るはずだった。しかし彼女は後を追って同じ車両に駆け込むことを選んだ。

「あれ、明石さんどうしたの。こっちじゃないよね」

「……今日は、色々と悪かったと思って。でも安心してくれ。未々はこのことを言いふらすような子じゃないんだ、それを俺もわかってるからその……話してもいいかなって思ったというか、ほんとに、今お前がだな、言いふらされたらどうしようとか心配してないかなって思って……ああ、悪かったよな、ごめん」

「そうなんだ、言いふらさない子なんだね。いい子だね」

半《なか》ば強制的に精神のジェンダーをカミングアウトさせる形になり、罪悪感に苛《さいな》まれ自己弁護をしにわざわざ来たようにも見えるが、根本にあるのはそれじゃなさそうだ。車窓に映る八頭身がつり革の間で煮え切らない顔を浮かべて何か言いたげにしている。

「いい子だけど、口は堅いけど、こう……だめだよな、あんなふうに言うのはさ。無神経なとこがある、俺から言っておく」

「無神経かな。ぼくは古家さんのあの感じ、すごい助かるなあって思ったよ」

「……いや、だめだろ、だめだろ……」

「ぼくで実験してわかったんじゃない？　明石さんもそうだって言っても、彼女たぶん喜んで、なんで早く言ってくんなかったのーって、言うと思うよ」

実験して、は嫌味だったが後半は本心だ。あの調子だと末々はおそらく同じようにオーバーに受け入れてくれるんじゃないかと、今日の様子を見れば誰でも予想できる。それはもう大袈裟《おおげさ》に、華々しくマイノリティを迎え入れる軽く適当な甘い言葉のパレードが繰り広げられるはずだ。けれどその甘さはきっと、睦美の求めている甘さとは似ても似つかない悲しい不正解だ。それがわかってしまったから辛かった。

「……あれが嫌じゃなかったのなら、お前は俺とは違う」

そりゃそうだった。そもそも菊人はトランスジェンダーでも何でもない、心と体の性別が一致している一端《いっぱし》の犯罪者に過ぎないのだ。明石睦美との共通点なんて人に言えない隠し事があるという誰しも持っている部分だけだ。俺とは違うという台詞にはどこか怒りのようなものも感じられた。なんであれで怒らなかったんだ、本当に女だと信じてもらえていたと思うのか、理解してもらえていたと思うのか、そういう憤り。

それと、嫉妬。

「末々と連絡先交換したか」

「え？　ううん、してないよ」

どこまで行ってもだめだめな女だ、可哀想《かわいそう》に。自分から会わせておいて、やっぱり耐えられなかった。理由は菊人の外見が男だから。本当に単純に、このことに尽きるのだ。普段あれほど外見で全てを判断されることを苦痛に思っているのに、自分はそれを他人に平気でしてしまう。越えられない、一生越えられないのかもしれない。結局人々の前に最後に立ちはだかるのはいつだって視覚的問題なのだ。人類の最終関門はルッキズムにほかならない。中身がどうなっているのかわからないとき、下手な勘ぐりがなければ外見で選ぶのが世の常だ。同じ能力を持つ個体からひとつを選ばなければならないとき、最終的には外見で決めるのが浮き世のセオリーだ。女に見えないから男。男に見えるから嫉妬してしまう。複雑な精神の持ち主であるはずの睦美が、こんなにも単純な視覚情報に弄ばれて勝手に傷ついている。残酷、馬鹿みたいに残酷な話だ。残酷は、もっと残酷な八つ当たりになる。

「……まあ、未々は、お前を男として見てないだろうからな」

「うん？　うん、そうだね。女の子扱いしてくれてるのかな」

「元から男っぽくもなかったからすぐ納得したんじゃないか。化粧に気づいたのも未々だし。だから……なんだ、そこも心配いらないっていうか、もちろん俺はお前を女だと考えてるんだから元々……心配もしてないけど」

ああ、だめだよ明石さん。自分からぼくを男だと強く認めて、古家未々を奪いかねない対象であると恐怖していることを全部言ってしまっているようなものだよ。菊人はつとめて優しくそう解釈したが、これは理不尽な嫉妬心だ。表向き俯瞰で見たとき菊人は被害者で、本当に心が女であった場合、今の言葉から男として嫉妬されていることを悟ってしまっていたとしたら、相当なショックを受けただろう。嫉妬されることは前向きに受け取り、誇っていけたら幸福なのだが、いつもそういうわけにはいかない。嫉妬とは疑う余地なく悪意なのだから不快で当然だ。向けられた嫉妬心をどうにかしてやる方法は二つ。ひとつは徹底的に本物の情熱を使い愛情を込め叩きのめしてやること。このときの愛情というのは自己か、あるいは嫉妬されている才能や境遇そのものに対しての感覚だ。そしてもうひとつは、物理的に息の根を止めてやることである。この二つ目の方法というのはとても便利で応用がきくため、全ての事柄《ことがら》の隠し球として取り扱われる。命があるものを煩わしく思っている人間は一度これを検討するのも悪くないだろう（ただしこの最終手段は相手から見たとき自分にも選択されるかもしれないことを忘れないほうが良い）。

つまり菊人は、売られた喧嘩《けんか》を、売るつもりもなかったであろう、間違って出されてしまった品を、気まぐれに買いたくなったのだ。

「ぼくに当たんないでよ」

「当たってない、何言ってるんだ」

「ぼくたちがこうなのは誰のせいでもないよ」

「……誰かのせいにならなきゃ、自分のせいだと認めることになる。これはな菊人、アホみたいな話だが……神のせいというか、天のせい……産んだ親のせいってことになるのかもしれないけど」

「あは、神様か」

乾いた笑いを漏らしたところで、ちょうど電車が止まった。生温《なまぬる》く汚れた車内の空気と乾燥した冷たい夜風が行き交って、吸い込まれるようにホームに降りた。乗り換えがあるわけでもないのにすぐそこのベンチに腰を下ろし、続きを話そうよと猫の目で嚮導《きょうどう》する。睦美は苛立《いらだ》った様子でそれについていった。

「神様の話ならぼく得意なんだ、聞いてくれる？　たぶんぼくらくらいどうしようもないと、最後は神様くらいしか縋るものがなくなるでしょ。だからわかるよ、すごくわかる、神様っていないのかなって悲しくなったりムカついたりするときと、神様お願いします助けてください、いてくださいって都合良くお祈りするときとあるんだよね、ない？」

睦美は黙ったままポケットの中で爪を立てた。自分の拳《こぶし》につき刺さる硬さが、何かを堪えるときの支えに使われる。

「ぼくはカトリックでもプロテスタントでも、仏教とかイスラム、ヒンドゥー、ユダヤとかでもないごく平均的な日本人だと思うんだけど、やなことあると聖書を読んだりするんだ。いつでも導いてくれるわけじゃないけど、こう……なんとなく神様の心中を探れるっていうか。ヨブ記、知ってるかな、有名だから知ってるか」

「……知らない」

「ヨブ記のあらすじを軽く説明するとね、とっても恵まれた生活を送っている信心深い主人公のヨブって人がいて、それを見たサタンが神様にこう言うんだ、ヨブは恵まれてるから敬虔《けいけん》なんだ、富ありきの信仰だって。神様は、そんなことない！　ヨブは恵まれてなくても信心深い！　って言い張って、証明しようとしちゃうんだ。ヨブの家族とか、財産とか、全部理不尽に奪っちゃうの、ひどいよね。確かヨブ自身も病気になるんだ、かなり辛い感じの症状で、とうとう生まれてこなきゃよかったって言っちゃうくらい参っちゃうの、そりゃそうだよね」

「終わりか？」

「ううん、ええとね、まだ少しあって、このあたりからよくわかんないんだけど、ヨブは何も悪いことしてないのにって怒ってて、周りの友達は悪いことしたからこんな罰を受けてるに決まってるでしょってな感じに言ってくるわけ。ラストがお笑いなんだけど、最終的に神様に会えたとき、神様から神は凄《すご》いんだぞって話をされて言い返せないの。結局見返り求めての信仰だったじゃない、それは罪だよ、てな具合だったかなあ」

「はあ？　理不尽だ、胸くそじゃないか」

「うんうん、カンタンにぼくの口から説明しちゃうとほんと明石さんの言う通りなんだけど、一応この後成長できて良かったねえって富や財産、家族とか友人全部戻ってくるんだよ、でもそこの部分が嘘くさいよね」

ホクロのある唇が、無罪を装ってかわいく笑った。嘘くさいんだよね、もう一度小さく繰り返し、遊戯的《ゆうぎてき》に綻んだ。

「このお話、ヨブに共感しちゃって辛いんだけど、そんなことない？」

「……俺もそうだ」

「ぼくらは初めから与えられていたわけじゃないけど、理不尽な目にあって苦しんでいるのは同じだもんね、それを乗り越えろだなんてさ、元々信仰心が厚いわけでもないぼくらには余計に難しいよね」

睦美は何も言わず、ローファーの先を見つめて固まっていた。ヨブは報《むく》われたが、自分は神と会うこともできなければ合わせる顔もない。

「どうしようか、ヨブ以下のぼくらは」

菊人がこの話を気に入っているのは、ヨブに感情移入できるからではない。この話で菊人が感情移入した登場人物はただひとり、サタンであった。サタンの出番は少ないが、そら見たことか、ぼくの言った通りだ、ぼくの言ったことが正しかったたって話じゃないの！やい神さんよ、謝んなさいよ！と思ったはずだと、馬鹿馬鹿しい発想で理不尽に恨み合う哀《あわ》れな者たちを嘲って楽しめたに違いないと受け取った。途中で終わっていいとすら思った。全てを失って、理不尽じゃねーかと信仰心まで失ったところで終われば神様もヘタこいたぜ、ヨブのこと信じてたのに参ったなとトホホオチでおもしろかった。そして、そのほうがリアルだと思った。現実の世界では圧倒的にそこで終わってしまうことのほうが多いのだ。

「………この理不尽に真摯《しんし》に向き合い続ければ、いつか報われると思うか」

「もう、報われ始めてると思うけどな。ぼくは明石さんに会えたし、色々聞いてもらえたし、本当に古家さんの反応だって嬉しかったよ」

「百枝、俺は情けないんだ、お前のことを女だって、頭ではわかったつもりになってたけど……今日はほら、学ラン着てるし、それを見て……目の当たりにして、万が一末々を取られたらって思ってしまったんだ。お前が女を好きになるはずなくても、未々はわからない……」

まるで懺悔《ざんげ》のように、頭を垂れてボソボソと白状する睦美は、男とも女とも言えない可哀想な美人だった。傍でそれを聞いてやる神父様は、カソックの下にサタンを飼っている。

「ううん、こっちこそ、ごめんね。見た目は男なのに、きみの好きな女の子と親しくして、おもしろいはずないよ。でも本当に安心して欲しい、ぼくはきみとおなじなんだって。あのね、ぼく協力するよ、背中を押す。きみはあの娘を手に入れるべきなんだ、すごくお似合いだよ、二人が幸せにしてるところ、見たくなったよ」

「ありがとう、百枝、お前は男とか女とか言う前に、すごく大人だ……俺も大人になる」

「……そんなことないよ、ぼくだって嫉妬しちゃうんだ、いつもいつも、理不尽に女の子に嫉妬しちゃう、女の子の体ってやつに」

僅《わず》かばかり声のトーンが落ち、自信なさげな瞳を睫毛が匿った。そして、睦美が何か言う前に、ホクロのついた唇はもうひと働きする。

「ぼくには、どんなに待っても生理とか、来ないもの」

＊

「あっ、ウソ、ぼく今なんて言った？」

悴《かじか》せた夜の一部分が沈黙に引《ひ》き攣《つ》れ燻《くすぶ》った。世紀の名芝居が始まろうとしている。菊人はなにも直接使用済みナプキンを騙《だま》し取《と》ろうなんて浅はかなことは考えていないが、多少乱暴でもその方向性の話題を出し、意識させていこうと謀っていた。

「ごめん！　無神経すぎた、不謹慎すぎたね、本当にごめん……明石さんに言うことじゃなかった、何もわかってないのに……」

「いや……そうか………百枝……そうなのか、そうだよな。そうなるのか……そういう、そういう発想……皮肉だな、簡単に代われたら解決するのにな」

明石睦美だって、男にあるものを欲していて、そしてそれらは女の心を持つ（という設定の）菊人にとっては手放したいものなのだろうと想像することは容易く、まるでお互いの痛みをわかりあったかのような錯覚に陥っていたのだ。女性の月経に興味があるんです、そういう刷り込みの第一歩だった。それに菊人は現時点で軽い興奮を覚えていた。生理と聞いたときの睦美の、表情筋や呼吸や目線、その些細な変化を厭《いや》らしい神経が感じ取ったのだ。早く欲しいよ神様、次の一言は何にしようかと生唾《なまつば》を飲んだ。

「こういう話はこんなところでするものじゃないよね、それにたぶん、ぼくは明石さんじゃなくて古家さんに話したほうがいい」

「未々にか……いやでも……俺でもいいんだ。気にしない、なんでも話し合える仲になろう」

「でも……」

「あいつは今来てない」

遮《さえぎ》るように睦美が言った。太い声だった。全身が強制的に粟立《あわだ》って強ばっているのがわかった。来てないというのはつまり、生理が？　菊人が顔色を窺いつつ小声で尋《たず》ねるとごく僅かな首の動きで肯定された。

「背が低くて細いから、生理不順なんだって」

その言葉に菊人は、不自然な、必要以上の安堵《あんど》を見せた。まるで緊張してその場でポーズしていた酸素が再び早送り再生されたようだった。交感神経がロジャー・ラビット顔負けのコミカルさで働いた気がした。そうか、生理不順ってそんな重大じゃなく誰にでもあるのかと、古家未々の細い腰や張り詰めた鎖骨を思い出しながら脳内で復習する。未発達、そう呼んで差し支えない体だ。それはそれで興味がある。生理不順の女の子の生理の価値とはいかほどのものなのか。今まで手に入れてきた血の中にも生理不順の女の子の、ほかより貴重な経血が含まれていたのだろうか。今すぐにでも夢想したくなった。

「どうして知ってるの？」

「……羞恥心《しゅうちしん》がないというか、ざっくばらんというか、そういう話を平気でする奴だ。

みんなの前でな」

「なんだ、変態かと思った」

なんだと、と笑って小突かれた本物の変態は容易に想像できる古家未々と明石睦美の会話のなかにえも言われぬ残酷さを見ていた。好きな女にオープンな性の話をされたい奴がいるか。いたとして少数派だろう。生理来ないんだよねと不貞腐《ふてくさ》れる未々の愚痴《ぐち》を聞く睦美は、生理なくなって欲しいんだよね、あるいは生理なんて来るはずないのに来るんだよねと思っているのだ。誰にも言えないで。誰にも言えない経血の流れゆく先で待つのは、炭団《たどん》みたいに真っ黒な純真を持つ犯罪者であった。

「こんな話してごめんね、もし嫌なら話してくれなくていいんだけど、その、明石さんは、毎月来てるってこと？」

「…………今そうだ」

瞼に礫の鴉《からす》が足元で揺れる硝子玉《ガラスだま》を気遣《きづか》った。その表情には自嘲と、マゾヒスティックな慰めが含まれているように感じた。そこには菊人が気の利いた甘い返事をかえす余地もなく、嫌になるほど冒瀆的な残酷が四肢を放り出して腹を見せている。もうそこにある、そこにあるのだ、憎き血塊と、天の神様からの侮辱と、膣液やらなんやらが一緒くたになった背徳が。目眩《めまい》がした。神様。神様、やるじゃないの、ひょっとすると貴方《あなた》はぼくのことが好きなのか、そんな自惚《うぬぼ》れを冗談に混ぜ込んで不敬にも声に出してしまいそうだった。

そのときだった。天誅《てんちゅう》が、車軸を流すようなサイレンとなって耳を聾《ろう》する。当然雨ではない。その脊椎《せきつい》を粉々に粉砕し擂《す》り潰《つぶ》す恐怖感の正体は、赤ん坊の泣き声であった。雷雲はほんの数メートル先で豪雨のように泣いている。すっぴんに眼鏡《めがね》とマスクを引っ掛けた女が、周囲の視線に押《お》し潰《つぶ》されそうになりながら必死に泣《な》き止《や》ませようとベビーカーを揺すっていた。車内で愚図り出したので駆け下りてきたのだ。赤ん坊を連れているのにど平日の夜に電車を利用しなければならないのはどんな事情があったのかと同情の目を向ける者もいるが、菊人だけはそれどころではなかった。

叫び声にリンクして爪先から血管が凍《こお》りながら這《は》い上《あ》がってくるような圧迫感が襲う。赤ん坊が息継ぎをするリズムに合わせてポンプ式に圧迫されているのだ。気づいたら息を止めていた。背中を丸め、瞼は半田づけにされたように閉じられ開く気配がない。血の気の引いた細い指はもう戻る気がないのかというほど耳の奥までくい込んで雑音を閉め出そうとした。水中にいるような籠《こ》もったノイズが谺《こだま》し、自分の心音がより一層囂《かまびす》しくなる。そのいちばん外側ではやっぱり赤子が喚《わめ》いている。うあうああと頼りなく、かつ傲《ごう》慢《まん》に、滑稽に何かを訴える唯一の手段らしい。

「百枝？　どうした、大丈夫か」

突として顔色をなくし耳を塞《ふさ》いだ彼の異様さに戸惑いながら睦美が肩を叩いた。恐怖心に搔《か》い暮《く》れ支配され歯の根が合わない菊人は、狭い額に脂汗を浮かべ、浅く速い呼吸を繰り返すだけで言葉らしい言葉を返そうとはしない。小刻みに頭を振ってこれ以上閉まらない目をなお閉じる。

(嫌だ)

音を立てずに開閉を繰り返す口は硝子の向こうで無音に啼泣《ていきゅう》する淡水魚のようだった。淡水魚はただ嫌だと、主語から逃げ出して幼稚に拒否だけを訴え続ける。直感的で逃げ場のない嫌悪って誰にでもあるでしょう、性癖みたいに自分じゃどうしようもないアレのことだよ、興奮するのも恐怖するのも抑えることなんてできないんだ、できないよ、だから無罪だよ、だから許して、許して許して、許して、よく見て、結構可愛《かわい》いうえなかなか頭が良いでしょ、この世で価値のあることはこの二つでしょ、ぼくは愚かでもなければ醜《みにく》くもないんだ、罰を受けるには値しないよ、きっとそうだよ、だから贔屓《ひいき》してるんでしょう神様。菊人は埒《らち》もない稚拙なわがままを念仏かのように誇示していた。

「うるさいのが苦手なのか?」

ちがう、ほとんど発狂寸前の体は辛《かろ》うじて首を横に振る。

「赤ん坊がこわい?」

その言葉が、麻酔のように優位半球側頭葉へ注入された。気がつくともうあの親子は姿を消していて、気怠《けだる》い冬のホームはいつも通りバイ菌塗《まみ》れになって不貞腐れているに過ぎない。早鐘を打っていた心臓が、理性を取り戻しその手を緩《ゆる》め出した。未《いま》だ体は半分に折り曲げられていて、膝《ひざ》から数センチのところにあるままの顎《あご》を少しだけ動かすと、すぐ隣に彼女の脚があった。分厚いデニールの涅色《くりいろ》が犯罪的に佇《たたず》んでいて、膝の上で握られた拳の関節がなんだか黒ずんでいる。乾燥して剝《む》けているのかわからないが、女の子っぽくない手だ。ボクシングでもやっているのだろうか。荒々しくカサついた関節を持つ拳の下には屈辱的なプリーツスカートが便宜上居座っていて、その奥に、極悪非道で性根の腐った天からの贈り物がある。

錯覚であった。きっと。ここまで血の匂《にお》いなんて届かないはずなのだ。それでも錆臭さと生臭さが綯《な》い交《ま》ぜになったあれが、酸化して威圧感を纏《まと》ったあれが、菊人の鼻腔《びこう》に届いた。鼻腔ではなくどこか神経に届いているのかもしれない。孰《いず》れにせよ昏睡《こんすい》した彼の頭を覚醒《かくせい》させるには十分な瞞《だま》しではあった。

「ぼく怖いんだ、赤ん坊」

虚ろが溶解度を上回った瞳孔が、ゆったりと時間をかけて絞め上げられた。

「どうしてだろう」

「も、もういないぞ」

「意気地なしだからだ」

黒ずんだ点字ブロックと睨み合いながら言葉を選ぶ菊人は脳内で、自分の吐いた台詞を育児なしと誤変換して、漸く内罰的に笑った。

＊

出来の悪いモデルルームのような部屋で菊人は天井を見ていた。自室には傷も愛着も少ない勉強机とベッド、偽物みたいな黒さを保《たも》つアップライトくらいしかない。自分で弾《ひ》くのは億劫《おっくう》だから、代わりにスピーカーに鍵盤《けんばん》を叩かせた。くらいしかない、と述べたがスピーカーならある。そうして掌《てのひら》を空に向け、徒《いたずら》に天才を真似《まね》るのだ。今は枕元《まくらもと》でヴィキングル・オラフソンがコンテンポラリーで貪婪《どんらん》な和音を奏《かな》でている。先人を敬して遠ざける憂鬱《ゆううつ》でモダンな編曲だ。嫌いじゃない。彼がぼくならいいのにな。そんなどうでもいい嫉妬未満の愚案を振り払い、昨日のことを思い出した。昨日の赤ん坊を、赤ん坊が怖いのかという質問を思い出せば、芋づる式にもっと奥深い何かを思い出してしまう。ヴィキングルが執拗《しつよう》にペダルを踏み親切にもそれを助長した。

ちょうど、中学に入学したばかりのころだ。菊人には生まれてから今まで親友と呼べる友はいない。代わりに、友達がいない時間を過ごしたこともなかった。そつなくクラスのカースト上位グループに入って、中でもとりわけ人望の厚い東《あずま》くんの近くにいるようにしていた。東くんには大学生の兄がいて、招かれる度彼の兄と鉢合わせになる。胸筋の詰め込まれたリブタンクと、かっちり立ち上がった細束のツーブロックがいつでも少し怖くて、同時に中学生たちの憧れでもあった。家が近かったこともあり、疎《まば》らに帰っていく友人のなかで菊人はいつも最後まで残っていたのだが、あるとき、夕方になっても家にいたところを彼の兄が自室に招いた。いくらか緊張しつつ六畳ほどの部屋にお邪魔すると、女がベッドに横たわり、たばこを咥《くわ》えて迎えた。歳は彼と同じくらい、大学生くらいだろうか、決して綺麗とは言えないチェスナットは湿気《しけ》て胸の下あたりまで不規則に巻かれているし、瞳の中のコンタクトは窮屈そうにグレイを演出していて不気味だ。それでも中学生には関係なかった。問題は、そのグレイ女が全裸だという点なのだ。うわあ、嫌だ、変態、そう言って逃げ出すのは小学六年生まで。結末から話すと、その夜菊人と東くんは逃げ出さなかったのだ。

東くんの兄にはスワッピングやそれに準ずるような、恋人を寝盗《ねと》られる行為に性的興奮を見出《みいだ》すという癖があったのだ。俺の彼女とセックスしろ、こいつも嫌がらないから。俺はそれを見ながらこくのが好きなんだ、中坊。東くんの兄は猛々《たけだけ》しい大学生の小銃をもって脅すようにそう言った。

菊人は女の裸体など実物として拝むのは初めてであったし、もちろん行為に及んだこともなかった。カワイイねぇ、童貞の中学生は流石《さすが》に変態くさいよ。そんなふうに語りかけるグレイ女の股間《こかん》に実る罪悪から、両胸に芽吹く過ちから目が離せるはずもなく、羞恥と恐怖は呆気なく涙として姿を現し、文字通り呼び水となって更なる涙を引き寄せた。それでも眼下の宇宙人は中学生男子を片手間に拓《ひら》いて見せる。武装されたピンク色の爪が貼っついた柔い指が菊人の陽物を訳なく捕まえ離さない。降参するまで、離さないのだ。赦《ゆる》されなかった。この六畳間では何も赦されない。唐突だった。唐突に、彼はグレイ女を後ろから抱え込む形をとった。いれちまえ、不良の口調でそう言った。女はやだよとごねてみせたが東くんの兄は黙れと叫んだ。後ろ手をついてベッドに座らされていた菊人に羽交《はが》い締《じ》めのままグレイ女を押し付け、対面座位でやれと再びきつく令する。彼は探せと言った。何を見つけなくてはならないのか、本能に鞭打《むちう》って言われるままグレイ女を抱え込んだ。自分の上で、痛いと顔を振る彼女と確実に重なった一部分を動かした。揺すった。懸命に足掻《あが》いた。ぐつぐつと熱を持って充血する体が健気《けなげ》に終着点を鵜《う》の目鷹《めたか》の目《め》で探した。まって、違う、ヘタクソ、痛い、繰り返す女の息も上がりだし、嬌声《きょうせい》は糖度を増し潤《うるお》いを持つ。剣呑《けんのん》は沸点を越えたところで野性的な逸楽を諾《うべな》い、張り詰めた幼気《いたいけ》な分身は白旗を上げた。

「あっ」

一億を越える白旗が膣内に吐き出されたのだ。気まずい顔のグレイ女と目が合い、起こったことの恐ろしさに一気に血の気を喪《うしな》った。これが本当に恐ろしかったのか、全て吐き出してしまったからなのかは定かではないが、菊人の知識として、避妊をせずに女体に種をつければ身籠《みご》もってしまう可能性があるという絶望的な智見《ちけん》が過《よ》ぎっていた。どうしよう、知らない女の人のなかに出してしまった！　途方もない倦怠感《けんたいかん》と喪失感が目の前を冥《くら》くした。到着と同時に緞帳《どんちょう》が下り、冷たい汗が熱《ほて》った体を這ってすかした。

グレイ女は何も言わず、東くんの兄は満足気に感想を訊いてきただけで、菊人を詰《なじ》ったりすることはなかった。その後東くんもグレイ女と同じように座標を重ねたがうまくいかず中断してしまった。菊人だけが成功し、罪を犯したのだと思い込んだ。確実にこのとき、操以外の何かを喪っていた。

あの女の人が妊娠したらどうしよう。この恐怖は時間をかけず菊人の全てにタールのような影を落とした。二度と東くんの家に招かれることはなかったし、あの日の話を彼と交わすこともなかった。

真夜中、産声《うぶごえ》に魘《うな》されて目が覚める。どこにもいないはずの赤ん坊が誰の父でもない菊人を蝕《むしば》み、天文学的確率が貴重な青春を嘲った。外で見かける嬰児《みどりご》がみんな化け物のように見えて仕方なかった。神様、返してください。ぼくの精子ぜんぶ、なかったことにしてください。どうか赤ちゃんにならないで。ぜんぶ消《き》え失《う》せて。受験のときだってあんなに祈ったことはなかった。馬鹿らしい妄想の鬼胎であるが、知識も経験もない中学生の心を壊《こぼ》つには十分なのだ。悔恨の情に耐えられなくなった菊人は、あのグレイ女を、母体を、母胎の跡をつけ始める。東くんの家を張っていれば容易に再会が叶《かな》った。そこまでは良かったが、吸い込まれそうに真っ黒い眼を遠巻きに見ただけで吐きそうになった。あの下腹部をめちゃくちゃに破壊してしまえば過ちは起こりえないのだろうか。数メートル後ろでそんなことばかり考えた。

幕切れは拍子抜《ひょうしぬ》けするほど早く訪れる。グレイ女が東家を出たその足で薬局へ向かったのだ。菊人は真っ先に妊娠検査薬なるものを思い浮かべ、再び胃液で口蓋垂《こうがいすい》を痺《しび》れさせた。すっかり虚像の受精卵に怯《おび》えきっている頭はそんなことしか考えられないのだ。人は焦ったり怒ったりしていると視野が恐ろしいほど狭まる。カトリックじゃないんだから万が一のときは赤ん坊を掻《か》き出《だ》してもいいでしょう、背の高いパフェを食べるときみたいにして鉗子《かんし》で子宮をかき混ぜればいいんだ、菊人は自分にそう言い聞かせてなんとか立っていた。しかし、彼の予想に反してグレイ女は妊娠検査薬など買わなかった。代わりに、何か四角い袋を手に取った。小ぶりな紙おむつのようなあれは、月経用のナプキンだ。なんだ、そうか。月経の存在は菊人を細く照らす一筋のレーザービームだった。警告色の、目に痛い生命誕生断念の軌跡だ。絡繰りに気づいたときには狂ったように彼女の生理を熱望していた。彼女の自宅を突き止め、生ゴミが出されるのを待ち侘《わ》びる。初めての犯行は、大胆にも家庭ゴミからの泥棒だ。ゴミ袋ごと持ち出して、駅構内のトイレで中身を確認する。ほとんど壊れている者の行動であった。掌サイズに丸められた繁殖失敗の徴証の優しい鉄黒こそが彼を癒《い》やし、赦してくれた。赤子を迎え育てるために厚みを増した子宮内膜は、無事に破棄されている。着床なんて悪い夢だったと強烈な鉄臭さが慰め、一秒先を遮る不安や自己脅迫を洗い流してくれたのだ。経血は、これ以上ない失敗の成功だ。失敗が成功した証《あかし》を、それこそ赤ん坊を初めて抱くように、大事に眺めた。緊張の糸が切れ、なんだかひどく気分が良い。汲《く》めども尽きぬ解放感を覚え、どうやらここで釦《ボタン》が掛け違われたようだ。裡にある、モラリティーの釦。極度の安堵感や多幸感は体の悦《よろこ》びに結びつけられ、気がついたときには赦免が白濁となって固まりきった経血の上に吐き出されていた。今度はいくら交わったって構わない。ここに生命が産まれる心配などない。水分を失っている焦《こ》げ茶《ちゃ》に、粘度のある白は混ざらなかった。それでも誇らしく生命を否定した。辞《いな》んだ。蹴飛《けと》ばした。衛生的でない綿状パルプが自己救済の皮切りとなったのだ。

あのときから始まっていたのだな、悟った目の菊人に、ロ短調が相槌《あいづち》を打った。いつの間にかプレイリストはシャッフルされ、ヴィキングルに代わって藤田真央《ふじたまお》がショパンを弾いている。今日は学校をサボってしまった。うちに来ないかと連絡を入れたから、もうじき明石睦美が来る。股《また》を血で汚しながら、菊人の部屋に来るのだ。目を閉じてマエストーソという発想記号を思い出していた。発想記号とは速度記号や強弱記号のように目で見て即座に理解できるものではない。滑《なめ》らかに、荒々しく、愛らしく、気まぐれに。そういった抽象的な指示を乱暴に表す記号である。これを初めに考えた者は愚かだ。形而上的《けいじじょうてき》な言葉はその通りに他者の頭まで届くことなど決してない。マエストーソなら荘重に、厳《おごそ》かに、という意味だ。荘重さだって主観である。いくら楽譜にアレグロ・マエストーソと書いてあっても、藤田真央の思う荘重さが叩く鍵盤と、ショパンが思う荘重さが踏むペダルはまるで違うのだ。厳かと聞いてチベタン・マスティフの分量を間違えて作ったパイのような毛並みを思い浮かべる者もいれば、スタンダード・プードルの六〇年代風ブリジット・バルドースタイルを思い浮かべる者もいる。女装癖と聞いて安直にゲイを想像する者もいれば、トレンドに敏感でミーハーなジェンダーレスを想像する者もいる。つまり、形を持たない物事を他人に要求するのは滑稽で、愚にもつかない恥ずべき行為なのだ。期待する者は目も当てられない阿呆《あほう》で、そのことに早く気づけるかどうかで人生の回し方が革《あらた》まる。菊人はひとに期待することをやめて、随分幸福になった。ひとに期待はしないが、自分に期待はする。これが唯一価値のある思想だと思った。結果、神に期待するのだ。

キリストが水を葡萄酒《ぶどうしゅ》に変えた方法は手品だ。なんなら磔になって死んで三日で蘇《よみがえ》ったのも手品だ。大掛かりで華やかな手品だ。釈迦《しゃか》は不器用なのか手品はせず、代わりに口がうまかった。辛いことを自らたくさん経験しているので、話す全てがキャッチーであった。ガネーシャは象の頭をしているが、あれはフォトショップだ。斬新《ざんしん》でカッコイイ見事なコラージュだ。無宗教の菊人に説かせれば、このように神様はみんな尊敬できる詐欺師だった。正確に言えば、神様は詐欺師ではないかもしれないが、それを伝え広めた者はみんな詐欺師に違いないのだ。ただし、褒め言葉だ。ひとの心を奪うのには才能が要る。自分にはそれらに通ずる部分があると、才があると根拠のない確信を持っていた。祈る者は大抵神より下で膝を突くが、菊人はそうしない。ぼんやりとした神様と肩を組んで、あるいは膝に乗って、同じ高さで語り掛ける。理由は単純で、自分が神様ならそんなふうに話しかけられたときのほうが無視しにくいからだ。土下座で懇願《こんがん》されても迷惑ですと撥《は》ね除《の》けられるが、貴方ならできないことないでしょと笑いかけられた言葉ほど重いものはない。これら全てが発想記号、抽象的な百枝菊人の秤《はかり》で量った主観でしかないのがいささか諧謔的《かいぎゃくてき》ではあるが、根本的な考え方自体はスマートであった。彼は人生のコツを摑んだ気になっているのだ。人生のコツとはつまり、常に加害者に感情移入して生きるということだった。どんな辛いシナリオであろうと被害者に感情移入するより楽で、なぜみんなわざわざ被害者の肩を持つのか彼には理解ができないのだ。一方的で残虐な暴力の描写に耐えられる者と耐えられない者の差はサディストだのマゾヒストだのというくだらない問題ではない。どちらに感情移入できているかだ。菊人なんかはサドとかマゾとか言う前にシゾの気がある。些細なことで倫理を見失って自分を信仰している経血臭い天使だが、ほかの誰かを信仰している清潔な弱者よりずっと幸福だ。病気でも犯罪者でも変態でも幸福なものが勝者、平等に最悪な人類の掟《おきて》であった。だから彼は、残虐な犯罪者に成りきって、いい加減中学生の自分に別れを告げようと考えていた。明石睦美の経血を手に入れたら、それを最後にして今より正常な高校生男子に戻る。きっと戻ることができる。きっと赤ん坊なんかに怯えず表を歩ける。そうだよね神様、明石睦美の極上の業でおしまいにするからね、神様に話しかけている振りをして、自分自身、細かく言えば中学生の自分に言い聞かせた。

＊

今日日男らしく、とか女らしく、とかいう言葉を安易に使うと忽《たちま》ち晒しあげられ石を投げられるから、大きな声で考えなしに語ることはないが、それらに答えはあった。明石睦美のなかには、確かにあったのだ。

一年一組佐野《さの》学級、手書きの書体が印刷された安っぽい文化祭のクラスTシャツで菊人が迎えた。

「オフか」

「部屋着は女物だって思ってた?」

小綺麗で無機質な部屋に、こんなふうな整理整頓《せいとん》が当たり前にできるのは彼の女性的な面からだろうかと、睦美は見当違いな感想を持ちつつ腰を下ろした。

「明石さんは一旦《いったん》家に帰ってから来たんだ」

「まあな」

それはジャージの上に黒いナイロンジャケットを着込んでいる睦美を見れば予想のつくことであった。制服姿以外は初めてお目にかかる。八頭身に似合わない服などあろうものか。遠くから見れば本当に男に見えるんじゃないか、微塵も起伏のない胸を見て陳腐《ちんぷ》にもそう思った。サラシでも巻いているのかしら、男装はしないと言っていたがそれは立派な男装なのではないか。

「スカートよりかっこいいね」

「そう思うか」

「誰だってそう思うと思うよ。古家さんも」

「……言うよな、あいつは。いや、言ったんだ。すぐ言うんだ、かっこいいって」

おそらく女の子として、という意味だ。そんなこと考えなくてもわかるからことさら残酷だ。無理な注文だが、女の子として見られることは屈辱なのだ。だからきっと、まるで男のようだと言われたって嬉しくない。男なのは当たり前じゃないか、そう喉《のど》から出してみれば、自らの声帯がそれを嘲《あざわら》う。古家末々にそれはわからない。彼女はストレートさまだから。

「かっこいい、睦美がいるから彼氏ができない、ほかの男子のハードルを上げてるよ、とか」

屈辱に打ち震える唇と鷲鼻が、彼女を守る黒髪越しに見えた。簡単に想像できる薄情な仕打ちだ。

「…………睦美が」

「男の子だったら良かったのに」

とか？　菊人は彼女の台詞を奪った。この泥棒は経血以外も盗むことができるらしい。

「今日、あいつに話したんだ、全部じゃないけど、こう…………俺も、菊人と似たような悩みを持ってるって」

「わあ、それは勇気がいっただろうね」

「お前にだけ話させたのも、後から思うと男らしくないというか、人としてセコいよなって思ったのもあった。それに、お前が背中を押してくれたのもあった」

カミングアウトした一番の動機はそのどちらでもない。自分の醜い嫉妬心に気づいたからだ。古家未々とほかの男子が接することに対しての耐性のなさに気が付き、焦って行動に移してしまったのだ。菊人はそこまで見て、つくづく男性的だと感心してしまった。

「……あいつ……予想通り気持ち悪がったりはしなかったよ、馬鹿にしたりも、たぶんしてない」

「いい子だね」

「…………前から喋り方がオタクっぽいって思うことがあったけど、そうじゃなかったんだねって、失礼なヤツなんだ、無神経に笑ってて、可愛かったよ」

「凄く想像つく、思ったこと全部言っちゃうタイプだね」

睦美は終始自嘲の含まれた態度でボソボソと話した。人間最期には自分を嘲るほかないのだというミゼラブルがエアコン臭い熱風に曝されている。居場所がないのだろう。この世のどこにも。正確には、居場所がないと思い込んでいるのだ。

「末々は女を好きになったことはないって」

「うん」

「女を好きになったこと、は、ない……っつったんだ」

「うん」

「でも、俺のことは好きだと」

「うん！」

「…………これから恋人として見ろと言われたら、努力はできるかも、と」

「わあ、凄いや、素敵だ」

「……それであいつ、なんて言ったと思う？」

張り詰めた掠《かす》れ声が今にも消えてしまいそうな輪郭《りんかく》で、何とか人語を保っているような語り口が続いた。愚痴なのか弱音なのか、月の障りによるホルモンバランスのどうたらこうたらなのか、明らかに落ち込んだ彼女を前に菊人はベターな相槌を選択し無聊《ぶりょう》を託《かこ》つだけであった。

「女の子同士で付き合ってる人とか見て、そういうのもいいなって思ったことがあるって」

あら、そりゃいけない、菊人は心の中でだけ言葉を返した。

「思い返せば昔からかっこいい女は好きだったって、セーラーウラヌスとか。俺は似てるって言われたよ」

「せーらーうらぬす……」

古家末々の言葉はまるで救いがない。全くの賊心がないから意図してやってもできないほど火力が高いのだ。なんて残酷なのだろうか。手に負えない。心が匙《さじ》を投げてもおかしくない暴言に値する。明石睦美が自分を男だと信じ込んでいることを斟酌《しんしゃく》している菊人には事の顚末《てんまつ》が手に取るようにわかったから、なおさら酸鼻をきわめる状況にあった。

「悪いが、ちっとも嬉しくなかった、わかるだろ。お前でいえば……そうだな、美人の、絶世のニューハーフに似てるって言われるようなものかな」

また、自虐的な顔を作って嘆くように零す。明石睦美は天王《てんおう》はるかになりたいわけでも和登千代子《わとちよこ》になりたいわけでもない。

「女々しい、くだらないことだが……傷ついたな、こういう、俺みたいな人間のことを全く知らない女子がいかにも言いそうなセリフで」

天王はるか扱いされて嬉しいのはかっこいいが目的地の女だろう。この上ない褒め言葉かもしれない。でも明石睦美は男だ。目指すなら、地場衛《ちばまもる》が妥当だ。彼にはXもYもある。

「いちばん最悪なのは古家さんがこれからバイぶったりレズビアンぶったりしてファッション感覚で首を突っ込むことだね」

怒られるだろうかと思いながら言ったが、睦美はそうだな、と死にそうな声で同意した。そうなのだ。反論しようのない絶望。相容《あいい》れない最悪。フォーマルな言葉を使うのも馬鹿らしい最悪。最悪さにベクトルを合わせてまじ最悪、ばり最悪と言ったほうが相応《ふさわ》しい。どう考えても馬鹿なことをした。一時の感情に駆られ、同じ餌《えさ》で生きられる生き物じゃないことを失念してしまった。無邪気でミーハーなストレートの中型犬とは、一緒になれやしない。そこらじゅうで塩気を帯びて転がる失恋たちとは訳が違った。生き物としての沽券《こけん》に傷をつけての大敗は、照明を落とされたような虚脱感に見舞われ往く道も退路もない。ないからと言って立ち止まるほうが息詰まることを、睦美は生得的に理解していた。菊人が理解しているのと同じように。

「百枝、俺はお前に……お前以外にもだが、誰にも言ってないことがまだある」

「わあ、なんだろう」

まさか女子トイレでナプキンやタンポンを盗んでいるわけでもあるまい。少し落ち着きを取り戻した様子の睦美に、菊人は変わらず優しい対応を心掛けた。睦美は立ち上がり、ベッドに腰掛ける菊人の目の前に立って見下ろす形をとった。

「俺が男であることって、どうすれば取り戻せると思う？」

無茶言わないでよ、そう思っても口にはできない。もちろん倫理的に言えないことは確かだが、このときはそれが物理的に許されなかった。菊人がなにか言う前に、彼の視界は傾《かし》ぎ、明滅したのだ。真正面からの衝撃に倒れ込み、シーツ越しにくぐもったスプリングの軋《きし》みが届いた。顔面のど真ん中を正確にとらえたのは拳だった。そのことを理解するころには熱したフライパンにバターが溶けるときみたいにして痛みが拡がっていく。顔面の神経伝達機能は正常に作動しているぜ、そういう嫌味な香りがした。マットレスに押し付ける形でのしかかられ、両腿《りょうもも》の上に骨ばった彼女の膝が刺さり見事な釘《くぎ》の役目を果たしていて身動きが取れない。捕まった両腕は纏めて頭上で固定され、磔でいえば逆Y字をしていた。何すんだと叫びかけた口に自分のTシャツが詰め込まれる。泡《あわ》っぽい涎《よだれ》が絡んでいた。

菊人から言葉を取り上げた。

「結局、こうだと思うんだ」

「ああう、うが」

「結局力があることを証明するしかないんだ、俺は今XYの染色体でできた生き物を打ち負かして組み伏せてる」

「うご、うご」

「これが男であることの証明だ、もう一発いくか」

濁点の付いた重い音が響き渡った。疼痛《とうつう》を迎えるまでのラグの間、真上で絶望している惨めな何者かを見た。男なのだろうか、はたして。呼吸に汁気が混じり、鼻血の存在に気がついた。白目までなくなってしまいそうな昏《くら》さの瞳が菊人を見下ろし、それでいてもっと向こう側の何かに釘付《くぎづ》けになっているようだった。段々と冷静に痛み出す顔が、取り戻す冷静さの代償になによりリアルな恐怖を寄越した。なんだこいつは、女だ男だそのどちらでもないだ言う前に、頭がおかしいではないか、痛い、人に殴られるのは慣れていなかったが、人を殴るのに慣れている者に殴られたことは察せた。体格でも、経験値でも負けている。女かどうかは関係がない、明石睦美に実力で勝てないことは本能がきつく承服した。

「この辺じゃやらないけど、わざわざ遠出して人を殴りに行くことがある、喧嘩しに行くんだ。男とな。知らない男と。そのときだけが唯一、体を間違えやがったどっかの誰かの鼻を明かしてやってる気になる」

「ふご」

「女はこんなことしないからな」

大人しく震えるだけの菊人を見て、彼女はごく優しく体を解放して隣に座り直した。

「顔を殴って悪かった、でも人間、顔を殴られたときがいちばん泣くから……」

鼻を押さえながら枕元にあったティッシュを乱雑に抜き出して拭《ぬぐ》った。驚いたことに、菊人は今女に怯えている。あれだけ哀れんだ生き物に、心底恐怖しているのだ。顔を見ることも叶わず、どきどきと脈打つ腫《は》れを震える指で触った。仰天だ。暴力の効果とは凄《すさ》まじい。無意識に丸まって震える肩が怯《ひる》んだ全てを垂れ流してしまっている。

「お前のことを知ったときから殴りたくて仕方なかった」

「……叶って良かったね」

ぼくの前世はイギリス人か京都人だったのだろうか、口をついて出たつまらない台詞に自分でそう付け加えたくなった。

「男同士暴力をふるいあったって、仕方ないんだ。そんなのは古臭い。男である俺は、女を殴れなくちゃいけない。なあ、わかるか。そりゃ、紳士じゃない、人としてダメなことだ、そもそも暴力はダメだ。でも、男のものだろ。女のものじゃない。暴力の起源は何だ？　牝《めす》を奪い合うための手段か？　なあ、知ってるか？」

菊人を殴ってからの睦美は、まるで普段の菊人だった。全く繋《つな》がらない順番に導線を並べて独《ひと》りで発光に成功する、箍《たが》の外れた犯罪者の語り口、悪魔を倣《なら》った小っ恥ずかしいピカレスクロマン。逃げたくなるほど見覚えのあるソロホーマー。どこかで見ただろう。

「女に言うこと聞かせるために、殴ったと思わないか、男が」

いつの間にか彼女は笑っていた。熱を、膏《あぶら》を、誇りを取り戻して脅《せぼね》を立たせていた。

「でも倫理的に女の子なんて殴れない、殴る理由もない、言うこと聞かせられないんだ、なあ、俺は男になりたいのに」

そこで、ぼくなのか。皆色筋の通らない暴論に、急に納得が行ってしまった。体が男で心が女の人物なら、殴ることができるんじゃないかという考えに。体が女で心が男という人間の、業の深い経血を盗もうと企《たくら》んでいたのと大差ない、気の触れた考えに。

「な、なれた？　男の子に……」

痙攣する頬をそのままに植え付けられた愛想笑いを頻《しき》りに繰り返した。睦美は菊人が怯えている事実に、徒情《あだなさ》けを孕《はら》んだ達成感を隠せないでいた。可愛い顔の男を殴った、これはかなり気分が良いことだった。もう一度打《ぶ》ったら泣くだろうか。腫れ上がった不自然な青痣《あおあざ》を愛《いと》しく感じていた。

「百枝、女装してくれ」

「えっ…………あの、女装したぼくを、あの……あの、しないよね？」

「殴るんだ、それしかできない、女装したお前を殴る。どうすればいい、金を払えばいいか」

大真面目に、そのくせ血走った目で菊人のなかに女を見ている。変態、神様、どうにかしてよ、こんな子だと思わなかったよ、痛いよ、痛かったんだ、どうやらぼく、痛い思いするのって苦手みたい、血だけ置いて帰って欲しいよ。幼子《おさなご》に語りかけるようないつもの口調は、その実菊人自身の幼さを写してもいた。
二人は似ているかもしれないが、痛烈なシニシズムに晒されているかもしれないが、お互い犯罪者かもしれないが、菊人は人を傷つけた覚えはない。血を流させたことなどないのだ。勝手に流れた血を頂戴《ちょうだい》したまでで、屁理屈《へりくつ》であっても事実だ。それなのに止まらない鼻血に紙縒《こよ》りで栓をして、呆然《ぼうぜん》とスカートに脚を通していた。ブラウスの裾《すそ》を押し込みながら、口呼吸で犯罪者に背を向け話す。
「とっても納得のいく、聡《さと》い結論、聡くて、んんと、先進的な考えだと思うよ、とってもリアルだ、リアル、かっこいい」
次の一言を言うのが怖かった。今まで明石睦美を脅威に感じたことなんてなかったのに、暴力を目の当たりにしてすっかり形勢逆転していることに失笑し、鉄味を嚙《か》み締《し》める。嚙み締めたところで、嫌いではない味だと知った。
「でも古家さんをぶつのが一番だよね」
それが
なにより
本質的な男ってもんじゃないの
甘い言葉で懐に入り込むことができる者は、虚を衝《つ》き琴線を引きちぎって抹殺してやることも容易だ。

明石睦美は可哀想なことに、産まれてこの方八つ当たり以外の時間の使い方はしていなかったのだ。誰のせいでもない。誰のせいでもない暴力が、菊人を傷つける振りをして睦美を穴だらけにした。鳩尾《みぞおち》に膝を入れても、喉仏《のどぼとけ》に肘鉄《ひじてつ》を入れても、関節を踏みつけても、性別が覆ることはなかった。スカートから覗く細い脚は、確かに膝が大きい。華奢《きゃしゃ》なデコルテにも、きちんと幅がある。締め付ける首には、疑いの余地なく喉仏が鎮座《ちんざ》している。可憐な男だ、何度見たって馬鹿にしたような面の、侮辱的な生き物だ、睦美が殴っているのは。

「ぼくは古家未々じゃないよ」

息を切らしながら口角を緩やかに引き上げそう言った。睦美の望んだ通りに目は真っ赤で、一筋涙が零れている。ただ、再び押さえつけた下半身が人生を逆撫《さかな》でするように生きていた。弓なりに反《そ》り立って、窪《くぼ》んでいる自分に同情するかのように寄り添う。穴は心に空いていったわけではなく、生まれたときから空いていたのだ。憂鬱に裂けて、そこから毎月血の涙で愚弄《ぐろう》する。

「俺の負けだ……」

菊人の顔の上にぱたぱたと涙を落として、睦美は音もなく立ち上がる。鼻血と彼女の涙が傷ついた喉に流れた。

「まって」

「本当に悪いことをした……俺はもうお前に関《かか》わらないよ、ああ、慰謝料なら払う、ただもう今日は無理だ、だめなんだ、冷静じゃない、冷静になれないのに話しても意味がないだろ、言いたいことがあるなら、お互いが冷静になってるときじゃなきゃだめだ、本当にすまん」

その言い分こそが無意識に男の常套句《じょうとうく》で、菊人にとってはもうしつこいくらいに男に見えていた。恐怖したころからだろうか。男だ、菊人は今確かに、男に殴られていた。疑う余地なく男に殴られている感覚があった。見事だったことに気がついた。拍手を送ってやってもいい、彼女の、いや彼の哲学は暴力の上で完成していた。

「まって、あのね、間違ってないよ、本当なんだ、おべっかじゃない、明石さんは間違ってない、凄いよ、独りで辿《たど》り着《つ》いたんだね、こんな辺鄙《へんぴ》な脱却策に」

「脱却できてない」

「そんなことないよ、いてて……こんな人に初めて出会ったよ」

「…………どうも」

ぼくってマゾなのかもと乱れたブラウスを正しながらご機嫌を伺うようにして人懐《ひとなつ》こく微笑む姿はいじらしいものであった。

「だからできないはずがないよ」

「何をだよ」

「ぼくが前に言ったことだよ、古家さんと結ばれるべきって、あれ、そんな言い回しじゃなかったかな。でも言ったよね、そんなふうなことを」

菊人の言葉に気色ばんで部屋を出ようとする手を、正真正銘男子の細指が摑んだ。

「おい、ぼくの親切を少しくらい聞いてよ」

声変わりの済んだ、鷹揚《おうよう》な声だった。

「付き合うよ、きみが古家未々を本当に自分のものにするまで」

きみを男たらしめる、暴の力でね。

戸惑いの色を隠せない睦美を、今もって小聡明《あざと》く、かつ痛々しく腫れ上がった笑顔が迎え入れる。

「本当の性別になろうぜ」

人間は無力で、目に見えない運命に迫害されていて、不平等に人生を弄ばれながら産まれてくる。それでも、両目を潰されたって鍵盤を叩いて、四肢を切り落とされたってブルースハープにしゃぶりつく。いつだって底意地の悪い人生の鼻を明かしてやることこそが勝利というやつだ。ほとんどの人間がそれに屈して死んでしまうから、我々には二足歩行以降の進化がない。全員が一斉に屈辱を乗り越えられるのなら今ごろ空を飛んで天の国までカチコミに行っている。提灯《ちょうちん》をビリビリに破いて、黒くてらてら光る車に十円パンチをお見舞いするのだ。

「ぼくらは多数派じゃないし、少数派を支援する立場にもない、少数派と呼ぶのすら、なんだか釈然としない」

「……ああ」

「それは自立だ。名前をつけてやろう。ぼくらに名前をつけてあげるとしたら、自立。我を通してこう」

赤色を鼻に詰め込んで笑う菊人は燦《さん》たる輝きで掃《は》き溜《だ》めみたいなこの世に影を作った。ヘマタイトみたいな影だ。今思えば赤が女の色だなんて与太は馬鹿らしかった。赤なんてそこらじゅうにある。乳飲み子だって赤いし、共産党だって赤い。どうでも良くなっていた、もうそれに価値はない。

「古家さんがきみのものになるところ、見たいよ。すごく見たい」

何の罪もなく産まれてきて、何の壁もなくここまで育った彼女。神様に意地悪をされなかったから、意地悪をされている人間の気持ちがこれっぽっちもわかりやしない女の子。神様が手慰みに贔屓をしたのか、それとも贔屓されたのは睦美のほうなのか。菊人なのか。そもそもいないのか、平等なのか。東くんの兄の彼女と交わるまで、百枝菊人は古家末々だった。確かに少し賢いだけの古家末々だったのだ。

「……考えておくよ、今日は帰る、悪かったな」

「気にしてないよ、見せてくれて嬉しかった、男の証。駅まで送るよ、面倒だしスカートで行こうかな」

「いや、大丈夫だ。それよりトイレ借りてもいいか？」

「もちろんいいよ、うちおばあちゃんがいるから広くて手摺《てすり》があるんだ、ごゆっくり」

神様、今日のは凄かったよ、神様。相当みっともなかったと思う、女の子に殴られてるように見えただろうから。けど彼は男だったんだ、ぼくは憖《なまじ》賢いから暴力に屈してしまうみたい、でも悪くなかった、信じてよかったよ、なんだか新しいものが見えたんだ、ナプキンなんかくだらない、もっと素敵そうなものを与えてくれて、どうもありがとう。人の背中を押すことって、きっと素晴らしいことだよ。二人が結ばれるのを、ぼくは見たくなったよ。今日のぼくみたいに、古家未々は殴られるのかな。それは世界中を勇気づけるはずだ、神様が古家未々に与えた意地悪は、明石睦美に愛されるってことなんでしょう。参ったよ、センスがいい。シナリオが叙情的だね。

いつでもいちばん赤いのは、彼が正気を保って人生を歩むために必要な言葉たちであった。百枝菊人は真っ赤な嘘と、純白の赤心でできている。

青辛く笑えよ

「なああなあなあなあ、なあ、死にたいわせんせえ、せんせえ」

三年四組、香本一鉄《こうもといってつ》はいつもこのセリフから始める。

「はあ、死のっかな。死んだろっかな。どう思う？　どう思うせんせ」

主語がない喋《しゃべ》り方は、無意識のうちの甘えから来るものだ。省ける言葉は全部省いたって伝わるという自信と汲《く》み取《と》ってもらえるという甘えの上に成り立った口吻《こうふん》である。上履きを裏返しにして脱ぎながら、無遠慮に宿直室の畳を踏む。六畳ほどの狭い個室には細かい傷のいったぼろい文机《ふづくえ》のほかに何もない。放課後になると西日が細く差すので、雲のない日は程々の室温が保《たも》たれる。長閑《のどか》な砂粒がくびれのある硝子《ガラス》をゆったり上っていくような情緒があった。ここは穴場だ。随分居心地がいいのだ。だから特に死ぬ気があるわけでもないのに大袈裟《おおげさ》な演技で話し続ける。

「鬱陶《うっとう》しいねん、鬱陶しい奴《やつ》が多すぎる。殺したい。殺そかな？　殺そかなセンセ」

香本はそう言いながら、無言で課題の添削をしている教師の膝《ひざ》の上に座った。それも向かい合わせでだ。

「すみません香本くん、これでは作文が読めません」

やっと口を開いた糸目の男は一旦《いったん》赤ペンを置きはしたものの、目線はボンヤリとそのまま香本の胸あたりにある。前についている目は使わず、今日も後ろ頭の寝癖《ねぐせ》で寧日を夢見ているのだ。

「作文なんかええやんか、今は僕の話聞いてや。センセエ」

ただでさえこの教師はいつも仕事に追われている。くだらない話を聞いてやる義理も暇もないのだが、作業を無理矢理中断させられてしまえば従うしかない。自分の膝の上で調子よく笑う生徒は、規格外の問題児である。ブリーチを繰り返した色のない短髪に切れ長の三白眼、笑うときこの目はなくなり、代わりに左の八重歯がじゃじゃ馬のように顔を出す。ついでに眉毛《まゆげ》がほとんどないため、笑わなければ声もかけづらい不良そのものと言った風貌《ふうぼう》だ。

「また、艶聞《えんぶん》ですか?」

「せや。せや。せや。梅《うめ》ちゃん、今日も可愛《かわい》くてなあ……好きかもしれやん、ああ、うそうそ、好きや、ほんまに、どないしよ。昭《しょう》イッチャン。奇跡みたいに可愛かった、今日も!」

どないしよもこないしよもない。好きにすればいいことだ。昭イッチャンこと船川昭《ふなかわしょう》市《いち》は、ここのところ毎日この生徒のくだらない恋の話を聞かされていた。香本が惚《ほ》れ込んでいるのは同じ学校のバレー部に所属する女子生徒の梅ちゃんだ。背は香本と同じ百六十後半あり、女子の友達にいつも囲まれていて男が話しかけづらいタイプではある。それに心酔しているというところまではいいが、なによりこの男は梅ちゃんに話しかけたことすらないというのだ。

　理由は判然たるもので、香本が梅ちゃんとどうにかなる気がないということらしい。梅ちゃんが幸福で、毎日勉強ができ、バレーができ、友達と平穏に談笑ができればそれでいいという。なんとも慎《つつ》ましい男ではないか。しかしこの男、死のう死のうと言いながら生きているのと同様に、どうやら言うこととやることが一致しない性質だから厄介なのだ。

　梅ちゃんに話しかけた男を放課後殴り、梅ちゃんのレギュラーの座を奪いかねない後輩の女には手を出した。

「女バレはさあ、恋愛禁止なんやって。だから僕があの邪魔な後輩女ひっかけてん、したら無事大会出れやんなったって。梅ちゃんが代わりに出たんやで。僕ってアシナガオジサンって奴かなあ？」

「はあ、そうかもしれませんね」

　船川は何も聞いていないが、肯定も否定もしない返事をする作業は忘れない。これはカウンセラーの基本であった。もっとも、船川という教師はカウンセラーではないのだが。令和を生きているというよりかは、令和まで生き延びてきた、年季の入ったボキャブラリーから言葉を引く男。

「でもな僕な、気づいてん。梅ちゃんはいつか最高の男と結婚して最高の子どもをつくるやろ、それが女の幸せなんやろ？　僕さあそれ耐えれるかな？　梅ちゃんって男と……なあ！　するんかな！」

「情事をですか？」

「バカ！　昭市のエッチ！　する訳ないやろ梅ちゃんが！」

香本は船川の半紙のように薄い背中をバシバシと叩《たた》いて穴だらけの耳まで赤くした。今時珍しい純情な男なのだ。純情と言っても自分の利己的な目的で後輩の女を抱いたりはする。その辺のネジは人に殴られたときにでも落としたのだろう。今日だってその鼻には紙縒《こよ》りを刺している。梅ちゃんのことを五秒以上見たという理由で体育教師をぶん殴り、見事な拳骨《げんこつ》を顔面に返されたのだ。

「鼻血、制服についてんけどとれるかな？　梅ちゃんに見られたら自殺するとこやったで。まあアイツには絶対仕返しするけどな。アイツの車知ってんねん、アルファードや。エラソーに、ムカつくから十円玉でボンネットに絵描《か》いたろ思うねん。ピカチュウがええねんけど僕ポケモンやったことないねんな、藤原《ふじわら》くんポケモン好きやから藤原くんに描いてもらおかな」

そう言いながら香本は既に肌着一枚になっていた。血の付いた部分はとっくに茶色く変色しており、キレイにするには一筋縄ではいかなそうだ。インナーから覗《のぞ》く肌は雪を欺く白さで、白いからこそ痣《あざ》も目立ちやすい。前胸部のあたりに咲いている赤痣はつい最近つけられたもののように見えた。

「貯金、ここだけの話そろそろこんくらい貯《た》まりそうやねん」

先程までは五十メートル先にいる人にでも話しかけているのかというボリュームで声を張っていたが、一気にそのボリュームを下げて品のない指を一本立てながらそう言った。この一本は無論一万円のことではない。十万円でもない。ならば百万円かと訊《き》かれれば、それも違う。つまり香本一鉄は十八歳にして一千万の貯金をこさえようとしているのだ。

「内緒やで。昭市センセロ堅いって信じて喋っとるんやからな。梅ちゃんがいつなんかやらかしても、一千万とりあえずあるで。どう？　僕エラい？　僕、凄《すご》い？」

蛍光灯の下ではアンバーとも取れる彼の三白眼は蜜蠟《みつろう》を吸い尽くすラーテルの目と同じベクトルでちらちら光って船川の口から頌《しょう》徳《とく》の言葉が出るのを待った。正常じゃない。ここまで香本を知れば誰もがわかることであるが、その通り香本一鉄は奇怪千万な男であった。船川が客観的に見ても、梅ちゃんにそこまで人を狂わせる魅力はない。だからこれはもう、病気とか、呪《のろ》いとか、そういう話だ。その一千万というのは香本が健全な学生としてはあまりよろしくない仕事を重ねた轍《わだち》であり、轍の内訳の大半を占めるのは所謂《いわゆる》花売り、違う言い方をするのならばパン屋、結局のところ春を売って得た金だった。香本は梅ちゃんじゃないのなら皆一緒だと言い張り、歳《とし》や性別は関係なく金払いの良さを優先させるような男だ。

「ええ、なかなかできることではないですね」

船川は褒め言葉と取るか嫌味と取るか人によって分かれそうな返事をひとつ寄越すと、香本の後ろに手を回して机の上の課題を取った。仕事の続きをやらなくては。手にしたのは成績優秀な藤原の原稿だった。几帳面《きちょうめん》さがその文字に顕著に表れている。彼は読みやすく教師に好かれる文を書く生徒だ。

「藤原くんのシュクダイか。藤原くんはええ奴やからなー、特別に梅ちゃんと喋ってもええねん。自分から女子と喋らんしなあ。女に興味ないってさ。ポケモンにしか興味ないんかなあ？」

藤原は香本の少ない友人だった。そして香本もまた藤原にとって同じことだ。その男は慎重すぎて相手の口から「自分たちは友人関係にある」という言葉が出ない限り対象が自分の何であるか定めない、厄介で頑固な面を持っている。つまり相手が勝手に友人だと思っていようとも、それを言葉にしていない限り藤原にとってその対象は他人に過ぎないのだ。だからこそ素《す》っ頓狂《とんきょう》なことばかり声に出してその輪郭《りんかく》を表明する香本とは、すんなり友達になれた。香本も似たようなもので、例えば麻雀《マージャン》仲間はいる、同じサッカークラブを応援している観戦仲間もいる、ライブに誘うやつも、クラブに誘うやつもいる。でも彼らは彼の本質を微塵《みじん》も知らないのだ。そんなものが友達と呼べようか。彼は自己を自己たらしめる所以《ゆえん》を理解するものだけを友とし、もっと言えば人とした。

「藤原くん、梅ちゃんのために一千万貯めよること言うたら怒ったねんな、前。だからもう何も言えへん」

香本一鉄を一言で表すなら、いや一言で纏《まと》まるような男ではないが、敢《あ》えて選ぶとしたらかなりドライであるという表現が適切かもしれない。これは香本というコンピュータのエンターキーを叩く度に違う言葉がサーチされるということを前提としたとき、とりあえずのところ、今出された答えだ。

「せやから内緒やねん。ホンマに船川センセエ以外だあーっれも知らん。僕悪いこと別にしてへんもん。誰にも迷惑かけてへんし。はあ。死のかなやっぱ」

香本は基本竹を割ったような性格をしているが、その竹には昔話で悪いほうのジジババが開ける葛籠《つづら》の中身が詰まっていた。見ないほうがいいのだ、香本の中身は。こんなにもグロテスクに蠢《うごめ》いているのだ。死のうかなというのは彼の口癖《くちぐせ》だった。本当に死ぬ気は誓ってない。しかし言いようのない寂寥感《せきりょうかん》やもどかしさを感じる度、喉元《のどもと》の痰《たん》を吐《は》き出《だ》す作業のように零《こぼ》れてしまう。数少ない友人に止められても淫売《いんばい》を辞めないのだ、藤原は梅ちゃんを恨むだろう。

「鼻血のついたところはアルカリ性の漂白剤を使うといいですよ」

船川はそれだけ言った。それだけ言うということは、ほかに言うべき台詞《せりふ》はないことの意思表示でもあった。

「漂白剤なんか家にあるかな、学校でやっていくわ」

香本は裏返しに脱いだ上履きには目もくれず、学校の備品と思われるクロックスを履いて宿直室を後にしようとした。

「あ、香本くん、三年四組で一人だけまだ課題を提出していない生徒さんがいるので、よろしければ一声かけておいていただけますか？」

「ええよお、誰？」

「香本一鉄くんです」


梅ちゃんに相応《ふさわ》しい男とは一体どんなヤツだろうか？　これは香本一鉄の永遠のテーマだった。香本の考えるカッコイイ男というのはノエル・ギャラガーであり、イブラヒモビッチであり、不動明《ふどうあきら》である。少なくとも自分の父親のような人間ではないことだけは明らかだ。

「父ちゃん、それ……」

「どないしてん、こんな金」

父の声色は落ち着いていたが、その手に握られた福沢諭吉《ふくざわゆきち》は助けを求めるような視線をこちらに送っていた。

一鉄は十五のときから集めだした一千万を、正確に言えば七百九十万ほどを、全《すべ》て現ナマで保管していたのだ。もう遊んでない歴代の据え置き型ゲーム機全ての中身をそっくりくり抜いたところに諭吉らを匿《かくま》っていた。ソニーの社員が賂《まいない》を運ぶなら同じようにしたかもしれない。

つまり、絶対に見つからないと思っていた。父は自分に興味がないから。だから今なぜ父親が自分の部屋にいて、いちばん開けて欲しくなかった箱を開けているのか見当もつかない。死のうかな、口にこそ出さなかったがそれ以外の日本語は浮かんでこなかった。

「高校生が持ってええ金額とちゃうやろ。どないしてん」

「べつに、自分で稼いだんじゃ。ええやろ盗んだんとちゃうんやから」

苦しい弁明だ。放課後船川の膝の上で気楽によもやま話をしたときの一鉄はここにはいなかった。血が繋《つな》がっているというたったひとつの覆せない事実は、一鉄から饒舌《じょうぜつ》を奪うのに十分な劣弱意識を生んだ。嫌な汗をかいている。今朝着ていたシャツは現在家庭科室で漂白剤に浸《つ》かっているため、今この汗を吸っているのはあの場に居合わせた知らない二年生のシャツなのだ。一鉄にとってシャツのカツアゲは罪に入らないが、三年間休まず自分のセガレで稼いだ一千万弱を奪うことは万死に値する大罪だ。

「父ちゃんが預かる。なんでこんな大金こんな場所に隠すねん、アホ」

「待ってや、いやいやいや……預かるってなんやねん、せやったら僕の口座作ればええやろ、ああ、そうやんな、はよそうすればよかった。いやいや、いやいや……」

「この金をどうこうする権利は親にあるやろが、ボケ。ホンマにいつの間にどこで作ってん？　まだ隠してないやろな？」

隠しておけばよかった。少額ずつ別の場所に隠しておけば被害は抑えられたかもしれない。一鉄はひたすら自分を呪った。それは自分の金なのだ、梅ちゃんのための金なのだ。たとえ靴も履けない外国の子どもにワクチンを打つためにくれと言われたって一円たりとも寄越してやるつもりはない金なのだ。父親が何に使うというんだろうか、くだらない、パチンコも競艇も競馬も風俗も、恵まれない子どもたちを救うのも全部等しくくだらない、十把一絡げの冗費ではないか。

「泥棒……」

本日二度目の拳骨を食らった。しかしそれは一度目より遥《はる》かに節度を守らない。

「可愛くないッ、親に向かってどんな口叩きよんじゃ、ボケ！」

いつも感心するほど重い拳《こぶし》だった。腰も回っているし、肩も入っている。全体重をかけて相手を黙らせようという気概が窺《うかが》える猟奇的で模範的な暴力だ。興奮の波が引いていく際、波打ち際には気持ちいいくらいの苦痛だけが残されて、干上がって腫《は》れ上《あ》がるころには惨《みじ》めなトラウマを打ち上げる。一鉄はずっと前から父親を見ると脈を打つような痛みに襲われるようになっていた。とくに、肺の間あたりにひどい違和感が生まれる。小児気胸を患ったときの名残《なごり》みたいな、とても生きていられないと泣きたくなるような疼痛《とうつう》だ。世間一般の息子が父親を見たときそんな症状が出ないのであれば、これを一種の精神的アロディニアと括《くく》ってもいいのかもしれない。多くの天才が幼少期に頭を強く打っていると聞いたことがあるが、そうして天才になれるのなら一鉄はダイナマイトも作ったし引力も発見しただろう。

一鉄の父は取るに足らない社会の無頼漢である。じつにつまらない、今いなくなっても昨日いなくなっても、元より生まれてこなくてもよかった人間だ。拳骨に屈したまま目を瞑《つぶ》っていたが、薄目を開けると札束《さつたば》を残らず掻《か》き集《あつ》めて部屋を出ようとする背中が見えた。

違う、こんなのは違う。奪われたのは一千万ではなく己の三年間と、梅ちゃんへの想《おも》いなのだ。

ガラ空きの背中はいとも簡単に蹴《け》りあげることができた。不意をつかれ前方へ大きく傾《かし》ぐ父に反撃の隙《すき》を与えてはいけない。一鉄の手には既に二手目が握られていた。振り返ろうとする頭を掃除機で殴る。その拍子《ひょうし》にダストカップが開かれ中の埃《ほこり》が舞った。ハウスダストにまみれしばらく戦慄《おのの》くような咳《せき》が出たが、その間も目の前の男が起き上がらないよう打ち続けた。それは父が何も言わなくなるまで収まらない瑞々《みずみず》しい暴力だった。

一鉄は知っていた。暴力というのは犬を飼うことのように責任を持たなければいけないということを。一度や二度では恐怖を植え付けることはできない。だから体育教師も反撃をしたのだ。それならば今夜、あの背中を一度蹴ったことの責任を取るために、実の父の四肢をクロステープで縛るべきである。

この家は、青い。これはそのままの意味で、なんとなく空気が青みがかっているのだ。個室には申し訳程度のベッドやテレビがあるが、リビングには何もなく殺風景そのものだ。カーテンの色だけが一室の空気を牛耳《ぎゅうじ》っているため、コントラストが青みグレイッシュに寄って荒涼感を生む。嫌いだ。この場所は人間が健全に生きるのに向いていない。

「起きい、父ちゃん。金はなあ、僕がコツコツ稼いだんじゃ。父ちゃんみたいな客もおったし、普通に綺麗《きれい》なお姉ちゃんもおった。僕はなあ、自分でそんだけ稼げんねん。なあ。偉いやろ、凄いやろ、全然楽じゃなかったで。僕のために人生狂った人もおる。それって凄いやろ？　自分でもそう思う。金って価値がそのまんま決まっとるもんやから、凄さがわかりやすいねん。だからみんな好きやねん」

テープは父親の口も覆《おお》っていたため、気味の悪い息子に反論する術《すべ》はその瞠若《どうじゃく》にしか許されていない。よく似た切れ長の目は絶えず血走って我が子を映した。

一鉄は時たま国籍を間違えられた。純日本人であるが、それにしては平均より幾許《いくばく》かキツい顔をしている。その度適当な言語を真似《まね》ておどけたが、それはたいへん不謹慎なことだと藤原に叱責《しっせき》されてしまった。あのときは腹が立ったものだ。悪気なんてなかったのだから、不謹慎だなんてお小言はお門違いでしかない。今俯瞰《ふかん》で見下ろす自分とよく似た顔があまりに日本人離れしたキツネ顔だったから、そんなことを思い出した。一鉄の眼前の目標は父親が自分に恐怖するまで暴力をふるうことである。そうしなければ自分に返ってくるからだ。しかし具体的にそれはいつなのか？　五十手前の男を泣かせることができたとき果たされるのか、それとももう一度気を失うまで殴ればいいのか、明確な答えはないが、答えがないのと同じように抵抗もなかった。

高校生男児の、それも日常的に拳をふるう者の暴力が息つく暇なく繰り返される。端末から流していたオアシスがヤー・ヤー・ヤーズに変わるころ、自分の両手がまんがのような腫れ方をしているのに気がついた。

「うわあ、小豆じゃ。手ェが小豆になってもた、おい、ジジイ、どないしてくれんねん、ちゃんと見ろよ、コラ」

小豆と形容したのはなかなかにセンスがある。昔からトンチキな喩《たと》えをする少年であった。ベビーカーの中で眠るかわいい赤ん坊を見て、臭い玉みたいだと言ったのが始まりだったかもしれない。一鉄の手は確かに小豆の如《ごと》く紫味を帯びた赤褐色へと変化を遂げている。せっかくの喩え芸も、何時間と殴られ続け気を失った男には届いていなかったのだが。

「お前のせいで今から病院じゃ、ボタグソが」

さまざまな人物や作品が青春の価値を謳《うた》うが、藤原亮《ふじわらりょう》はそれらとは相反するあまりに淡白な己の青春に疑問を抱いていた。彼はいつも洗濯機で一波越えてきたかのような赤本や単語帳を使っている。本当にドジをやったわけではないが、多少汚れているほうが努力しているふうに見えるのでわざと粗末《そまつ》に扱った。今日も炙《あぶ》られたゲソの如く反《そ》り返《かえ》ったノートを片手に特に思い入れのない校舎に向かわなくてはならない。だからマンションのエントランスで蹲《うずくま》っている友人のことは無視したかったが、ちょうど今見ていた範囲は頭に入り切ったので声を掛けてやった。

「一鉄、なにしてんねん。酒か？　朝やぞアホ、学校行かへんの？　補導されるで」

声掛けにびくりと肩を揺らした少年は保健所の動物みたいに目を見開き、血の気のない瞼《まぶた》を二、三しばたたかせピントを合わせる。合った瞬間だろうか、こちらの存在を認識してニカッと笑った。藤原はいちばん適切な笑顔の作り方について調べたことがある。前歯を八本見せて笑うやり方らしいが、調べもしないのに一鉄にはできていた。顔面にやたらでかい青痣《あおあざ》を作っていることから、また喧嘩《けんか》か、親父《おやじ》に殴られたんだと推測できる。

「おお、藤原くんおはよー、僕病院行こおもてたんけどここで寝てもてたわァ、今何時？」

「八時二分や。どないしてん、親父さんか？」

「まあ、せや」

藤原はピッタリ八時に家を出る男だ。エントランスに着くころには八時二分。同じマンションに住む不良を拾っていたらいつものルーティンは狂うのだが、それも計算のうちの時間配分だ。しかしこんなに重傷では訳が違う。よく見ると顔だけでなく両手もひどく腫れ上がっている。この色を藤原は知っていた。折れているときの色だ。

小学五年生の冬、六年生を送る会のリハーサル中にその事件は起きた。上機嫌に鍵盤《けんばん》を叩く一鉄のその指が、洟垂《はなた》れ特有の残虐的な好奇心により潰《つぶ》される瞬間を見てしまったのだ。グランドピアノの重そうな蓋《ふた》は勢いよく白い指を嚙《か》んだ。ぎゃあと彼が叫び、曲は痛々しい不協和音を以《もっ》て中断される。犯人であるガキ大将は走り去り、傍《そば》にいた女子たちは醜怪《しゅうかい》な泣き顔を披露した。地獄絵図だった。保健委員だった藤原はその日初めて一鉄と会話することになる。

「だ、大丈夫？　折れてんちゃうん？　お父さんかお母さんにはよ来てもらい、そんで病院や」

「けえへん、けえへん誰も。大丈夫ちゃう、大丈夫ちゃう、弾《ひ》かれへんなったら、どないしよっ、僕が弾きたかったのにっ、なんで僕ばっかり、死にたいっ、死ぬっ、死ぬっ、殺すっ！」

一鉄は学校を休みがちな児童だったが、登校した日は授業中積極的に笑いを取りに行ったし、足も速かったから友達は多かった。今でこそ藤原が抜いたが当時は背も高かったし、イメージとしてはずるい奴の域を出ないでいた。だからそんな彼がけたたましく泣き喚《わめ》いているのを見て、漸《ようや》く香本一鉄という人間の莫大《ばくだい》な欠陥に遭逢《そうほう》した気がした。それでさつま芋のしっぽみたいになった指をこの目に焼き付けておこうと決意したのだ。結局一鉄を病院に送ったのはそのときの担任で、経緯は忘れたが藤原もついていった。

「誰じゃ、蓋閉めたんは」

「ああ、あれは井上《いのうえ》やな」

「井上か」

優等生である藤原はこのとき何も考えずに答えたが、次の日学校で頭から血を流す井上を目にし、自分はなんてことを教えてしまったんだと青ざめることになる。

「お前昔指折れたときもこんな色やったぞ」

「あれなあ、もうちょっとで泣くかおもたわ」

違う、全然泣いていた。絶叫と呼んで差し支えない程度には金切り声をあげていたのだ。記憶なんてものは都合よく改竄《かいざん》されていくのが世の常だから仕方のないことではあるが、一鉄はしばしば自分について嘘《うそ》を言う。無意識の齟齬《そご》を嘘とは呼ばないのなら、単にエピソード記憶の能力が低いということになる。これを解決するには内側側頭葉を診るほかない。

藤原はエントランスにへたりこんだままの一鉄に差し伸べかけた手を引っ込める。小豆色のそれで摑《つか》ませるのは酷だということに気がついたからだ。代わりに膝を突き、脇《わき》の下《した》から手を差し込み起こしてやる。この一連の動き全てが恭しくすらあり、きわめて紳士的な所作で行われた。酒臭くはないが、汗臭い。それに埃っぽい。

「病院やな」

「うん、でも遅刻するからええで、一人で」

「なにしててん？　手ェも殴られたんか、挟まれたんか」

「アア、ええとなあ、と……親父のこと朝までどついててん。それで、手がこんなんになってもたんじゃ。凄いやろ」

絶句である。藤原はその太い眉《まゆ》で思い切り瞼を引き上げ吃驚《きっきょう》の意を示した。有り得ない。一鉄の父は何度も目にしたことがあるが、息子をそのままゴロツキにしたような物々しい男であった。あれを一晩殴ったというのか、こいつは。中手骨は痛々しく爛《ただ》れてこそいるがそれ以外の外傷は確認できる限り頰《ほお》の腫れだけだ。このことから察するに、その一晩というのはかなり一方的なものであったのだろう。

「えっ、そ……え？　しん……殺してへんよな？」

「キャハハ！　死んだらよかったのになあ！」

二の句が継げない藤原の半歩先で得意げに顔を覗かせる八重歯は、決して穢《けが》れていない。稚《おさな》く、甚だ無罪を装ってはしゃいだ。

「笑ってや、藤原くん！」

香本一鉄という男は、浮薄《ふはく》を体現したようなナリでそれこそ膚浅《ふせん》と罵《ののし》られかねない稼ぎ方をしているが、誰にも理解されない純真を腹の底、あるいは胸の裡《うら》にごうごうと焚《た》いて生きていた。

仲間内で俗な猥談《わいだん》が始まるとき、一鉄はいつも嘘の性癖を話した。正確に言えば完全な嘘でもないのだが、他人に陳ずることができるのはせいぜい二番、三番目に好きな概況のみだった。ドジャ・キャットの山型食パンみたいな尻臀《しりたぶ》の加圧によって呼吸を妨げられたいと言ったのも嘘ではないし、暴行を受けた箇所が内在性オピオイドの羽翼を失いその疼痛を自覚する瞬間を、セガレを握りながら待つことがあると言ったのも事実であった。しかれども、絶対的に自身を揺り動かす春情の正体は、たとえこめかみに拳銃《けんじゅう》を突きつけられていようとも漏らすことはないと深く確信していた。

平たく言ってしまえば一鉄は肥満体の人間に欲情する質であった。だがそれは、世の肥満好きとは一線を画した注文の細かさを孕《はら》んでいる。完成されたふくよかさではなく、そこに至る過程にこそ獣欲の舌鼓が打たれるのだ。

誤解を生まないよう言っておくが、一鉄は太っている人が好きというわけではない。並んで歩くならむしろ洒脱《しゃだつ》な雰囲気のすらっとした人物を好む。もし彼女にするとしても妻にするとしても友人にするとしてもだ。ただそれとは切り離したところで、不健康な醜《みにく》さにしか達せない熱があることを理解していた。何が良《い》いのかと訊かれると、その対象が己の容姿に対して向ける恥じらいや後ろめたさ、劣等感や罪悪感にこそ隠されていると言う。

初めて自己のフェチズムを窺い知ったのは小学三年生のころ、学童保育所で茫《ぼう》と流れた幼児向けのテレビアニメだ。三等身そこらのヒロインが目盛り回転式の体重計に乗ると、そのいいかげんに描かれた針がぐるりと一周したのだ。ヒロインは大恥をかき、彼女のコミカルな慙愧《ざんき》の至りを見てしまった主人公は理不尽に非難された。衝撃的だった。あれは女の子の些細《ささい》でありながらきわめて繊細な、踏み入ってはいけない恥だ。それを聢《しか》と蹂《じゅう》躙《りん》して、辱めたのだ、この番組は！

耐えられなかった。一鉄はランドセルを入れるための毛羽立ったぼろい棚に頭を突っ込んで唸《うな》った。さっき見た衝撃の続きをこのままの温度で嚥下《えんげ》しきらなくてはならない、手を使ったりこそしなかったが、学童の教員が心配して声を掛けるまであの女の子が礼儀にもとった体重計の針によって羞恥心《しゅうちしん》と自責の念により成敗されるところを想像し続けた。人が、完全な自己責任で自分を恥じなければいけなくなる様にどうにも辛抱ならない悩ましさがあると感じたのだ。それからというもの、保健だよりや健康サプリの広告に描かれた二頭身の動物にすら、自身の体型を気にしているような描写があれば興奮した。

もう少し大人になり、より深く自分の癖《へき》を認識していく過程で世間と自分との間にはどうやら厄介な不和が存在することを知った。世の肥満好きのいう肥満は、一鉄にとっては大きすぎる。そしてなにより、自信がありすぎる。せっかくの太鼓腹も、それを誇っていればはしたないだけだ。不快ですらある。サイエンス・フィクションに片足突っ込んだ女体では興奮できなかった。一鉄は生々しく、そして辛《かろ》うじて自尊心を保てるか保てないかのラインに立たされている人物の後ろめたく思う感情だけを求めている。肥えるというのは病《やまい》でない限り基本、野生的な欲望に耐えられなかった始末であり、それを恥じることは欲求を抑えられなかったと認める性的な行為なのだ。

醜いから照明をつけないでという客は少なくない。その度一鉄は自身のタバコ窩《か》にぼこぼことしたセルライトを押し当てて想像した。ああ、この女は三十を越えて痩《や》せなくなったんだろう。歯並びが良くないから、出産を経験しているに違いない。産後、体型が戻らなくなったのだろうか。それで夫に相手にされなくなったのだろうか。勿体《もったい》ない。この女の旬《しゅん》は今夜なのに、と。

なかでも、昔は痩せていて美人だったのよと過去の栄光を引《ひ》き摺《ず》る客が好きだ。そんなとき一鉄は必ず写真はないのかと訊《たず》ねる。大抵の女は美しかった時代を後生大事に端末に保持していたから、それと見比べるのが楽しかった。確かに、骨盤のところの幅からたがっている。ある女は、顎《あご》がなくなった。ある女は、顔の丸さを誤魔化すために前髪を作った。ある女は、衣服の趣味から変えなくては外に出られなくなったのが見て取れた。今のほうがええよという彼の言葉は全て本心であった。

あるとき、恰幅《かっぷく》のいい中年男が女々《めめ》しくもこんなことを口にした。

「細いなぁ、一鉄くん。私も昔はそのくらい痩せてたのになあ」

肋《あばら》の浮き出たところを恍《こう》となぞりながら、いじらしいといった口調で零された言葉に心臓が跳ね、跳ねた心臓はそのままワンバンで股間《こかん》にぶつかって爆《は》ぜ散った。

「男でも大学生くらいから崩れ始める。酒を飲み出してからやなあ。一鉄くんも気ぃつけるんやで」

息が上がった。視界が明滅した。学童保育所の、あのときの熱《いき》りに匹敵する何かが沸き立った。あろうことか、父親よりいくらか若いだけの中年男に。背後に立つ男の裸体を思い浮かべた。緩《ゆる》やかな線をもって構成される輪郭、あの腹は確かトラウザーズに乗って楽をしていた。変わらない、女と何も変わらない引け目を、この男も隠し持っていたのだ。一鉄の劣情は呆気《あっけ》ない速度で吐き出された。ああ、死んでやろうかな。蛋白《たんぱく》が愚図るように希死念慮を形取る。自分は少しだけおかしいのかもしれないし、みんなこうで誰もが隠しているのかもしれない。恐ろしい速さで覚醒《かくせい》していく頭を抱《かか》えて、己の春情の源は墓場まで持っていくと誓った。

だから、だからこそだ。自分の豊かな妄想の舞台で唯一、ほかと同じように緞帳《どんちょう》を捲《めく》り肥《ふと》らせることができなかった梅澤《うめざわ》めぐるという女は古今未曾《みぞう》有の存在なのだ。性的魅力がないからそうできなかったのではない。本能的に、生得的に、彼女を穢すことは許されないと大脳の亀裂《きれつ》に刻まれているに違いなかった。彼女を一目見たときから、一生をあの美しい身体《からだ》で、物足りなささえ感じる臀の形で、山羊《やぎ》のように小さく尖《とが》った顎で、頼りなく投げ出される筋張った手足のままで、生きて欲しいと庶幾することしかできなくなったのだ。

性癖なんてものはその場の空気を悪くしないためジョッキを空けることのように、社交の手段としてだけ薄めて語るものであり、自身をひけらかす目的で触れ回ってはいけない。あまつさえ世間に見せたいでっち上げの人格をアピールするために騙《かた》るなんてことは、一鉄の美学から大きく逸《そ》れている行為である。ようするに彼は、世に蔓延《まんえん》する変人ぶりたがりのなかでも性癖騙りがいちばん許せないでいた。墓場まで持っていこうと固く誓った自分の決意を馬鹿《ばか》にされているような気がして、為《な》す術《すべ》のない怒りが湧《わ》くのだ。

つまり、そういう人物に出くわしたときの一鉄は、昨晩父を打ち続けたときのように変《へん》貌《ぼう》してしまうのだ。この日もそうだった。


重役出勤が常の一鉄にとって教室の扉を開けた後の行動は二種類である。ひとつは授業中だった場合、一瞬シンとする空気に愛想笑いを返す。もうひとつは休み時間に着いた場合。賑々《にぎにぎ》しい空間ならば皮内注射と同じだ。二十七ゲージの針管のようにしれっと入り込むことができる。もっとも一鉄はこのクラスにとってワクチンなどではなくどちらかと言えば毒であるのだが。

病院から戻ったのはちょうど昼休みのころだった。一鉄の手は意外にも折れていなかった。開いていたなら身体の中でいちばん折りやすい箇所かもしれないが、固く握られていた拳は頑丈だったのだ。それでも強固に固定されてしまっているから、今は中指を立てるのにも苦労する。教室内が十分ざわついていて今入っても目立たないだろうということを確信し、足で戸を引く。下駄箱《げたばこ》に自分の上履きがなかったため土足だ。

途端、場の空気が静まり返った。そんなに土足がいけなかったのだろうか？　それともローテクスニーカーはクラスのトレンドではないのだろうか？　昼休みのはずなのに授業中に入ったときのような視線が集まっている。

「え、なに？」

不快だったので言葉尻《ことばじり》が少々威圧気味になった。その一声に皆おもしろいほど視線を落とす。奥のほうでベコベコになった本を読んでいる藤原以外の全員が、ばつの悪そうな表情を浮かべたりニヤついたりしながら黙《だん》りを決め込んだ。ものを言わない不快感は、声に出された罵倒《ばとう》より遥かに居心地が悪い。気分が悪いのでどうにかしてやろうかと思案しているうちに、数名の男子がひそひそ話し出した。

「おい、ほら、来たぞ、香本くん」

「やめろやめろ！　お前……やめとけ！」

「お前が言うたんやろ、恥ずかしがるなや！」

一鉄とはほとんど話したことのないグループだ。確か軟式テニス部、卓球部あたりだったろうか。バスケ部やサッカー部には頭が上がらないが合唱部や美術部のことは馬鹿にしている、そんな印象の三人組だ。

「僕がどうかした？」

なんとなくこの悪感情の起首に目星は付いていた。明らかに周りの注目を集めているのは真ん中の小池《こいけ》という男だ。小柄《こがら》というよりかは、丈《たけ》が短いという表現が似つかわしい。

前髪を立ち上げたツーブロックがその垢抜《あかぬ》けない顔から浮いていて女子からは滑稽《こっけい》という評価を受けている。共感性羞恥に内臓が浮かされるようなファーストピアスが両耳にひとつずつ光った。悪ぶって、変わり者ぶって、斜に構えて生きている、今一度存在を認めてみれば一鉄の最も嫌いなタイプだ。

「アハァ、いや、なんもないで、ごめんごめん、空気変にして！　もう、お前らもやめろや！　急に黙るとかホンマ悪いで！」

徐々に教室の空気が解《ほぐ》れて笑い声が漏れ始める。一鉄だけは依然として不快であった。

「なんなん、気ぃ悪いで」

「ああ違う、ごめんごめんほんまにごめん、怒らんといたって香本くん、だからなあ……なあ！　小池は香本くんを怒らせたくなんかないねん……なあ！」

どっと笑いが起きた。悪寒がするのと同時にカッと頭に血が上る。ボコボコにしてやろうか、この場にいる全員を殺して死にたいと思った。小池はこのとき悪ノリの延長線上で窮地に立たされていたのだが、人生でこんなにも注目を浴びたことがなかったので恐ろしいことに悪い気はしていなかった。つまるところ調子に乗ってしまっていたのだ。それが悪かった。小池は仕方ない、堪忍だと言うふうにわざとらしくため息をついて一歩前へ出た。

「いやなあ……香本くんが来る前に話してたてん、いや、ほんまに変な意味はないねんけどな、怒らんといて欲しいんやけど、俺がこのクラスで抱かれるなら真剣に香本くんがええって言っててん」

今度はきゃあと女子の声も上がった。言うなよとか、よく言ったとかそういう程度の低い野次が飛《と》び交《か》う教室の焦点の核で一鉄は、昨晩のような瞋恚《しんい》が催してくるのを感じ取っていた。小池は注目の的となり人生の喜びを感じながら赤くなっている。くだらないを通り越して有り得ない男だ。一鉄はつとめて冷静に、喧《やかま》しい教室の全員の耳に届く大きさで、タイミングで、平穏に告げた。

「ホンマけ、嬉《うれ》しいなあ」

喧噪《けんそう》に拍車がかかる。ぎゃあぎゃあ笑う者、囃《はや》し立《た》てる者、もはやこの場所に生きていて欲しい人間はいなかった。藤原は席を立っていたからだ。だから殺す、殺してやると氷嚢《ひょうのう》のように冷えた頭で反芻《はんすう》した。

「香本くん、ホンマノリ良くて助かるわ。いや俺もな？　抱かれたいとは言うたけどそんなん本人に聞かれたら殺されるんちゃうかな思ってたからさ、でも結構本気なんやで！　そうやぞ、お前ら茶化《ちゃか》すな！」

また笑いが起きる。小池がクラスの騰勢《とうせい》を握る状況なんて前代未聞であったため、調子づいた口は普段では考えられないほどべらべらと軽口を続けた。

「ウン、嘘ちゃうで。僕、嬉《うれ》しいで。せやから小池くん、ヤろうや。抱いたげるよ、僕両方できるからさ」

こうなった一鉄は止まらない。誰もが小池の発言が譎詐《きっさ》であると確信していたから、それが伝わらなかったのかと空気が一転する。なにかまずい、賢いものはそう悟ったが小池はまだ目覚めない。

「あの、あ……うん、えっと、おお、ちょっとその一、フフ、うん、俺本気やしな。いやいや、お前らはわかってへんかもしれんけど、女子とか前から興味なかってん。女子より白い香本くんみたいな男のほうがなあ、興奮するねん、あ、引いた？　ヤバい奴やって周りからも言われるし、自覚もしてるから許してや。本心で悪気はないねん。うん、せやなちょっといいかな？　ちょっと熱く語ってまいそうやねんけど、いい？」

今はこの男によってもたらされた嘔気《はきけ》すら、俯瞰で諦観《ていかん》できていた。制裁を加えよう、その決意はもはや楽しみですらあったから、もっと己を掻《か》き立《た》てるような極悪を曝《さら》せと内心手招きした。憐《あわ》れ小池は、荒唐《こうとう》無稽《むけい》なスピーチを繰り広げる。

「俺は昔から男のほうが好きで、だから女にもキツくあたってきてん。初めてヤッたのは中三で、そのとき飽きたな、女には。なんやこんなもんかってな。このクラスの女全員にも思ったわ、勃《た》たへんってな。だから彼女作らへんの？　とかって俺にとっては頭悪いなあとしか思えへん発言やねん。こっちから願い下げや」

女子から明らかな反感を買ったが、当の本人は随分誇らしげな表情だった。その中三というのも、自己同一性を見失った多感な時期に焦ってインターネットで拵《あつら》えた相手との、思い出したくもない恥ずかしい一回きりのことなのだが、小池はそれをあたかも相応の女を抱いたかのような雰囲気で語るのだ。おそらく、一生。小池のこの、男が好きという発言は裏を返せば女が嫌いということで、もっと言えば女に嫌われて生きてきた現実が根底にある。事実、小池は本来相当な女好きだった。女遊びができるタマじゃないだけで、女を誰より意識して、嫌われることを恐れるあまり嫌ってみせた。つまり本当はストレート、男と寝たいだなんていう願望は逆《さか》さ吊《づ》りにして鞭《むち》を打っても出てこないのである。

「はじめて喋るけどなあ」

「あっ……はじ……めてってことはなくない？」

「修学旅行来んかったくない？　僕修学旅行で人覚えたとこあるからさア、男子全員さ、大部屋でさア、楽しかってんな」

なんでもええか、小池にだけ聞こえるくらいの声が興味なさげに転がった。確かに一鉄の記憶通り、小池は修学旅行に参加しなかった。彼は一生に三度あるかないかのイベントをふけてまでネットの知り合いに会っていたのだ。別にこの日でなくともよかったのにわざわざ被《かぶ》せたのは、初めて会うその人物に「今ごろクラスメイトは修学旅行中だ」と言うためだった。これはイベント事に浮かれない自分の演出だけでなく、修学旅行から逃げる自分を正当化する言い訳でもあった。友人がいないわけでもないのに学校が憂鬱《ゆううつ》な彼は、チープな自意識を腫れあがった口蓋垂《こうがいすい》みたいに舌に乗せた。痛々しいだみ声で自分の首を絞める嘘をついては、逃げられる全てから逃げるのだ。頑《かたく》なにノーブランドの製品を使うのも性能や値段で選んでいるわけではなくマジョリティをきらっての行動で、トレンドに敏感な者をミーハーとこき下《お》ろすくせ、マイナーをひけらかしてはこんなものも知らないのかと賤《いや》しんだ。小池の、男が好きという嘘は女への執着の裏返しだけでなく、周りに女を恋愛対象としている男のほうが多いことに対する単純明快な天邪鬼《あまのじゃく》かもしれない。

さて香本一鉄の美学を思い出してみると、小池の一連の発言は冒瀆《ぼうとく》に等しい。ホンモノを抱えて、水も漏らさず生きている者への不敬極まりない暴力なのだ。

ではさらに復習しよう。暴力とは責任が伴うものであるということを。暴力には暴力で返さなくてはならない。御祝儀ではない、ならば同じ値段ではいけない。一鉄はがっちりと包帯に包まれた手で小池の腕を摑んだ。

「今からでええ?」

「えっ……!?」

教室はもう野次ったりしなかった。できなかったのだ。讒訴《ざんそ》も耳談合もない、只事《ただごと》では済まされないことを認知した目配せだけが長方形のなかを飛び交った。小池以外の全員が、しまったと思っていたのだ。小池はまだ夢から覚めない。なにしろ香本一鉄は小池の憧《あこが》れでもあった。毎日堂々と遅刻して来る様や、今日もそうだが日常的に異様な存在感のある湿布や痣や挫創《ざそう》をあちこち引っ提げている様は彼にとって男らしく映った。縮れ毛矯正をかけて刈り上げ、見様見真似《みようみまね》のワックスで撫《な》でるのが精一杯だった小池は、一鉄の真っ白な髪をいつも仰ぎ見ていた。度々増える耳の穴は、自分のように意を決して病院で開けた綺麗なものではない。麻雀で負けたから、知り合いがニードルの練習をしたがったから、そんな詭激《きげき》な動機でできていったものらしい。全てが無秩序で、自由奔放で、理想的だった。だから今日抱かれたい男として名前を挙げたのだ。しかしそれは自分を演出するための嘘なので、本当に外性器を捧《ささ》げる覚悟などない。

小池は授業をサボるなんて初めてだった。体育のマラソンで教師に見られていない部分を歩く程度の不正行為を働くのが関の山の男だ、昼間から荷物も持たないで、それも男とセックスをするためにフケるなんて想像したこともなかった。だから為す術もなく、無言で手を引く白く痩せた男と地面を交互に見ながら人生のターニングポイントに至ってしまったのかもしれないと震えているのだ。

「あの、香本くん、どこ行くん?」

意を決して尋《たず》ねる。一鉄は歩幅を変えないまま答えた。

「ヤれるとこ」

冗談じゃない。それは小池の希望とは全く違うのだ。小池の本当の希望というのは、例えば香本一鉄の都会的で悪っぽい年上の友人に紹介してもらい、麻雀や観戦やクラブに連れていってもらい、教師にも一軍にも怯《おび》えることなく普段日陰《ひかげ》で一緒に日向《ひなた》へ向けて怨言《えんげん》を並べている連中から尊敬されるような人間になりたい、結局のところ女にもモテたい、ということであった。誰にも言えない本当の願望とはえてしてそういうものである。

「こ、香本くん、本気？」

その問いかけにぴたりと歩みが止まる。履き潰されたコンバースの踵《かかと》と目が合った拍子に、思わず自分の爪先《つまさき》へと視線を逸らした。

「嘘やったんけ、お前」

「いやいやっ、そういう意味とちゃうよ、ごめんごめん」

小池は漸く事の重大さに気づき始めていた。さっきまでは自分が去った後の教室で、自分が話題の中心となっている妄想に耽《ふけ》ったりする余裕があった。香本一鉄のような札付きとよろしくやってきたことなんて、一生の武勇伝にできるんじゃないかとまで思い上がっていたのだ。嫌だ。今は恐ろしさでいっぱいであった。覚悟なんて何ひとつない、彼には見栄《みえ》と、穿《うが》った目線で真《ま》っ直《す》ぐなものたちをこき下ろす能力以外は備わっていないのだ。でも今さっきのは嘘だったと断って、一鉄の怒りを買うことも等しく泥梨《ないり》への道程だと知っていたから、今は目の前のこの男がふりかえって嘘だよ、悪い冗談だよと言うのを祈るしかなかった。

小池の祈りも虚《むな》しく、一鉄の目指したヤれるとこ、には着いてしまった。気の小さい小池は中三のときは確か相手の家で行った。だからそれを目的とした施設は初めてである。制服で入れるということも、野郎同士でも使わせてもらえるということも全く新鮮な知識として小池の頭にしまわれた。またどこかで見栄を張るときにこの知識を使うために。

「あっ、金、持ってへんわ、香本くん俺！」

嘘ではなかった。あのまま連れてこられた小池は紛《まが》うことなき文なしだったため、この言い訳は土壇場のところで垂れ下がってきた本物の蜘蛛《くも》の糸なのだ。

「僕が持ってる」

呆気なくその糸は切られた。逃げ道を失った小池はもうそれ以上何も言えない。失ってしまうのか、こんなにも突然に。部屋に入るまでの間も抜け目なく知識は拾われた。ラブホテルというのはどういう場所なのか自分より下の人間に事細かに語るためだ。しかしこの行動の全てが目も当てられない現実逃避に違いなかった。でも安心すればいい、一鉄にその気はないのだから。無論取るに足らない悪質な同級生を犯してやろうなどと考えてはいないのだ。彼はただ一生立ち直れない程度に脅してやろうと考えていただけだった。

個室のドアが閉じられる瞬間、個室が個室としての役目を果たした瞬間、一鉄は笑った。それは狂気じみたものだった。

不自然な範囲しか動かせない指で小池の襟ぐりを摑み、タフテッド張りの床に押し倒した。両腕は身体にぴったりと付けさせたまま動かないよう太腿《ふともも》で押さえ込む。馬乗りになったときの人間の顔はだいたいこんな感じだ。変わりない、特にコメントすることもない、つまらない狼狽《うろた》え顔である。

「ボケ、コラ、小池お前、あんまりこいてんちゃうぞ」

喉元につっかえていた嫌悪が唸るようなトーンで絞り出された。小池が泣くまであと五秒、つまりこの瞬間に拳を叩き込んだのだ。

「お前、もしあの教室にホンモノがおったらどないするつもりやねん、オイ。ホンモノがホンモノを一生懸命隠しておるとき、偽モンがその一生懸命を踏みにじって現れたら、迷惑やと思わんのけ!?」

一鉄はいつも人を殴るとき冷静だ。試験中知らない公式が出てきたときよりよっぽど落ち着いた頭で次の一手を考えている。鼻を折りたいがこの手では少々難しいため、器用に右足のスニーカーを脱いでそのゴムのところで鼻を打った。これがもし、履き潰したコンバースでなければ、仮に、箱から出したばかりのルブタンであれば、もっと早く仕事は終わったかもしれない。小池は際限なく叩き込まれる輪ゴム色のソールがその顔から離れる瞬間のみ息継ぎを許される。これは疼痛よりも、息苦しさに耐える試練であった。一秒先の痛みの有無ではなく、一秒先の自分に意識があるかを心配せねばならないのだ。

一鉄が許せなかったのは小池が嘘をついたためであり、その嘘に自分が巻き込まれたからではない。もちろん小池のまごとに知らないところで付き合わされるのは不快だが、小池がした行為そのものが、香本一鉄の最も悪とするレールにがっつり乗っかっていたのだ。もし、あの場に、小池が口で得意げに言ったことをそっくり腹に隠して慎ましく過ごしている奴がいたとしたらどうだろうか。自分の代わりに、自分の代弁者のように勝手に吐露されてしまうというのは筆舌に尽くし難い屈辱ではないか。そしてその内容はあからさまに真実の持つ神聖な熱から逸れていて、それを訂正することもできないままその場の返答や対応がまるで自分に向けられているかのように感じたとしたらどうだろうか、小池を咎《とが》めたり詰《なじ》ったりおもしろがったりする声は、ホンモノにとって自分に向けられた声に聞こえるのではないか。

一鉄の誰にも理解されない優しさはこの想像力が根底にあってこそのものなのだ。

数分の殴打の末、打ち付けたときの音が変わったため一旦手を止めた。人を痛めつけるのにも体力がいる。一鉄は肩で息をしながら股《また》の間でグチャグチャになって泣いている男を見た。

「あのな、小池、お前はホンマに僕に抱かれたいんか」

小池は痛みと恐怖に震える顔の、その震えを大きくすることで答えた。

「ほんだら、抱きたいんか」

今度も大きく震える。今この男は十中八九数十分前の自分の発言を悔《く》いているところだろう。

「なんでそんな嘘つくねん、なんで……ヒトに迷惑かける嘘っていうんは詐欺《さぎ》とかだけとちゃう、誰かの大事なもん巻き込んでこう……ムカつかせるってゆーかァ、んん……あんねん、あるやろ？　わかれや、それくらいさァ。何歳やねん」

一鉄の怒りはなかなかうまく言葉にできないことが多かった。その理由は彼自身の隠し事の多さに依存する。現になんでも話せる船川とかいう教師以外には、自身のほとんどを偽ってないと立っていられなかった。でもそれらの嘘全てが周りを傷つけないためのもので、誰かを貶《おとし》めるためのものではない。嘘がないと生きられない一鉄は、嘘によっていつでも死ねる場所にいる。船川は傷つかないし、傷つけないし、自分に興味がないところが良かった。藤原では、自分に興味がありすぎる。一鉄のことで傷ついてしまうのだ。だから彼には多くを隠すしかなかった。一鉄も彼を好いているから。

一鉄は思い立ったように立ち上がった。解放された小池は急なことに動けないでいたが、引っ張られ、されるがまま今度はベッドに転がった。嵌《は》め殺しの窓から狂暴なほど伸び放題になった雑草が見える。世の男女は、あんな風情のないネコジャラシを見ながら果てるというのだろうか。

「ピロートークじゃ、小池！」

「え？　え？」

さっきまでとは打って変わって生意気な小学生みたいに笑う。小池の鼻はじくじくと鈍《にぶ》い痛みを訴え続けているが、それよりも想像すらできない次の展開が怖い。ひどく満足そうな一鉄は徐《おもむろ》に制服をずり下げ、小池の顔の前に自身を垂らして見せた。驚いた。一鉄のものは生まれたまんまの装いだった。

「アハア！　この前のプレミアリーグ、観《み》た？　お前、観た？」

「えっ、こ、香本くん、これ……」

「僕な、アーセナルとウルブスどっちが勝つかって賭《か》けに負けて、知り合いにパイパンにされてん！　よう見て！」

その試合から日が経《た》っているからか、疎《まば》らに短い毛が生《は》えかけているが確かに一度はその生身の肌を隠さないでいたことが見てとれた。懐《なつ》かしさすら感じるが、これを何人の目に曝《さら》したのだろうか？　自分は一体何人目であり、どのような顔で向き合うのが正解なのだろうか？　小池は目まぐるしく人格が変わるような一鉄に振り回され酔ってしまっていた。香本一鉄の陽物を間近で見て、そしてそれは裸一貫で、賭けに負けた罰ゲームで……。もはやこの後周りの人間に今日あったことの何を自慢すればいいのかわからない。小池が常に抱えている邪《よこしま》な承認欲求や自己顕示欲といったものがすっかり打ちのめされて顔を出さなくなっていた。とりあえず暴力は止《や》んだはずなのに何が起こるかわからない恐怖が瞼の裏に張り付いて脅し続けているからだ。そしてひとつの紛《まぎ》れもない事実として、自分のものより上等なのだ。彼の分身は。

「僕のを剃《そ》ってもたヤツが言うにはな、外国人はみんなパイパンらしいねん。サッカー選手もみんなそうやって。海外のクラブにおる日本人選手もみんなそう。ないのが恥ずかしいんじゃなくて、あるんが恥ずかしいねん、向こうでは。僕の好きな選手もそうなんかなあ。なあ、笑ってや」

あまりに無垢《むく》だ。鼻先にのびのびと居座る坊主《ぼうず》の分身がそれを助長する。

「せや、普段、なんの音楽聴く？」

これまた急ハンドルだ。この質問をもし教室でされていたなら、あるいは登下校中の電車の中でされていたなら彼は喜んで答えただろう。しかし今は塗装の剝《は》げた悪趣味な塀に囲まれた廉価なラブホテルで、自分の貞操の行く末に刃物を向けられたままでの質問だ。すいかを選ぶより慎重に言葉を選ばなくてはならない。

「音楽……？」

ここでもまた嘘をつくか、見栄を張るか自分を着飾るか見られているのだろう。察しの悪い小池でもここまで冷めきった頭ならわかった。

「僕、知らんから、流行《はや》りのやつ。だから知ってたら教えて欲しいなァ」

裸のそれをしまわないままではあるが、一鉄は大人しく横になった。

「ジューって知ってる？　曲作ってる人なんやけど。藤原くんの好きなアーティストでなぁ、難しい歌作らはるねん。僕は二、三曲聴いてわからんかったからもう聴いてへんけど、藤原くんが好きなんやったら僕も応援したいからその人が曲作ったらいいねだけ押してる」

小池には心当たりがあった。一鉄の言っているのがもし自分の知っているジューなのであれば、ネット上でわりと名を売っている素人だ。いや、既にどこかの音楽会社と契約しているのかもしれないが、とにかくジューは自分で歌を歌わない、所謂《いわゆる》ボーカロイドを使うアーティストである。ボーカロイドとは簡単に言えば実際の人間の肉声を使って機械が歌う近代音楽のジャンルのことだ。小池は普段から素人が作ったそういう曲を頻繁に聴くが、夜郎自大を拗《こじ》らせているため仲間内にそれを話すことはなかった。生身の人間の、もっと言えばほかの高校生が知らないようなインディーズバンドを聴いているのがいちばんかっこいいと信じて疑わなかったからだ。だからこそ、香本一鉄の口からジューの名前が出たことに驚いた。藤原が好きなのか。藤原亮と言えば女を追いかけもしない硬派ぶった性格の鬱陶しい長身で、香本のような不良とも仲が良く教師からの支持もあるいけ好かない男だ。ジューが好きだなんて想像したこともなかった。

「へ、へえ……藤原って意外とオタクなんや……俺も知ってるよ、ジュー」

「オタク？　オタクか？　なんで？　ジュー好きな人はオタクなん？」

「えっ？　だってジューって、アレやろ、結構オタク系のボカロの人やろ。あれ、間違ってた？　ほかにおるんかな？」

「せや、一人で作りよるんやって、凄いよなあ。まあようわからんかってんけどなぁ僕なんかには。藤原くんは物事を真っ直ぐ受け取る男やから届くんや」

一鉄と話していると自分の中の常識や偏見がバラバラになっていく気がした。小池や小池の周りにいる人間より遥かに高尚だ。普段あんなに暴力をふるっているのに、鼻をつまれているのに、法に触れているのに、純粋さで違背《いはい》を支えるなんて卑怯《ひきょう》である。小池は自身の胸に抱えている拘《こだわ》りのみすぼらしさをありありと痛感した。おそらく一鉄は何がダサいのか世間の目を気にしながら考えたことがない。藤原亮が何を好きだと言っていても尊敬しただろうし、藤原亮もジューの良さを真面目《まじめ》に嚙《か》み砕《くだ》いて、それを好くことを恥じたりしないのだ。仄暗《ほのぐら》いだけの悲しいもの好きに受ける曲ばかり書くやつだと思っていたが、途端にジューは凄いアーティストなんじゃないかという気がしてきた。ジューに教えてやりたい、お前の客は浅い層以外にも届いているんだと。

羨《うらや》ましい。小池は今更理解した。なれないものにはなれないのだ。

「僕はザ・フーが好き！　藤原くんいっこも聴いてくれへんけどな。かけていい？」

この日小池は自身の鼻の骨と引き換えに香本一鉄が下半身を坊主にしていることと、ひどい音痴であることを知った。


この高校の校則は、普通である。いたって平均、スカート丈や多少の茶髪には目を瞑るが、目に余る脱色やピアスは指導の対象だ。

梅澤めぐるの髪はいつでも細やかに結われていた。解けば腰あたりまであるモカベージュを気長に、丁寧に、頼まれてもいないのに毎朝美しいシニヨンに編み上げている。耳の高さでひとつに纏め、トップから引き出した数束《すうたば》をふんわりとさせる。驚くことにここで作業は終わらず、今度はその尾っぽを悠長に編み込み、左右からもひと回り規模の小さい三つ編みを二つ作り首の後ろのところで尾っぽの親玉と合流させる。それで漸く完成らしい。場合によってはここにリボンがかけられたりフレームピンが挿されたりするのだが、学校に通うだけの日はこれ以上の装飾は施されない。この手間は正面から見たときにはさして伝わらないが、彼女自身の拘りとして常に後頭部に張り付いている。

シニヨンを作る作業は彼女にとって礼拝のようなもので、校則に決して触れないところでほかの生徒と自分を確実に区劃《くかく》する枢要《すうよう》な要素なのだ。

「四組の話聞いた？　昼からラブホやって！　男二人！　男二人女二人計四人とかじゃないねんで、男だけ！」

クラス一声のでかい級友がめぐるの机を叩く。壊そうとしているのではないかという勢いだ。めぐるはそんなに叩いては手のほうが痛いのではないかと心配した。

「ほんまに」

「そう！　誰や思う？　香、本、一、鉄！　で、もう一人が小池……小池なんやったかなぁ、あのチビ、ほらあのタレ目の気ぃ悪いやつ！」

小池は本当にどこのどなたか存じ上げないが、香本一鉄といえば、隣のクラスの全身校則違反のようながらっぱちだ。めぐるは鼻息を荒くして捲《まく》し立《た》てる級友を他所《よそ》に、べつに彼ならどんな突飛な行動をしても不思議ではないと思った。むしろ真面目に授業を受けたりしたほうが恐ろしいかもしれない。そもそも学校をエスケープしてラブホテルなんて、自分には縁のない話すぎてピンと来ない。

「うーん、午後も授業があるのにそれはあかんねぇ」

「午後もっていうかそういう話ちゃうよ梅ちゃん、どっちかって言うたらラブホがあかんやろ、男同士でやで⁉」

「まあ、それは学校ないときやったらよかったんとちゃう？」

「もお！　そうやけどさあー！　そうとちゃうやろー⁉　梅ちゃんはやっぱりズレてんねん！」

先程から生徒たちがざわついていた原因がこれだと分かり、めぐるの興味はすっかり失《う》せたのだが級友含め周りの人間は先の事件に夢中といった様子だ。誰かを槍玉《やりだま》にあげたり、笑いものにしたり、あらぬ噂《うわさ》をたてたり、憶測でものを言ったり、そういうのは十八そこらの青い者たちにとって非常に楽しいのだろうと、想像することはできる。それでも楽しむことができないのが梅澤めぐるという女だった。それは根っからの善人であり、ひとを貶めることにおもしろみを見出《みいだ》せない、というわけではない。僥倖《ぎょうこう》なことに。彼女が根っからの善人であった場合物語のヒロインになんて抜擢《ばってき》されないのだ。我らの梅ちゃんがくだらない善人でないという確かな事実は人類が手放しに喜ぶべき幸運だ。

梅澤めぐるの興味は、もっと得体の知れない空想の中にだけ存在した。きっと、誰かに打ち明ければ笑われてしまうような、メルヘンチック、ひいてはロマンチックな世界をそのセパレートされた睫毛《まつげ》の内側にすっきり隠して生きている。具体的に説明すると、梅澤めぐるには生まれる前から人生の物語が決定されているのだ。出会うべき人が決まっているから、それ以外の低俗な人間とは特別関《かか》わらなくても良いし、やるべきことが決まっているから、苦手なことは無理にやらなくても良い。だから下品な男子とは自分から口をきかないし、少しでも幽霊が出てくる映画は観ない（キャスパーは幽霊に含まれないらしい)。これはめぐるに言わせれば好みなんかの話ではなく、運命様がそうさせているに過ぎないことなのだ。

めぐるは自分の物語がなるたけ滞りなく進むよう努《つと》めるのが正しいと思って生きている。毎日結わえるシニヨンは、いつ何時運命が迎えに来ても良いようにと、幼稚園生のとき夢見た舞踏会を今でも想い続けている証《あかし》でもあった。舞踏会に行きたい、十八の女子が口にすれば少々イタい願望であるが、十年前ならどうであろうか。保護者は行けるといいねと言ってチャンネルをカートゥーンネットワークに合わせたはずだ。めぐるはそのときの気持ちを忘れないまま育ってしまったに過ぎない、正真正銘のイタい女なのだ。舞踏会なんてないのは知っている。でもあって欲しいと思うことは自由だ。バレーなんて平均より少し身長が高いからと言って友達に誘われたから始めたまでで、この高校に乗馬クラブがあるのなら迷わずアハルテケに跨《またが》っただろう。めぐるはもうどうしようもなくなりたいのだ、お姫様とやらに。だからラブホテルなんて聞きたくもない、不良の情交などシナリオにない、他所の物語だ。赤ん坊はキャベツ畑から好きなだけ収穫すればいい。コウノトリを脅したっていい。このメルヘン女は人生でただの一度も性的な興奮を覚えたことがない奇特な人物であった。

「梅ちゃんホンマに興味ないんよなぁこういう話。アタシは香本が両方いけるっていうん結構おもろい思うけど」

「両方？」

「だって、あんたの後輩と寝たんやろ、忘れたん？」

そういえば、前回の試合で急遽《きゅうきょ》自分が出ることになったのは後輩が部の決まりを破ったからと聞いた。そうか、そのとき香本一鉄が関わっていたのか。試合に特別出たかったわけではないが、出られないよりは出られたほうがシナリオに沿っているような気がする。だから後輩には悪いがきっと運命なのだろうと思って試合に出たし、得点もした。自分の知らないところで、自分の運命にあの不良が関わっていたのだ。いちいち考えたくもないような非行にばかり走る同級生も、もしかすると梅澤めぐるのエンドロールに非行少年Aとして登場するのかもしれないと、ぼんやり考えた。


好きな食べ物は何か、と訊いたことがある。それは別に奢《おご》ってやるとか振る舞ってやるとかいう前提があったわけではなく、単なる口下手からもたらされた質問であったが、一鉄はすこし考えてこう答えた。

ソース、と。

藤原の常識で言えば、ソースは食べ物ではない。調味料である。ソース味の何かになったとき初めて食べ物と呼べるのだ。しかし一鉄はその前の段階で既に立派な食事だと言う。何も言えなかった。何も言えなかった代わりにその日初めて、自分の家に彼を招いた。後になって気がついたがそういうことをするのはあまり良くないのかもしれない。一度招いたことから、何百回と同じ食卓につくことになるのだ。

藤原亮には母が一人、少し歳の離れた姉が一人。ここには三人の家族が暮らしている。部活動をやっていない藤原はアルバイトのない火、水、木曜日には誰より早く家路につく。先に帰る者がその日の夕飯を作る決まりで、藤原は高校に上がってからずっと週三で炊事を続けている。この食事体系の美点は、ほかの家族の分まで担わなくてはいけないため、よっぽどのことがない限りインスタントやレトルトといったジャンクな出来合いのもので済まされなくなるということが挙げられる。概括すると藤原家はヘルシーに団結し支え合い成り立った良い家庭なのだ。

今日は火曜日。一鉄は来るか来ないか半々だ。来ないときはだいたいほかの知り合いのところにいるらしいが、来る度に調子よく藤原家がイチバンと口にする。

簡単に一人分をよそったそのとき、タイミング良くチャイムが鳴った。

「藤原クンこんばんはァ、オナカすいたわあ、よう考えたら僕昨日からなんも食べてへんねん」

狭い玄関には小学生のころ賞を取った水彩画や、夏休みの宿題として提出した紙粘土の貯金箱といった思い出たちが捨て時を見失われ乱雑に肩を並べている。同じ造りだが、物が多いせいで一鉄の家よりずっと狭く感じる場所だ。そこが良い。一鉄は自宅に宏闊《こうかつ》さなど求めたことはなかった。できることなら好きなものをぎゅうぎゅうに詰め込んだ巣のような場所でハムスターみたいに暮らしたいと思っている。ともかく、狭い玄関では靴を裏返しにしておくこともままならない。足場をしっかり確保しながら一足ずつ脱いでパズルのピースを埋めるように並べるのがこの家へ入るときのマナーだ。靴くらいしまえばいいのに、と思うが、きっと女が二人もいれば収納も間に合わないのだろう。

「お前、親父さんはええんか」

今日一日藤原が気になっていたことだ。確かに今朝の一鉄の様子は只事ではなかった。それなのに昼にはきっちり学校へ顔を出したし、その後はあろうことかクラスメイトを連れてフケたと聞いた。

「知らん」

「知らんちゃうやろ、一旦自分ん家《ち》帰ったんか？」

「ううん、まだ……。さっきまで船川センセんとこおったもん」

「昨日何が……いや、ええから座れ、飯食いながら聞こう」

年季の入った明るい色のテーブルに朴訥《ぼくとつ》な味噌汁《みそしる》と、三色丼《どんぶり》が並べられた。汁物の飾り気のなさをメインが補っているようだ。一鉄のほうには米がない。つまり三色丼のその三色の黄、茶、緑のみが並んでいる。彼は偏食家で、米を食べなかった。味がないものは好かないというのだ。馬鹿らしい、米には米の味がある。それが分からない舌には少々同情するが、理解してやれることは一生ない気がしている。

彼は味の濃いものが好きだと言う。ソースといったあの日から色んなものを一緒に食べたが、とにかく濃ければ旨《うま》い、薄ければ不味《まず》いという粗笨《そほん》な評価だ。味の濃いものが好きな奴は普通白米も一緒に好きなはずだが、一鉄に普通は通用しない。味が濃く、さらに油っこいといいらしい。後に本当にいちばん好きな食べ物はソースではなく角煮だということが発覚した。

「ああ、これ僕のイチバン好きなやつやん」

一鉄は基本何を出してもこの台詞を口にする。たまに言い忘れて、食べ終わった後にイチバン好きなやつ美味《うま》かったなどと付け足すときもあるくらいだ。

「何があったら親父を手が腫れ上がるまで殴るねん」

「親子喧嘩《げんか》じゃ。逆に喧嘩してへんのに殴ったらおかしいやろ」

「だからなんの喧嘩をしたんか訊いてんねんやろ。お前は一発しか殴られてへんみたいやし余計わからん」

茶化すときのこいつは、茶化さないときよりまずいことをしている。藤原は自分で詰問する反面、真実を知るのが怖かった。視界の隅《すみ》で包帯が握る箸《はし》は休むことなくそぼろをつつきながら思案しているようだった。

「僕の金、取り上げられそうになったから殴った」

金、と聞いて嫌な気がした。一鉄は梅澤めぐるのために売春で金を掻き集めていると前に言っていたのだ。そのときは流石《さすが》に激昂《げきこう》したのち釘《くぎ》を刺したが、もしかしてまだやっているのだろうか。

「僕の金って言うのは……」

「僕、が、バイトして……貯めてる金」

最悪だ。歯切れが悪い。きっとまだやっているのだ、彼は。やめろと言われてやめる男じゃないことくらい知っていたが、あのときはやめたという言葉を信じるしか楽になる方法がなかった。合点《がてん》がいった。そりゃあ、そんなふうにして貯めた金を一夜で奪われようものなら手が腫れるまで殴るかもしれない。藤原はつとめて冷静に、一鉄への諦《あきら》めを円みを持った塩気で流し込んだ。

「死んでへんねやな？」

「ウン、それは大丈夫。手足も解いて出てきたもん、あそこで小便漏らしたりされても嫌やしな」

「解いたってなんやねん、縛ってどついてたんか？　惨《むご》いことするなお前……」

一鉄は悪辣《あくらつ》に笑った。そして彼を構成する全ての狼藉《ろうぜき》たる細胞がちかちかと点滅する度、消えてやろうかと脅す度、藤原の憐憫《れんびん》を煽《あお》るのだ。かなしい。この男は何から何までかなしい男だ。なぜかは分からないが、こんなふうに生きていてはきっと正常で、一般的な幸福に辿《たど》り着《つ》けずに死んでしまう、藤原はスピリチュアルもオカルトも信じないが、そう感じることからは逃れられなかった。

「じゃあ、まあ、それは解決したんやな？　それは解決したとして、今日の昼休みのあれ、あれはどうなってん、あの後……」

「小池？　小池は腹立ったからちょっとかましといたらなアカンおもって、そんでまァ、べつに何もしてへん。ちょっと殴ったぐらいや」

「俺は気ぃ悪なって教室を出たから知らんけど、めちゃめちゃ噂になっとるぞ、ええんか」

「ええよ。アカン？」

良くないなどと言う権利はなかった。藤原はあのとき彼を止めることができたのにしなかったのだ。どうなるかくらい簡単に想像がついていたし、あの場で誰より腹を立てていたのは藤原だった。小池が悠々と語り出したときから優等生の皮の下に青筋を立て、今すぐここにその本人が来て殺されてしまえと願い、ただ暴虐の英雄を待っていた。

「……お前がええねやったらそれでええけど……俺も何もできんで悪かった」

「藤原くんはカンケーないやん。謝ることちゃうよ。もおええやんか、僕こそごめんなァ、けっこー悪かったよなァ」

関係ない、その言葉は慰謝でも謙遜《けんそん》でもなく人を突き放す暴力だ。一鉄はこれで幾度となく他者を痛めつけてきた。コンピュータが出したドライという答申はこういう言動の積み重ねから来るものかもしれない。

「梅澤の耳にも届いてたらどうするよ。今日のこと」

一鉄は所謂三角食べというやつができない。これにより今皿の上にあった三色は二色になっていて、どうやら卵そぼろを最後に残す気なのが窺えた。ホウレン草を摘む痛々しい指先が、その動きを止めないで答える。

「今日のことって、小池のこと？　べつに、ええんちゃうん、それより僕、今日来たら藤原くんに怒られるんちゃうかおもててんけど、怒ってへんの？　父ちゃんのことも小池のことも、一日で二人もボコボコにしたねんけど」

「怒れる立場におらんからや、それは」

そうか、と安心したように皿を持ち上げ残りをかき込む。細い目は卵だけを見て、藤原に視線は寄越さない。それをまじろぎもせず見ながら、漸く本当にいちばん訊きたかった問題について触れる決心をした。

「一鉄、お前最後に美容院行ったんいつや」

箸が止まる。皿が鷹揚《おうよう》に口許《くちもと》から外され、その顔からは焦りの色が見えた。小さな瞳孔《どうこう》が沈黙を持て余して往来している。藤原は予想が当たったんだと嘆息した。

「えっ、あ、最近最近」

「嘘や」

「嘘ちゃうよ、行ったよ。あ、知り合い知り合い。知り合いにやってもらってるねん、ほんまほんま」

一鉄の髪は真っ白である。それは度重なる脱色によるもので、特に意味のないお洒落《しゃれ》の範疇《はんちゅう》を出ない。ちょうど高校に受かったあたりからずっとフォーンのチワワみたいな色をしていた。髪は明るく抜けているほど伸びたときの根っこの黒が目立つ。それが近所で所構わず腰を振るチワワのソラくんにそっくりであったため、見かける度に一鉄を思い出したのだ。それが今はどうだろうか。ソラくんとは似ても似つかない、もっと白い白だ。敢えて犬種で言うならサモエドとかあの辺と言って差し支えない、上から下まで同じ白なのだ。サモエドを人間が維持するにはおそらく大変な手間がかかる。普通、髪なんて一ヵ月そこらで伸びて地毛の黒を主張し始めるはずだが、一鉄の髪にはそれがない。全くと言っていいほどない、伸びた傍から白い毛だ。むしろ根元こそ地毛の色を手放して白い。これを今日エントランスで起こす際に気づいて身の毛がよだったのだ。

「白髪や、それは」

「アホ、オシャレじゃ」

「何を思い詰めてんねん、お前は」

勘弁して欲しい、白髪の少年はそういう目付きで訴えた。言わないで欲しかったのだろう。藤原だって言いたくなかったし、自分の思い過ごしであって欲しかった。でもこの重い空気がそれを許さない。十八で、髪が真っ白になるほどストレスを抱えている奴なんてそういないだろう。一鉄は危うい。自我が覚束《おぼつか》ない。動機が胡乱《うろん》で、明日が心許《こころもと》ない。嘘ばかりつく口の代わりを、その髪が全部果たしている。

「僕病気かな」

「やとしたら心のな」

「死ぬかな」

「死なんよ、そんなんでは」

知らない。そんなことは。ただ死んで欲しくないからそう言ったまでだ。

「僕はハゲるよりええかなって思ってるよ」

「そんだけ呑気《のんき》やのになんで白髪生えるねん、おかしいやろ」

また笑う、大声で笑う、塞《ふさ》ぎ込《こ》むように、ゴミ箱に直接痰を吐くように、クローゼットに浮気相手を詰め込むように笑うのだ、こういうときは。

一鉄の座る横の席には、何やら複雑な形の座布団が敷いてある。これは座るだけで痩せるという詐欺まがいの代物らしく、藤原の母親が通販で買ったものだと聞いた。

「これ、効きよん？」

「そんなわけない。座るときはどけてるよ、邪魔や言うてな」

堪えられないといった具合に一鉄の口角が上がった。

「そんなオモロかったか」

「いや、うん、いや、べつに太ってへんのになぁ、藤原くんの母ちゃん」

今晩のオカズは三色丼の中身ではなく、やくざなダイエット商品に決まりだ。


親父さんと仲直りしろよ、そういう的はずれな説教で見送られた。はっきり言って家に帰る気はない。藤原が許すなら一晩泊めて欲しかったが、健全な親子関係を押し付ける彼が聞く耳を持つはずもなかった。十月の夜は十分肌寒い。便宜的に凪《な》ぐ夜にうんざりとしながら閑散としたマンションの廊下を歩く。無気力だ。

そもそも、仲直りしたくないとか、意地を張っているとかそういう気持ちは断じてない。筋違いも甚だしい。一鉄が帰りたくない理由はただひとつの揺るぎない恐怖だけだ。

どうしよう、あれで足りていなかったら。数時間かけて丹念に、自分を守るために叩き込んだ暴力が、万が一足りていなかったらと憂虞《ゆうぐ》していた。自信がない。己の暴力が見様見真似の火遊びに過ぎないと分かっているから帰りたくないのだ。

昨日、正確には日を跨《また》いでいたため今日、蔑《さげす》んだ血まみれのあれは今夜の自分かもしれない。藤原が言っていた父親の安否に関しては心配ないだろう。人間あんなことでは死ない。これは経験から言えることだ。自分のときはもっとひどかった。確かティッシュ箱のような拳よりずっと柔らかいもので殴られたが、その厚紙でできた箱は折檻《せっかん》が終わるころには皮膚の水分と血液を吸って見る影もなくしていた。あれが箱としての形を保てなくなりぼたりと床に落ちたとき、漸く暴力は終わったのだ。

量子力学とか、科学哲学とか、そういう話を持ち出せばあの部屋で事切れている父と生き長らえている父の両方が存在するのだろうが、まことに残念なことに、何か素敵で気の利いたいなせな奇跡でも起こっていない限り絶対生きていると言えるのだ。自宅のドアを開けた先で父親が自分に恐怖して、悪かったと謝ってくれるのなら初めて安心できるが、どうもそんな姿は想像できなかった。一鉄自身が過去というものに屈しているからだ。

帰る気にもなれないので結局そのまま一階へ降りてマンションから出てしまった。こういうとき一鉄はなんでもない夜遊びにスイッチするのだが、今日はどうにも心が乾いている気がする。一晩中父親を殴り続けて、その足で病院に行き、挙げ句の果て同級生にラブホテルで説教を垂れた。親友には心配をかけたし、白髪もばれた。しんどいな、簡単にそう思った。こんなときは、愛だ。香本一鉄の愛とは梅澤めぐる一択である。別に何をするわけでもないが一目見たい。

めぐるの自宅はここからそう遠くない、駅のほうへ歩いていくと見えてくる四十坪ほどの北欧風戸建てだ。かなり熱心に庭の手入れがされているが、それが本当に悪趣味で気の毒に思う。母親の趣味だろうか、天使のオーナメントがいくつも置かれ紫ともピンクとも取れるケバい花が毒々しく咲いている。あの花がなんなのか一鉄には知る由もないが、自由に花言葉をつけていいなら「新装開店」にしただろう。

別に顔を見なくてもいい、あの部屋に電気が点《つ》いていれば、そこにめぐるがいるということだ。それだけ分かれば幸せな気持ちになれるのだ。だから、つまり、その電信柱の下で蹲って泣いている梅澤めぐると会おうとなんて、微塵も思っていなかった。

(梅ちゃんが泣いてる)

その距離は五メートルほど。声をかければ届くだろうし、こんな時間に外にいては危ない。いくら家がすぐそこだと言っても世の中にはどんな輩《やから》がいるか分からないのだ。いきなりラブホテルに連れ込んで鼻の骨を折る奴がいるかもしれない。その焦りから普段なら絶対に声を掛けないが、掛けたほうがいいのではという考えがよぎる。いや、むしろ掛けなくてはいけないのではないか、だってこんな偶然はない。えんじのブレザーが街灯に照らされこぢんまりと震えている。ブレザーということは今日は部活がなかったのだろう。なんて愛くるしい背中だろうか。思わず蹴《け》っ飛《と》ばしてしまいそうだ。そんなことを考えながら気が付いたときにはもう数歩という距離に来ていた。

「どないしたん、こんな時間に」

上出来だ。なかなかロマンチックで優しい声掛けではないか。あとは眉毛が生《は》え揃《そろ》っていれば完璧《かんぺき》だった。めぐるは追い詰められた草食動物のように振り返って尻もちをつく。

思いもよらぬ人物に肩を叩かれたからだ。

「わっ、う、はっ……」

「大丈夫？」

「はっ、ふっ、だ、うん、大丈夫……」

明らかに大丈夫そうではないが、赤い目を決して一鉄から逸らさずにそう答えた。芯《しん》の強さが窺える瞳《ひとみ》だ。

「香本一鉄くん？」

「そう僕、香本一鉄くん」

「……ねこが」

ねこ、と耳にして初めてめぐるが薄茶色の何かを抱いていることに気がついた。それは工事現場近くのフェンスに突き刺してあるタオルのような毛羽立ちで、だけど普通のタオルにはない汚れがついていた。血だ。アルカリ性の漂白剤を持ってこなくては。

「わァ、ネコ殺したん？」

「轢《ひ》かれて死んでたのっ！」

青くなっていた顔が怒りによって血色を取り戻す。梅ちゃんが怒ってるところなんて初めて見た、一鉄は興奮気味に今の僥倖を嚥下した。轢かれた猫の死骸《しがい》なんて抱いて何をするつもりだろうか、制服にまでその毛や血がついている。

「梅ちゃんのネコ？」

「梅ちゃん……ちがうよ。知らん子、見かけたことはあったけど……」

梅ちゃん、と心の中や船川の前では連呼していたが実際本人に言うのは初めてだ。馴《な》れ馴《な》れしいと思われただろうか。それより益々《ますます》意味不明だ。野良猫の死骸を大事そうに抱える奴なんて一鉄は知らない。魔女くらいじゃないか、そんなもの。梅ちゃんのことは依然として大好きであるがまさか魔女だったとは。かわいい魔女だ。彼女が猫の死骸を欲しいというのなら何匹だって殺そう。そう思った。

「あんまり可哀想やったから、弔《とむら》ってあげたくて」

弔う、と言ったのかこの魔女は。弔うというのは死んだものに、生きていないものに哀悼の意を捧げてどうたらこうたらする謎《なぞ》の行為のことだ。野良猫にそんなけったいな行動を起こそうとしているなんてどうかしている。轢かれたと言ったがもしかして自分で轢いたのだろうか？　一瞬そう考えたが自転車通学でないことを知っていたため、やっぱりこの女の子は少しおかしいんだと確信した。

「アア、ええ、じゃあ手伝うよ、僕が持つよそれ、汚れるし」

「あっやめ……いや、私ができるから、大丈夫。こ、香本くんこそ何してるの、びっくりした……」

「なんとなく……帰りたなくて……フラフラしてたら梅ちゃん見っけて。そのネコどこ埋める？　ええ場所僕知ってるよ」

めぐるは未《いま》だ訝《いぶか》しげな視線を送り続けているが、従うほかないと腹を決め鷹揚に立ち上がり、一鉄の半歩後ろを歩き出した。

「この子が轢かれる瞬間を見てもてん」

「ほんまァ、グロかったやろなぁ可哀想《かわいそう》に」

「私のお父さんがはねた」

振り返るとめぐるのアーモンドみたいな瞳からまた涙がこぼれ、胸のところに落ちて薄いシミを作った。あえかなシミだ。それは許せない。めぐるを泣かせるめぐるの父も、死んだ猫も許せない、その父親とやらを轢き殺してやればめぐるの心は晴れるだろうか。

「轢き逃げしたん？」

「そう。いや、気づかんかったんかもしれへんけど……私は見てもたから」

「父ちゃんの尻拭《しりぬぐ》いして、できた娘やなぁ」

めぐるは何も答えなかったが、猫の亡骸《なきがら》を抱いて両手が塞《ふさ》がっていたので涙も鼻も拭《ふ》けず困っているようだった。恥ずかしいのだろう、ぐったり頭を垂れてその猫に顔を隠すように歩いている。一鉄はカーディガンの袖《そで》で乱暴にそれを拭《ぬぐ》った。泣いている理由はちっとも分からなかったけど、鼻を垂れるのが恥ずかしいというのはギリギリのところで共感できたから、その恥を取り除いてやろうとしたのだ。

「ネコぉ、僕が持つよ、やっぱり」

「ううん、香本くん落としたりちぎったりするかもしれんから、いい」

「エェ⁉　そんなことせんよ！」

「冗談」

彼女が急にいたずらっぽく笑った。どこか無理しているような感じで、もう大丈夫ですと言いたげな口角の上げ方だ。嘘みたいだと一鉄は思った。この顔は、ずっと陰《かげ》から見ていた顔だ。それを独《ひと》り占《じ》めしているなんて、夢かもしれない。怖い、覚めたらショックで死んでしまうかもしれない。全部夢で猫が生きている世界線があるのなら、めぐるは泣かずに済んだのだろうか、もしそうなら夢でもいい。猫が生きていたほうが、めぐるにとって良いのなら。梅澤めぐるの悪夢に登場できたことを喜んで死んでしまおう、いつか聞いた屁理屈《へりくつ》みたいな思考実験に準《なぞら》えてそう思った。

パンを踏んだ。父が娘の代わりに。かわいいパンは柔らかく頼りない体で前進していたが、憐れ鉄の塊《かたまり》に追突されその内臓を撒《ま》き散《ち》らしてしまった。内臓に持つ感想としては、思いのほか量が多いということくらいだ。

だから、ようするに。お姫様になるための雲路を倦《う》まずたゆまず邁進《まいしん》していたところ、父の不注意で呆気なく地獄に堕《お》ちてしまったのだ。

梅澤めぐるの知っているお姫様は皆一様に動物ととても仲が良い。動物の言っていることも分かる。挙げ句の果てにはこき使って掃除や裁縫を手伝わせるのがセオリーだ。だからめぐるにも分かったのだ。内臓を吐き出したパンが自分に、動物を殺すような親を持つ子どもがお姫様になれるわけがないと告げたのを。

従って、突として目の前に悪魔が現れたのもそのせいだ。悪魔はどうやら頭が良くないようで、いたいけなかわいい小動物が死んでしまったことの不条理さや憂《う》き目《め》が理解できていないままめぐるの涙を拭った。すこしエタノールとかそういう病院っぽいにおいがした。よく見ると怪我《けが》をしているみたいで、厚く巻かれた包帯が暗澹《あんたん》たる空間をぶっきらぼうに弄《もてあそ》んでいる。白い顔にも、それよりもう少し白い湿布が貼《は》ってある。そこだけ肌から浮いていて、突貫工事で塞がれた壁のようだ。悪魔はそれらを意に介さず目が合う度嬉しそうに笑った。柴犬《しばいぬ》とか、キツネとか、一瞬斯様《かよう》なかわいい生き物にも見えたが、瞬きして涙を叩き落として見てみるとやっぱり悪魔が笑っている。トランプのジョーカーがそこにいるのだ。お姫様は騙《だま》されない。

悪魔が案内したのは古寂《さ》びたアパートだった。そこの郵便受けの下に誰も手入れをしていなそうな花壇があり、彼が言うにはここのアパートはずっと取り壊されたりする予定がないらしく、埋めるにはちょうどいいとのことだった。もちろん良くない。めぐるは人生でただの一度だって良心に背いたことがない危ない女である。お姫様たるものなにがあっても矩《のり》を踰《こ》えず、いついかなるときも気丈なコオロギと二人三脚で歩んできたのだ、悪魔と並んで歩いただけでも罪悪感があるのに、人様のアパートに勝手に猫を埋めた。もう後戻りはできない。

「ここなあ、船川センセの家やねん。船川先生死んだネコに似とったよなあ」

死んだ猫に似ているなんて暴言どうやったら思いつくのだろうか。この悪魔に会ってからめぐるはずっと茫然自失《ぼうぜんじしつ》としたまま成り行きに任せていたが、はっと我に返り時計を確認すると、二十一時をとうに回っていた。いけない、もう魔法が解けたりする心配こそないが、流石に両親に連絡も入れず不良と出歩いてはお姫様どころか普通のお嬢さんとしてもかなり悪い。

子猫に手を合わせたあと香本は寂《さび》しそうに送ろうかとだけ訊いてきた。あんまり家の近くまで送られて親に見られてもまずいのでどうしたものかと考えあぐねていると、携帯が鳴った。父だ。パンを踏んでおいて、罪のない猫を殺しておいて、罪のない娘を地獄に堕としておいて、何を言うつもりだろうか。感じたことのない嫌悪が口蓋垂に絡みついた。今口を開けば十八年間閉じ込めておいたなにかがこのまま口蓋垂の把手《とって》を引っぱって手加減なしに出てきてしまいそうだ。

「出んでええの？」

「私……どうしよう」

「ん、なんかすることあったら付き合うよ、僕はなんもないから」

親に連絡を入れなければ心配をかけるということを知らない一鉄は、そこに関する気遣《きづか》いが全くできないのだ。彼の周りには彼の帰りを待つものも、気にかけるものもいないのだから知るはずもない。だから下心とか悪気はなく、純粋にいつも通り彼女の一日が成功裡《り》に終わることをサポートしたいと思っての申し出だ。

このときめぐるは、得体の知れない情動にかられていた。昔から自分の考えや本心を言わない少女だった彼女は、もちろん多少の本心は伝えたが、もっと奥のところにある、皮をずっと剝《む》いていかなければお目にかかれない皺《しわ》のいった芯は見せようと思ったこともなかった。それなのに、今夜。よりによって悪魔に。芯を少し見せれば、己の魂と引き換えに望みを叶《かな》えてくれるのではないかというなんの根拠もない冀求《ききゅう》を抱いてしまった。

本当の望みとは、ややもすれば赤の他人に吐露できるような乱れのないものではないことがほとんどだ。今日小池ができなかったように、大概の人間にはできない。望みを声高々に触れ回る人間は、それはそれは立派なものばかり口走る。例えば誰もが知っているような大学の、さらに倍率の高い優秀な学科を目指しているといった晴れ晴れとした望みなら恥じることなく言えるかもしれないが、小池のようにただ女にモテたいだの、周りから一目置かれたいだのいう俗で陳腐《ちんぷ》な願望を口にするのは平均的な感性としてはばかられる。欲しい物に関してもそうだ。ここからは本当に個人の価値観によって差が出るが、ひとつのブランドに価値があると思いそれを欲しがる自分のセンスを見せつける人間もいれば、本当にその商品が欲しい反面、ブランド自体が周囲にどう見られているか客観視できていてそれにより欲しいということを声に出せない者もいる。めぐるもそうだった。部活で良い成績を修めたい、ウィルセレクションの清楚《せいそ》なワンピースが欲しい、そういうことは口にできても、舞踏会に行きたい、ベイビーザスターズシャインブライトの本物のロリイタが着たい、フェイクでない本質のほうは口が裂けても言うつもりはなかった。決して自分の願望を恥じているわけではない。むしろ護《まも》っている。かわいい願望たちを。飢えて嘴《くちばし》の開閉をおぼこく繰り返す大切な願望を、他人に曝してみて万が一にも嘲笑《ちょうしょう》されたら立ち直れないと分かっているからこそ、護るほかないのだ。誰も言わないから憶測に過ぎないが、きっと多くがそうしている。

「連れていってあげるよ、じゃあ」

「嘘ばっかり」

「ほんま、踊ろう」

悪魔はやっぱり悪魔だから、きっとできないことなんてないのだろう。他所の家の風呂《ふろ》場《ば》から安っぽいシャンプーの匂《にお》いが漏れだして、誰のものでもないはずの夜を嘲《あざけ》った。今夜は空が随分低い。背の高いめぐるは頭を打たないよう肩を竦《すく》めて歩かなくては。白馬はいないが、目に痛いほど白い悪魔が鬣《たてがみ》を揺らしてご機嫌を伺っている。媚《こ》びるように笑う顔は相当な場数を踏んだ犬畜生のそれであった。


舞踏会に行くのがずっと夢だった、とめぐるが言った。直感で、めぐるのそれが初めて零された言葉だと気づいた。舞踏会というのは踊るヤツのことだろう。それなら尠《すくな》からず心当たりがある。是非とも身どもに任せて欲しい。野良猫を触って埃っぽくなったお姫様の手を引いて足早に駅前に向かった。彼女のためにカボチャの馬車を呼んだのだ。

馬車は一鉄の連絡を受けてものの五分で到着した。白くて、いやにぴかぴかだ。カボチャというよりかはメンフクロウに似ている。メンフクロウの胃の中ではドレイクが韻を踏んでいて、それが車外までばっちり漏れ聴こえていた。メンフクロウと呼ばないのなら、ジュリエッタと呼ぶのが適当であろう。アクション映画も真っ青のドライブテクニックで雑につけられた車の窓が開く。

「おはようっ」

運転席から愛嬌《あいきょう》のある鼻声がした。狼狽《ろうばい》するお姫様は車内に詰め込まれる。その表情は姫と言うより、売られる子牛のようだ。ココナッツの甘い匂いが充満するこの籠《かご》はお気に召さなかったのだろうか、姫とはえてしてわがままなものだから仕方がない。ドアが閉まるのと同時に乱暴にアクセルが踏まれた。

「梅ちゃん、僕のォ、トモダチの、ペネロペ！」

ペネロペと呼ばれた女は振り返りこそしないがしっとりしたニュアンスウェーブをぶんぶん振り回して自己の存在をアピールした。聴き取れない甲高《かんだか》い声をあげるので英語かなにかかと思ったが、よく聞くとそれは何語でもないただの奇声だということが分かる。めぐるは数分前の自分を恨んだ。悪魔に魂なんて売るもんじゃない、そんなことは全ての物語において絶対的に揺るぎない王道の展開だから分かりきっていたはずだ。気分が落ち込んでいるからって判断を誤った。姫はヒップホップなんて注文した覚えはない。それを伝えたってR&Bやレゲエ、パワーポップに変わるだけであろうことはスモークガラス越しに見える彼がたいそう楽しそうにしている様子から見て取れた。

「こ、香本くんどこ行くん⁉」

「このコが梅ちゃん！　梅澤めぐるちゃん！」

「めぐる、おはようっ！　ダイスキー！」

凡《おおよ》そ自分の言葉は通用しない。この車に一歩踏み入った瞬間から法の埒《らち》外なのだろう。エキゾチックでミルキーな異国の香りが鼻腔《びこう》からめぐるの脳髄《のうずい》までずけずけ土足で上がり込んで暴《あば》れ回った。そういえば映画に出てくる外国人は大抵靴を脱がないか、靴を履いていないかの二択だ。

「車、前とちゃうやん！　一瞬分からんかったで！　どないしたん！」

「貰《もら》った！」

そんなに声を張り上げなくてはいけないのなら音楽を消せばいいのに、なぜか運動部顔負けの声量で二人は喋る。舞踏会に行くのが夢だと言ったのをどう聞き間違えたのだろうかとめぐるは内心泣きたくなっていたが、一鉄はちゃんと聞いていたし、ちゃんと連れていくつもりで興奮している。

少し走って着いたのは、お城なんかではなくなんてことないアパートであった。ついさっき猫を埋めたところほど骨董的《こっとうてき》ではないにしろ、お城にはほど遠い狭隘《きょうあい》なものである。先程と何ら変わりない、カクついた電波の悪い中継画面みたいな駐車に耐えると、降りるよう促《うなが》された。その際一瞬時計を見遣《みや》ると、普段ならとっくに部屋着に着替えている時間だと気づく。めぐるはもう腹を決めていたため、二人が通俗的なスネアのリバーブに遮《さえぎ》られながら会話していた間に母親に適当な連絡を入れていた。

〈連絡できずごめん！　送ったと思ったら送れてなかった！　今日は亜美《あみ》ちゃん家泊めてもらうね〉

軽い嘘くらいついたことはあるが、こんなひどい不良娘のような嘘は生まれて初めてだ。

急な階段を上って二人の後に大人しくついていくときに、運転手女性の十五センチはあるであろう猟奇的なピンヒールに目がいった。友達と言ったが、一体どこで知り合ったどんな人なのだろうか。

原色のドアを開けると、畳敷きの八畳間に無理矢理アイアンのシングルベッドが置かれているなんともちぐはぐな空間が待っていた。その他《ほか》には八〇年代を思わせる、レトロな低音の光で捉《とら》えられたチェキが無意味に何枚も貼られている全身鏡と、縁に一周ライトの入ったドレッサー、畳に直置《じかお》きの新寶島《しんたからじま》、フルーツバスケット、本気!、それとゴールデンカムイが三巻まで、統一性のなさが歯がゆいラインナップで積まれている。そして、それ以外の畳は病的な量の衣服で埋まっている。ショッパーから出されていないものも、脱がれた形のままのものもあるが、一着一着の質はかなり高そうだ。人を殴るのにちょうどよさそうなトゲトゲのルブタンもここを掘り起こせば出てくるだろう。和洋折衷で異様な空間は、車内で嗅《か》いだのとおなじ甘いココナッツの匂いで充《み》ちている。

「出かけるのに制服じゃあかんから、ペネロペに貸してもらい」

あのヒールを脱いだペネロペは思ったよりとんと小さかった。りんご飴《あめ》みたいな透け感のある赤いロブをかきあげて微笑《ほほえ》む姿は、幼《おさな》く見える。幼く見えるが、それと同時に確かな成熟を見せつけてもいる。この部屋のように統一性のない、捉えどころのなくむず痒《がゆ》いイメージの女性だ。ぼってりはち切れそうな下唇《したくちびる》を噛むように笑う一瞬だけ、その不和がうまい具合に溶け合って完成される。そしてまた瞼が持ち上げられ大きな瞳と対面するときには完成体は靄《もや》のようにいなくなってしまう。めぐるはそこがなんだか儚《はかな》くて、ずるいなと思った。

ペネロペは服の海からいくつか候補を見繕《みつくろ》い始め、一鉄は既に制服を全部脱いで僕のステューシーどこお、などと言いながら同じく漁をしている。めぐるは彼の薄い皮膚を突き破りそうな椎骨《ついこつ》の凹凸を見て思わず顔を背けてしまった。男の子の裸なんてもう随分見ていない。中学のとき、水泳の授業で向かいのレーンにいた浅黒い土産物の人形みたいな男子が最後だろう。一鉄は何も気にしていないのだろうが少しは気を遣って欲しいし、ペネロペが何も言わないのも不快であった。まるで自分一人お子様で、形式的な大人を見せつけられているようだ。

「下なんかある?」

「一鉄ー、そこのスキニー入る?」

「オオ、これ僕のやんけ！　待って、こっちの、このリーバイスは何？　誰の？　梅ちゃん梅ちゃんこれどっちがええ？」

　膝のところがばっくり開いたブリーチデニムのルーズストレートと、タックボタンまで全て真っ黒なスキニーを左右に掲げて一鉄が訊ねる。心底どっちでもいいが真ん中のピンク・パンサーのボクサーパンツだけはいただけない。

　めぐるは極力肌色を視界に入れないようにしてスキニーかなあと答えた。お目当てのビッグシルエットのパーカーも見つかったようで、一鉄のほうは完成したらしい。ブリンブリンは着けないみたいで安心した。

「僕ゥ、出とくね、梅ちゃん着替えるやろうから」

　そこのとこの倫理観はなんとかあるようで、めぐるはホッと胸を撫で下ろした。ピンク・パンサーを見るのは何とか耐えられても、自分のつけている下着にあしらわれた薄水色の花柄《はながら》を見られるのは耐えられないからだ。しかし問題は次から次へと襲って来る。ペネロペとかいう見ず知らずの外国人と二人きりになってしまった。人見知りしないほうではあるが、こんな状況は稀《まれ》どころの騒ぎではない。彼女はおどけて一鉄を追い出すような仕草《しぐさ》をして、服の海に向き直った。ふうと一息つき、目が合い、また素敵に笑う。

「めぐる、はじめましてー、ペネロペのことダイスキになってね」

　はいはじめまして、こちらこそどうぞよろしくお願いしますと言いなさい、そういうふうにブローカ中枢が重い腰を上げるより速く、もっと外側の、いちばん外側の器官が行動を起こした。

　あのはち切れんばかりの下唇は、何を勘違いしたのか死んでもいないお姫様の蘇生《そせい》を図ったのだ。


　玄関の外で待っているのが悪魔だとしたら、姫の唇を奪ったのは誰だろうか。瑞々しく佇《たたず》む灰色がかった緑の瞳がずるい。ずるいのだ、だって青だとか緑だとかいう色はめぐるがどんなに欲しがっても手に入らない遺伝子レベルの反則技なのだから。大抵のお姫様は青や緑の瞳を持っているし、ペネロペがそうであるように小高い鼻を顔の真ん中に飾るようにして置いている。せめて明るい茶色でもよかったが、悲しいかなめぐるの目は黒すぎるほどには黒だ。黒目がちで、お姫様とはほど遠い、姫の膝の上で歌声にうっとりしているリスの瞳こそがめぐるなのだ。

　そんな反則の塊に、初めてを盗まれた。触れるだけの、いまもってなんの意味もない会釈のようなキスだが、シナリオからは大きく逸れた、絶望的なキスでもある。この丹唇《たんしん》は運命へ捧げるつもりだったのだから。

「めぐるー、泣いてる?」

「泣いてないです、大丈夫」

ペネロペの声掛けに背筋を正した。こんな泥棒に同情なんてさせてはいけない。彼女は深爪《ふかづめ》の指で興味深そうにめぐるの頬をつついて白い歯をこぼす。憎たらしくて、愛嬌のあるヒトだ。一鉄を玄関外で待たせていることもあり、ささっと衣服を見繕ってしまおうと発起する。今一度自分が置かれている状況を肯定的に客観視してみると、悲しいことが起こった後に舞踏会に行くためのドレスを選んでもらっているなんてなかなかドラマチックな気がしてきた。口づけから何かが吹っ切れていたのだろうか、複雑で投げやり、捨て鉢な思考は限界を超えたところで幼児性を含んだ憧憬の姿を見せた。

どんな服が良いだろうか、ペネロペは大袈裟に腕を組んだり顎に手をやったりしてうんうん考えている。いくつか候補を掘り起こしたところで、手持《ても》ち無沙汰《ぶさた》で立ち尽くすめぐるに向き直りつま先から顔までじっくり登るように吟味して、ひと言。

「めぐるは腰がとても高い。とてもセクシー」

だからハイウエストが似合うよ、と制服の釦《ボタン》に手をかけた。魔法の言葉を唱えるなんてまどろっこしいことはせず、自分の意思で服を脱ぐ。魔法がないばっかりに、肌着一枚にならなくてはいけない。細く筋肉質な四肢が露《あらわ》になる。めぐるはストッキングの中でぺちゃんこになったショーツのレースを手で隠すようにして立った。恥ずかしいと感じることが恥ずかしい。さっきの二人みたいに堂々として見せたいのだ。

サテン生地《きじ》の華やかなパワショルワンピースが差し出された。トレンド感あるスクエアネックで、胸の部分にはドレープが寄せられいささか絢爛《けんらん》な雰囲気を醸《かも》し出《だ》している。ショーウィンドウに入っていれば目を奪われただろう。でも少々丈が短すぎる気もする。めぐるが差し出されたワンピースを眺《なが》めているうちにも、次々と候補は渡される。ピタッとしたラメ入りのハイネック、シンプルな白いリブタンクにアニマル柄《がら》のジャケット、レース切り替えのコケットリーなシフォンワンピース、センタープレスの入った蛍光グリーンのシガレットパンツ、裾《すそ》がフリンジになったチャコールのワンショルダー、深いVネックのラップドレス、パイソン柄のフェイクレザースカート、どれもめぐるの趣味ではない。109でいえば彼女が立ち寄らない階のものばかりだろう。でも、どうだろうか、一体何なのだろうか、これは、この気持ちは。見ているだけで胸がときめき、目眩《めまい》がする。次を求めて細胞全体が刹那的《せつなてき》に躍り、遺伝子が一秒先を期待する。素敵だ。魔法より魔法だ、洋服というのは。泣きたくなるくらい幸せだ。女の子を楽しむということは、元来魔法そのものだ。人生において忘れてはいけない自慰にも似た慶福《けいふく》なのだ。

「あっ」

一拍置いて、目が合い二人とも堪えきれず笑い出す。同じものに目がいって同時に声を上げたのだ。眠り姫のドレスを決める妖精《ようせい》のように喧嘩する必要はない、これで決まりだ。

　二人が選んだのは一着の黒いワンピースだった。ビジューやスパンコールといった派手な装飾はないが、ウエストのところがほどよくくびれており、そこから女性的なシルエットで裾へ向かうにつれてふんわり段を付けている。ドットのシアーパネル、つまりデコルテとスリーブの部分は全て透けており、ささやかでさり気ない露出をさせるデザインだ。今の形こそ女の子らしいが、その真っ黒さが反骨精神を剝《む》き出《だ》しにして爪を研いでいる。今のめぐるに打って付けの代物だ。

　決まったはいいが、肩のところも全て透けているため、今着ている下着では見えてしまう。ペネロペはベッド下のトランクから肩紐《かたひも》のないチューブトップを取り出した。これなら見えないだろう。

「大きさ、大丈夫そう？」

「つ、けてみますね、ありがとう……」

　背を向けてホックに手をかける。女同士、今更恥ずかしがることもないのだろうが、あの緑色で見られていると思うとどうにも緊張した。きついということもないが、不自由な感じもする。

「動くからー、ずれないように、しないとだめ！」

　深爪の指が今度は背後から両乳房を抱《かか》え込《こ》んだ。チューブトップの中から直接、胸の下の肋から、脇《わき》から肉を掻き集めてカップの中に詰め込む。砂遊びと同じ要領だ。砂よりもっと重く柔い肉は、めぐるが抵抗する間もなく全て綺麗に二つのカップへと収められた。先程よりもずっときつく張って、ちょっとやそっとでずれるような密度ではなくなっている。息を深く吸い込む度軽い圧迫感を覚えた。

「ペネロペ、触るときは、言って」

「おこった？」

「怒ってませんよ」

怒ってなどいないが、これくらいのことで顔を上げられなくなる自分自身に苛立《いらだ》ちを覚えている。冷たい手だった。大丈夫、もう一度同じことをやられたって次は平気なはず。むしろ声をあげなかった自分を褒めるべきだ。

インナーの問題も解決したところで、やっとあのワンピースに袖を通す。着てみると裾はめぐるの太腿あたりに来た。本当にぴったりといった着丈《きたけ》だ。

「うしろのタイ、結ぶ、する？」

お願い、と優しく告げるとペネロペは繊細な手つきで首元からタイを攫《さら》い、可愛い蝶《ちょう》蝶《ちょう》結びにした。全身鏡に映る彼女はほんの少し背伸びをしていて、それがなんだか健気《けなげ》で愛々しい。ありがとう、上手ですと笑ってワンピースの裾を軽く摘んで見せた。

「似合ってます？」

「お人形みたいよー」

オーバーな素振りで音のない拍手をする彼女に、お人形は貴女《あなた》です、そう返したかったが本当にその通り過ぎて癪《しゃく》なので言えなかった。ペネロペのほうは、下着が見えそうなくらいダメージの入った小さなショートパンツにイギリス刺繍《ししゅう》の白いブラレットといったラフでキッチュなコーディネートだ。深く開いたネックラインに大振りなチェーンが光る。錠前と蝶々《ちょうちょう》だ。車内ではこの上にフェイクレザーのシャツジャケットをさらりと羽織《はお》っていた。

服の海に浮かぶアイアンのベッドに座らされ、今度は化粧が始まる。学生に見られて補導されてもいけないからメイクは必須《ひっす》だ。ドレッサーの下の抽斗《ひきだし》はゴミ箱と大差ない汚さで思わず目を背けたが、あたりにはパレットやブラシがプロ顔負けの量並ぶ。普段友人と出かけるとなっても日焼け止めの上に軽く粉をはたいて眉とリップを整える程度の薄化粧しかしないめぐるは、かえって情趣的とまで言えるコスメの量に胸を躍らせた。いつもの倍ほどの時間をかけて下地が塗りたくられ、少し地毛より明るい色で眉毛を描《か》き足《た》された。ペネロペは迷いなく三色のグラデーションになっている薄茶色いパレットを取り出して、大きめのブラシで混ぜるようにして粉を取り自分の手首で薄める。そのブラシはめぐるの額と、目頭の窪《くぼ》み、顎を軽く撫でる。続いて反射加減によって白とも水色ともピンクともとれる綺麗な粉で、先程通らなかった部分を重心的に撫でる。これは日頃のめぐるのメイクにはない工程だ。若干湿度を持ったクリーム系のアイシャドウが選ばれ、今度は指で瞼をなぞっていく。あたたかみのあるピンクゴールドにざくざくラメが入っているのはペネロペの左手から分かるが、ここからは鏡が見えないため今自分の顔の上でそれがどんなふうになっているのかは見当も付かない。アイラインを引くときは歯医者より緊張した。ペネロペも緊張している様子なのが伝わったからだ。斜め上のほうを見ていてと言われ大人しく従うも、ぴくぴくと下瞼が痙攣《けいれん》してしまった。睫毛を上げたりする作業も全部似たような具合で行われた。お互い恐ろしいのだ、眼球はきわめてデリケイトな器官なのだから無理もない。口紅は夜遊びに相応しい深みのある赤が選ばれた。リキッドルージュのちいさなチップが唇に乗った瞬間、あの口付けが脳裏を掠《かす》める。このルージュもペネロペの分厚い唇に乗ったことがあるのだろうか。塗られている間、目の前で無防備に動く髪とお揃いのチェリーレッドを矯《た》めつ眇《すが》めつした。

「できた！」

シールの痕《あと》がいくつも付いた手鏡を向けてペネロペが微笑む。

鏡の中にいるのは、梅澤めぐるじゃない。もちろん、めぐるのなりたいお姫様でもない。大人の顔をした、生意気でしたたかな佳人である。

「はあ、嘘、めっちゃ嬉しい、凄い……ありがとう……」

傍《かたわ》らでヘアアイロンが電子音を鳴らし十分温まったことを訴える。誇らしげに張り付いていた幼いシニヨンを下ろし、夜を乗り越えられるように軽く巻いていく。

「さわるよー」

愛嬌たっぷりの鼻声が、申告と同時にめぐるのうなじをかきあげ香水をふった。トップノートは甘酸っぱくて、ふりたて特有の薬品っぽさが立ち込める。まだココナッツには辿り着かないが、これがペネロペと同じ匂いになるころには、お姫様の化けの皮は全て剝《は》がれ落《お》ちているのだろうか。


「わァ、お姫様みたいや」

硬いコンクリートの階段に座って一時間以上待った甲斐《かい》があった。髪を下ろして化粧をしためぐるは、元々背も高く大人びた顔立ちをしていたのもあり見違えるほど垢抜けている。婀娜《あだ》っぽく、刺激的な女性へと変化を遂げてはいるが、それでも仕草は元の楚々《そそ》として頑是ない匂いを残したままだ。写真いっぱい撮らないと、と声をかけると長い髪で顔を隠し頬を赤らめる。ペネロペはアルミホイルみたいにギラギラ反射するハイカットに履き替えていて、随分背が低くなった。自慢げに黒いワンピースのお嬢さんを差し出してウインクし、じゃあ行こうかとしゃくった先には用意周到にタクシーが止まっている。夜遊びに行く前というのは往々にして胸が躍るもので、夜の長さは愛おしい。日暮れを待つのは寄る辺なさが募《つの》るけれど、朝に追われるのは晴々しく、救いがある気がする。この感情は灯《あか》りを求める獣性から来るのだろうか、なんでもいいが時間帯としては二十六時くらいの空気が好きだった。

「あんね、今から行くんは知り合いがやってるちゃんとした箱やから安心してね、って言うか、僕が大丈夫って言う箱以外は行ったあかんよ！」

「はこ？」

「踊るのダイスキな子が多いからねーチャラ箱ナンパ箱とはひとあじちがうねー」

雑居ビルや飲み屋街をすり抜けて会場へ向かう。無愛想《ぶあいそう》な運転手にペネロペが支払い、いつものビルに着く。地下二階、オレンジっぽいゴールドのライトで照らされた階段を下りた先だ。せっかくならきちんとデイイベントに連れてこられたら良かったが、急だったため仕方がない。時刻は未だ日を跨いでおらず、温まり具合は七割と予想される。ワブルベースの唸り声がここまで届いていて足元がふらつくような高揚感《こうようかん》を覚えた。ビブラフォンが徒《いたずら》にちゃちゃを入れているのも小気味よい。今日はダブステップの日だろうか。一鉄はこの内臓を摑むような音が好きだ。キックに合わせて胃が跳ね、涙袋がビクビクと痙攣しシンセサイザを讃《たた》える。

「今日どんな感じ？」

狭いフロントで暇そうに液晶と睨《にら》み合《あ》う男に声を掛ける。

「フツー。ん、誰？　その子」

そう言いながら鼻の下あたりまで伸びた前髪を息で掻《か》き分《わ》け二センチほどの隙間《すきま》を作り、興味なさげに覗く。年齢は不詳だが、いつも不誠実な態度だ。すぐ隣のセキュリティは初めてみる顔だがガタイが良く、健康的に焼けていて首なんか両手で摑んでも指が届かなそうなほど太い。なんとなく小池の本来なりたい像とはこんな男なのではないかと思った。

「未成年やからナイショで入れて！　この子身分証明書持ってきてへんし」

「なるほど」

責任はペネロペがとるよと小柄な彼女が後ろからフォローした。

「ほなＶＩＰに置ってあげたら？」

「でも踊りたいらしい！　ていうかＶＩＰで横のテーブルとかの知らんおっさんが絡んできたら僕殴ってまうもん、今日は飲まへんし、一生エスコートするんじゃ」

男はあっそ、と言い金を受け取ると同時にドリンクチケットを投げつけまた視線を液晶に戻す。出会ったときからずっと横着な奴だが、そこが良い。上の名前は知らないが、セイダイだかセイシンだかいう名前で何度か一緒に遊んだことがある。隣の新顔のセキュリティも一連のやり取りを横目で見ていたが何も言わない。野暮じゃやない。一鉄好みだ。それはまかり間違ってもセキュリティに向いているとは言えないが。

一方めぐるの手汗はペネロペの腕を湿らせていた。もちろん、踊る場所と聞いて漠然とそんな気はしていたが、あからさまな不正が目の前で行われてすっかり怖気《おじけ》づいてしまっていたのだ。ペネロペはそれに気づいてポンポンと頭を撫でる。入ってしまえばきっと楽しめると、一鉄と同じことを考えている。そして財布から二枚ほど札を抜き取り一鉄に持たせ、残りは全てフロント前の小汚いロッカーに投げ入れた。胸にかけているサコッシュには電子タバコとスプレイタイプのアトマイザー、シャネルの450番のほかに何も入っていない。行こうかとぐっしょり濡《ぬ》れきった手を繋ぎ直す。めぐるがおずおずとお金を持ってないことを伝えると、かわいい女の子はそれでいいと諭《さと》された。

入ってすぐ手前側には壁沿いにいくつか丸いバーテーブルが並ぶ、どちらかといえば踊らず飲んで過ごすようなスペースがある。人は疎《まば》らだ。DJブースはフロアのいちばん奥にどっしりと構えられ、逆光の中で黒い影たちがひょこひょこ踊っている。左手にバーカウンター、その両隣に派手やかな階段が伸び、頭上にVIP席といったわかり易《やす》い構造だ。

記者会見の如く点滅するレーザーが黒山を焼いている。冷えきった現代人、あるいは凍《こお》った屍《しかばね》をそっくり温め直す放射線みたいだ。これはピンクや緑に忙《せわ》しなく光る原始的なマイクロウェーブなのだ。容赦なく焚かれるスモークは人いきれに加勢して、ここにいる人間一人一人の文化的価値ないしは個体性レゾンデートルを薄めるレイヤーの役割を果たしている。踊っているのは皆人間のようにすすどく行動できる知的生命体ではない。粉物の上ではしゃぐカツオブシだ。カツオブシたちが四つ打ちのリズムに合わせて体を振っているに過ぎない。それが良い。むしろそれこそが本質で、醍醐味《だいごみ》である。ここへ来る生き物は誰一人として知性を求めてなどいないのだから。文化人を気取りたければ年寄りの集うヤニ臭い文壇バーにでも行けば良い。文系の大学院に入って他者批判を決め込み悦に入ったって良い。別個体の踊りを見下す者の能書きになんの価値があろうか。自尊意識を活字や言葉として出力する奴は、ここにいるカツオブシたちに言わせれば損な人間だ。ではカツオブシの提唱する得とはなにか？　損得を綯《な》い交《ま》ぜにして、熱狂的に踊ることだ。ついでに、その狭間《はざま》で理性の目を盗み即物的な一義に及ぶことだ。

鳴り止まない大音響を例えるなら、大型トラックに轢かれる寸前真正面から吼《ほ》えるクラクションだ。多くのクラブでは普通、普段通りの声量で会話などできない。今も常に頭が割れそうな重さの攻撃的なブロステップが暴れている。鼻先を恐竜の群れが駆けていくような轟音《ごうおん》だ。三人は手を繋いだままバーカウンターへ進んでいき、一鉄が何か言ってグラスを受け取った。不可解なことに、一鉄は一口飲んだものをめぐるに渡した。間違ってアルコールが渡されていないか確認するための毒味の役割を持つ行動だったが、彼女には伝わらなかったようで受け取る手には戸惑いが見えた。危ぶむような目でグラスを傾けると、泡が立っている。微かに生姜の匂いがして、ジンジャーエールであることが分かった。いや、完全に分かったわけではない。そういう匂いの酒かもしれないと思うと、口をつける気にはなれなかった。耳許《みみもと》で一鉄がなくなったら言ってねと告げたが、たぶん零さない限りなくなりはしない。そもそもそれどころではないのだ、周りは全員自分よりずっと大人に見えるし、実際そうであろう。うるさすぎる音楽は微塵も趣味ではないし、奥のほうで踊る人々は寄生虫に体を蝕《むしば》まれのたうっているようにしか見えず心底恐ろしい。虫に操られながら熱い接吻《せっぷん》を繰り返す男女など視界に入れるのもおぞましい。グラスと同等の汗をかき、ペネロペの冷たい手を何度も縋《すが》るように繋ぎ直した。だいたい、めぐるの言う踊りとは色彩豊かで軽快な三拍子に身を委《ゆだ》ねるあれのことだ。時折技巧的なピチカートに擽《くすぐ》られ、ドレスの裾を遠心力で伸ばし優雅に円を描く、一対一の社交的で文化的な秩序だったお戯《たわむ》れのことなのだ。

一鉄がすれ違う全員と声を掛け合ったりハイタッチしたりしているから、知り合いなのかと絶叫を以て訊ねてみればその倍はある大声で知らん奴、と返ってきた。中にはショットを勧める人もいるが、それを全てキチンと断っている。今夜だけは酔ったりするわけにはいかない、本当のところ快《こころよ》く挨拶《あいさつ》するフリをしながら威嚇をしているのだ。万が一梅澤めぐるの連絡先を訊く奴が現れたりすれば暴力的解決が選ばれ一鉄はすぐさま出禁であろう。ひどければ少年院だ。実際この箱は、一鉄がめぐるを連れてきても大丈夫と判断したほど内輪向けで治安も良いが、十八にもなって夜遊び一つしたことのないお嬢様からすれば映画やドラマで観る反社の溜《た》まり場《ば》のように映った。そういう作品の中では大抵麻薬が出回ったり女の子が攫《さら》われたりしているから余計に鬼胎を煽るのだ。

ＤＪブース前では平日とはいえそこそこの人数が電気ショックを受けた屍のように体を揺すっている。一鉄が無料の一杯目をちょうど飲み干したところでガラッと曲調が変わった。比較的大衆受けする、所謂クラブで流行りの曲だ。嫌いではない、むしろ心地よいコード進行も乗りやすいブラスバンドも、飽きかけてはいるが一度ハマったものだ。一鉄はグラスをその辺のスタッフに押し付けて（これはスタッフ顔の一般客であったが）めぐるに向き直った。わかり易いサビを口遊《くちずさ》みながら軽い手遊《てすさ》び程度の振り付けを見せる。爪を自分に向け握った拳同士を二度ぶつけ、今度はその手を開きアルファベットのTを作る。泳ぐような悠々とした仕草だ。最後はリズムを取りながら交互に拳を突き出し、これを繰り返す。一鉄はバスドラムのキックに合わせて軸足と反対の足でフロアを刻むようなターンもして見せた。付け加えるように八重歯を見せて笑う。全て簡単な動作ではあるが、力を抜いて楽しそうに踊る様は場に溶け込んでいて小聡明《こざと》い。日光や蛍光灯の下では病的に白い肌も、ここでは諄《くど》い照明に照らされてすっかりマゼンタだ。病的なんて騒ぎじゃない、異星人にしかありえない色なのだ。彼だけではなく、箱の中では白でも黒でも茶色でも黄色でもない、ピンク肌人種がたくさん踊っている。照明が変われば緑肌人種に早変わりだ。これではクラブハウスなんて名前の円盤ではないか。宇宙人ばかりだから話が通じないのだとすれば納得が行く。めぐるは昔見た映画のユニークな宇宙人を思い出していた。あれは確か特定の音楽を聴かせると脳を破裂させて死んだ。ここで是非ともアレを流してみたいものだ。先程まで白人だと勘違いしていたピンク肌人種のペネロペもめぐるの手を摑んだまま同じように踊っているが、とてもじゃないけどめぐるにはこれをしらふで真似るなんてできなかった。周りはみんな浮かれて踊っている。雄風に揺れる稲穂たちの真ん中で空気を読まず立ち尽くす案山子《かかし》のように一人ぽつんと動かないのは忍びないが、いきなり言われてできるものじゃない、帰らせて欲しい、そう叫びたくなるのを何とかこらえて立っている。

今ホールで踊っているのは、身を守る行為でもあった。一鉄とペネロペは意思疎通が取れている。ナンパの少ない箱といえどバーカウンター周りや壁際で凝然としていればいやでも声を掛けられることは言を俟《ま》たない。誰から見ても待っている女に見えるのだ。ただ呆然《ぼうぜん》とグラスを傾けている最中に掛けられた声を無視するのと、同伴者とフロアの真ん中で音楽に乗っているときに掛けられた声を無視するのとでは難易度が大きく変わってくる。

ターンテーブルの奥には細かい数珠のように編み込まれた蛍光色のブレイズを耳より拳二つ分ほど高い位置でツインテールにしているＤＪが、人海の王様みたいに渦をかいている。旋毛《つむじ》で左右に色を分けた頓珍漢《とんちんかん》な髪を持つポセイドンだ。一鉄がポセイドンを指さし、あれも知り合い！　などと叫んだ。そんな中、オモチャみたいな黄色い眼鏡《めがね》をかけたスタッフが一鉄の肩を叩いた。

「あっこのＶＩＰ、入ってくれるか」

「はァ!?　誰に言っとんじゃオイ、目ェ悪いんけ！」

手を弾《はじ》き返《かえ》し思わず吠《ほ》える。無理もない、ＶＩＰ席に呼ばれるのは普通女子だ。一瞬ペネロペやめぐるを誘いに来たのかと思ったがどうやら違うらしい。スタッフはため息混じりに目線で誘導する。黄色い眼鏡越しに動く目を追った先のＶＩＰ席には、見覚えのある男がいた。グレーのスーツを着た月並みの髭面《ひげづら》だが、忘れるはずもない。自分の客だ。それもかなり金払いのいい太客である。一鉄は一瞬の躊躇《ためら》いを見せたが、自若とした頭で考えすぐに行動する。

「ちょっと行ってくるから、絶対ペネロペとおってね！　なんかあったらすぐ帰ってもいいから、とにかくペネロペとおって！　もしはぐれたら、さっきのバーカンまで行って！　顔の怖いマンバンのほうも、寄り目のアホそうなほうも僕の知り合いやから、梅ちゃんですって言ったら助けてもらえるから！」

（梅ちゃんですって言ったら助けてもらえるから？）

一鉄の言葉がどうも引っかかる。どうして梅ちゃんですと言えば助けてもらえるのか。

そもそも一鉄が自分を認知していることすら不思議だった。悪目立ちする彼をめぐるが知っているのは至極当然のことであるが、住む世界の違う自分をどこで知って、どんな目で見ていたというのだろうか。なんだか心細くなって繋いだ手の力を強める。地肌からめぐるの考えが伝わったのだろうか、ペネロペが耳許《みみもと》に口を寄せた。

「一鉄はめぐるのことダイスキだから、いっつもダイスキを言ってるからねー」

シンセサイザは未だ不羈《ふき》を叫んで蝸牛《かたつむり》に中出しを繰り返しているが、その雑音をものともせず甘い鼻声はめぐるの鼓膜を捉えた。

「でも、ダイジョウブ、セックスしたいわけじゃない。めぐる一人にシアワセなって欲しいって、あの子口癖よー」

来なければよかった。本日何度目か分からない悔悟が円錐状《えんすいじょう》に回転しながら照射するライトに曝されていた。

知らないところでいつの間にか好意を抱いていたのなら、彼がそれを彼の運命と宣《のたま》うつもりなら、声を擲《なげう》ってでも、塔の上に閉じ込められてでも、蛙《かえる》になろうとも抗《あらが》うつもりだ。住む世界が違う、別の物語の登場人物のはずなのだ、なるたけ干渉しないでいただきたい。何度でも言うが、梅澤めぐるは十八年生きてただの一度だって恋をしたことがなかった。異性から好意を寄せられたことは人並みにあったが、それらはどれも一応表面上理解ができるものだった。同じ委員会だとか、帰り道が同じだとか、席が隣だとか、些細であろうと接点があったからだ。自分のことをなんにも知らないはずなのに好くなんて感性、ちっとも共感できない。だったらどうして、バレー部の後輩を弄んだのか。両方いける、今日旧友が下品に口走っていた台詞だ。言いようのない劣等感が安っぽい電子音に煽られる。後輩はめぐると同様に背が高く、ボーイッシュなベリーショートだった。もしかして、男の子の面影《おもかげ》を見ているのだろうか。あの後輩の渾名《あだな》はつーちゃんだが、梅ちゃんですと言わなくても、つーちゃんですと言ったってここでは通じるのではないか。めぐるの未だ芽吹かない運命は誓って一本だが、一鉄の運命は街路樹のように何本にも枝分かれしていて、一本一本におざなりな実が生《な》っているのではないか。分からない、分からないけれど一目惚《ひとめぼ》れとかそういう吐き気を催すような動機なのかもしれない。吐き気などと揶《や》揄《ゆ》したのはもちろん皮肉だ。一目惚れなんてメルヘンはめぐるが十八年間待っている奇跡なのだから。

「なんで……連れてきたん?」

「んん! ごめん梅ちゃんなんて?」

白い頭が振り返る。今はピンクのレイヤーがかかっている。

「なんで! 連れてきた……ちがう? なんであのっ、何がしたいん?」

精一杯声を張る梅ちゃんはなんてレアでかわいいのだろう。一鉄はめぐるの言葉を聞くときいつもこうだ。めぐるという個体のガワばっかり適当に見て、何を喋っているのかはあんまり気にしなかった。何を喋ったたって嫌いになんてならないのだから、助けを求めたりしていない限り、彼女の言葉を理解する必要なんてなかった。

「来たかってんねやろ？」

「こんな……だって、友達でもないやんか！」

友達でもないのだ。一鉄は友達ですらない人間のために一千万貯めたのだ。ホストや嬢に貢ぐのとはまた訳が違ってくる、見返りを求めない一方的な感情はアガペーのフリをしたスリラーだった。でも一鉄には分からなかった。梅ちゃんは素敵なんだから、愛されることに違和感なんて感じなくて良いのにと考えていた。

「友達じゃなかったらあかんとかって、なんかそうゆうん、あった？　ごめんなあ、知らんかった！　ほんまにごめん！　もうせんから許して！　僕と来たって、内緒にしてて！」

一鉄の振る舞いは見ていられなかった。お道化を演じているわけでもないのに、泣いているのか笑っているのか誰にも分からない不気味な顔で謝るのだ。徒《いたずら》にめぐるの弱っちい部分を傷つけていることにはずっと気づかずに。甘くて浅くてかわいくて、しょうもなくて恥ずかしくて、やっぱりかわいくて罪のないめぐるはひどい挫折《ざせつ》を味わっていた。でも挫折は麻疹《はしか》なのだ。経験する時期は早ければ早いほど良い。高校生で打ちのめされるのはやや遅れてはいるが正常の範疇だった。いつか今夜に感謝する日が来るかもしれない。

「そういうことじゃないって……！」

「どういうこと⁉」

「一鉄、フラれたー？　ペネロペのがいい？」

めぐるが一鉄を理解する日なんて来ないのと同じで、一鉄がめぐるを理解する日だって永遠に来なかった。なにせ暴力の価値を知らないお嬢さんと、口づけの意味を知らないお猿さんだ。神様だって近づくことを想定していない邪道も邪道のど滑《すべ》りペアなのだ。お猿さんの彼は、人間の真似事《まねごと》をするときその行為自体の意味は考えなかった。恋をしたり愛をしたりする真似っこに、人間様らしいロジックはひとつもなかった。だからペネロペに手を引かれ女子トイレにはけていく彼女を見送って、客の待つギラギラの階段を駆け上がることしかできないのだ。

人間様だってどうしようもなく愚直な好き事の前では、お猿さんになってくれるのだ。


酒の強さは遺伝で決まると聞いたことがある。だとしたら自分は先祖ごと下戸なのだろうか。

ただ単純に今夜は間が悪すぎた。ショットなら飲む振りをして捨てたし、周りに人がいれば回せた。あるいは吐くために飲むような盛り上がり方なら早めに切り上げて全部無理矢理体外に出せただろう。だがこの夜は一対一でボトルを入れられたものだから、逃げ場もなかった。結局一本空けさせられたあたりから、今より後ろがなくなる感覚に陥《おちい》ってしまっていた。今より後ろがないというのは、一秒前の自分を全部いちいち捨てていくということである。つまり、なぜ今自分がここにいてこんなことをしているか、全く考えが及ばないということだ。アルコールによって体中の血管が弛緩《しかん》し、重いベースが心地よく遠ざかっていくように聴こえる。トラップだ、あそこで汚いコーンロウを振り回しているDJはセンスが良すぎる、反骨精神剝き出しのリリックが、歪《ゆが》み、廻《まわ》り、登っては降り、浸かり、浮かび、駆け、静止し、なんだかよく分からないところにぶち当たって死ぬ。アルコールがほとんどを占める吐瀉物《としゃぶつ》を撒き散らして、死ぬ。死ぬのだ、過去は一秒ずつ。埋葬も追いつかない速度でその形を喪《うしな》っていく。トラップという音楽ジャンルの語源はコカインの販売所を指すスラングだと聞いたが、何となくよく分かる。コカインなんて見たこともないが、自分がコカインを売るとしたらトレーラーハウスのなかでガスコンロをつけるときのようなスネアを鳴らさせただろう。理由はない。似合うからだ。チチチチ言うのがスネアじゃなくて握《にぎ》り潰《つぶ》せば目玉をぷりっと出して死にそうな小鳥の囀《さえず》りだとしたら、そんな店からは誰もコカインを買わないはずだ。理由はない。さっきも言った。さっきも言ったかどうかすらわからない、さっきは死んだのだから。美しいと汚らわしいの境界線上で延々と転がっていればこんなことも考えたくなる。トラップじゃないのなら、いかにもヒッピーの喜びそうなサイケデリックかしら、一鉄はヒッピーじゃないからサイケ以外も魅力的だと感じる。髪も伸ばさないしペイズリーの象柄とかタイダイ染めも着ない。世界平和なんて口が裂けてそのまま顔面の北半球がごろりと床に落ちたって謳わない。舐《な》めるのは他人の恥部と本物のアイスキャンディだけだ。もっともヒッピーがサイケしか聴かないかは知らないが。ところでヒッピーはアフガンハウンドにそっくりだ。骨の代わりにジョイントを投げてやれば舌を出して拾ってくるのだろうか。大麻はいらないが草を包んでいるのが日本銀行券なら一鉄もきっとそうした。

一鉄は脳内のプレイリストを引っ張ってきて首を傾げたような三角形の再生マークを押した。もちろん脳内で。そうだそうだ、僕はザ・フーが好きだと思い出す。もっともいつだって忘れてはいない。オアシス、ニルヴァーナ、ベン・フォールズ・ファイヴ、ミート・パペッツ、グル・グル、それに、ザ・クロマニヨンズ。一鉄の体とどこかたった一ミリでもリンクする部分があったら何だって好きなのだが、一番はいつでもずっとザ・フーだ。寂しくないから、好きなのだ。全員が主役な感じがする、全員が主役だから、寂しくない。藤原に二時間かけて語ったときは確かそんなふうな褒め方をした。そして、ライブ映像をすり減るほど観たのだ。新しいのも古いのも、売ってるやつも違法のやつも全部観た。めちゃくちゃに楽器を破壊する行為は、底抜けに文学的である。ポチポチせこせこ小説を書いたりするよりよっぽど文学的で、人間的だ。文字なんて一鉄のように頭の悪い人間は読みたがらないのだから、優しく音楽にして聴かせてやったほうが効率的なのだ。いちばん初めにギターを破壊したのは決してピート・タウンゼントではないと思うが（なぜならいちばん初めにギターを壊したのはギターを発明した人か、その人の傍にいた者であるはずだから）、一鉄が映像で観た中ではピートが初めてだった。破壊の本質は優しさだ、これは文豪気取りや哲学者気取りがなるほど深いと勝手に解釈してくれそうな適当な嘘なのだが、彼らを観ると理由なく勇気が湧くのは本当だ。人をめちゃくちゃに殴るとき、自分を正当化するために、愛する音楽の力を借りるのだ。パンクやロックンロールからしてみれば迷惑な話である。

　脳内のプレイリストが終わるころ、黎明《れいめい》が苛立ちを隠さないで顔面に朝陽《あさひ》を投げつけた。ぐわんぐわん動作不良を訴える頭を何とか起こさねばと、開いているのか閉じているのか曖昧《あいまい》な眼《め》を擦る。ひどく気分が悪い。いちばん嫌いなのは赤ワインで、その次がビール、シャンパンは味だけでいえばそこまで苦手でもないが、それでも二日酔いは免《まぬが》れない。ここはどこだろうか、少しずつ覚醒していく五感に人の気配を感じる。すぐそこに二人いる。どうやら自分は床で雑魚寝していて、シングルベッドに二人寝ている。正確に言えば起きていて、そこで盛っている。絶え間なくシーツがごそごそ動いて、埃を立てて軋《きし》んでいるのだ。スポットライトのように射《さ》す尖《するど》い日光越しに下品な埃が陰となり姿を見せた。睡眠欲が全ての欲の中でいちばん強いというのはどうやら本当らしく、一鉄は布団代わりに掛けてあったパーカーを頭まで被り直し、邪魔するほど馬鹿でもないので寝たフリを決め込むうちに本当に二度寝してしまった。

「一鉄学校ちゃうん？」

次に目を覚ましたとき、呪いの市松人形みたいな髪の男が自分を覗き込むようにして立っていた。

「怖あっ、んん僕、ガッコー……まぁええわ学校はどないでも。……え、あかんなんも覚えてへん、ごめんここどこ？　ほんでさっきの女の人は？」

「起きとったんかよお前」

「あっごめん、でも邪魔せずまた寝たよォ」

市松人形はあのフロントのセイシンだかシンシンだかいうクラブ仲間のうちの一人だったようだ。半グレに憧れを隠せていないような趣味のこの部屋は、彼の部屋なのか。

「セイシンさん」

「啓成《けいせい》いうねん、俺」

二リットルのペットボトルに半分ほど入った水をラッパ飲みしながら昨日何があったか訊いてみたところ、ＶＩＰ席で酔《よ》い潰《つぶ》れた一鉄は死体のように動かないであのまま眠りこけて、隣で飲んでいた知り合いの誰かが睡姦《すいかん》するのかと冷やかしたらサラリーマン風の男はバツ悪そうに帰っていったらしい。あんな場所にいながら若者にからかわれるのがめっぽう苦手なのだ。と、事のあらましをまた知り合いの知り合いから聞いたと言う。残った死体はべつに誰が引き取っても、なんなら引き取らなくても良かったが成り行きで啓成の部屋に上がり込んだとのことだ。

「それはメイワクかけましたァ……さっきのおねーちゃん彼女？　相当心広いねぇ」

「起きたんやったら帰らんかい」

それもそうか、家には帰りたくないが流石にこの足で学校には行けない。よく見たら全裸だが足元に脱いだ服があることに気づく。どれを引っ張っても一気に全部抜けそうなほど絡まり合う発火直前の延長コードに乱雑に被さっているそれは、制服じゃない、ペネロペに借りた服だ。ペネロペ……さっと全身が粟立《あわだ》つ。そうだ自分は女を二人連れていっていたはずだ。

「梅ちゃんっ……ぼ、あ、僕、え、ほか、ほかは？　あの、あの一緒に来た子！」

「速攻帰った。ペネロペと二人、男連れたりせずホンマに二人で。何時くらいやったかなあ、まだ全然深夜で朝も明けてなかったと思うで、酔うたりもしてへんかったんちゃうか」

「あああ、ありがとうありがとう……ありがとう、よかった……」

本当に良い人だ、啓成は本当にいい人、ペネロペも良い人、梅ちゃんを護ってくれたのだろう。無事なのだろう。そう噛み締めながら急いで着替え、ポケットに手を突っ込む。ない、パーカーにも、パンツにもない。無造作に突っ込んでいたはずの二万ほどがない。

「スマホはそこ」

「ああ、ほんまありがとう……でも金なくなったみたいやわ、まあ、まあ、クラブで酔い潰れるほうが悪いよなァ」

こういうことは少なくないし、一鉄も何度か床で爆睡してる知らない大学生だか社会人だかの財布を盗《と》ったことはある。ボッテガ・ヴェネタの気取らなさで気取った革財布にピン札で二十万入っていたときには一掬《いっきく》の恐ろしさを覚えたが、いつだって盗られるほうが悪いのだ。これは何も不良の子どもじみた言い訳ではなくて、浮き世のセオリーである。奪われることを防ぐ力のない者が奪う力のある者に奪われるのは至極当然のことで、いちばんいけないのは奪う力がない者が奪う力を嫉《ねた》むことだ。カッコつけた言葉で言うところのルサンチマン、マンがつくくせに何より非生産的で別個体の足を引っ張ることしかせず、マーベルやタツノコプロの風上にも置けない者たち。一鉄は紛れもない弱者だが、深く自覚のある弱者だからまだ救いがある。この救いとは死んだ後鴉《からす》に啄《ついば》まれるのか鳶《とんび》に啄まれるのか程度の差ではあるのだが、とにかくその蒙昧《もうまい》で他人を傷つけたりことを荒立てたりしないよう気をつけることがある程度できるのだ。だから徐々に鮮明になる記憶の中で、VIP席で膝をつき忌々《いまいま》しいエテ公に即尺して受け取った六万がなくなっていることとを思い出しても胸の裡にしまった。いや、しまわずに棄《す》てた。なかったことにしたのだ。八万で一晩泊めてもらったと思えば良い。啓成は善人である。

ペネロペから二件通知が来ていた。誰にも絡まれたりせずめぐると自宅に帰ってきたと、仲睦《むつ》まじいセルフィー付きで。背景もちゃんと彼女の部屋だ。一鉄はよく確認もしないで画像を保存し、ありがとうに感嘆符を十五個ほど付けて返信する。それからもう一度画像をよく見て、また保存した（同じ画像を二度保存するミスを一鉄は一生やめられない病気であった）。

受話器のアイコンについている一件の不在着信は藤原だろう。彼は一鉄が真っ直ぐ帰らなかったことを見抜いていたかもしれない。普通、友人と通話するときはメッセージアプリや画像共有アプリの通話機能を使うため、電話番号を知っていてそっちにかけてくるのは藤原しかいないのだ。一鉄はこの赤い数字が嬉しかった。かけ直さなくても、画面を開きすらせずとも、受話器の先に誰がいたのか疑ったりしないのだ。疑わなくて良いということは、ほかの何にも代えられない贅沢《ぜいたく》な幸せだった。信じて裏切られることは最も痛く、信じるに踏み切れないことはその次に苦しかった。どんな甘い言葉も深い金言も、一鉄の前では不気味な外国語のようで、ただ自分のことを思って連絡を入れてくれたという事実以外信頼には値しないのだ。言葉なんて彼には早すぎるから、いつも行動を愛するしかなかった。

そういえばめぐるは親から電話がかかってきていた。夜遊びがバレたらなにかまずい家庭なのだろうか？　だったら初めから親に連絡先など教えなければいいのに、不思議な女だとつくづく思う。啓成にはまた遊ぼうなどと軽く挨拶をして足早にその場を去った。このとき一鉄は制服がペネロペの家にあるということを失念しており、嫌だ嫌だと思いつつ漸く自宅マンションに向かっていた。時刻は十時半を少しまわったくらい。ほとんどの学生や社会人はとっくに家を出ている時間だ。普段であれば父親もいない時間、というよりあれは滅多《めった》に帰らない。よく知らないがうちには住んでいないからだ。もう一つか二つ家を持っているんだろう、だったら一生来てくれるな、僕の青い家に踏み入ってくれるな、顔を合わせる度内心そう唱えた。だから今だっていてくれるなと神様に哀訴しているのだ。神様はいつも見えないばかりか、触れられないところがいけない、一鉄はそう思っている。そこにいて触れさせてくれさえすれば即尺できるからだ。みみっちいことは言わない、本番もする、奇跡の代わりに殴らせろと言われたら人間が死ぬぎりぎりまで殴らせる、それほどの心積もりでいるのだから、この信仰心を買ってくれと売女《ばいた》の目で祈った。一頭地を抜く純粋さは人生の摩耗に乾涸《ひから》び、放置されたコンタクトレンズのように軽い力で粉々になる準備ができている。信仰心が何なのかは誰からも教わっていないので、独学でそんな感じだ。そもそも彼は信仰心を漢字で書けない。真ん中がいまいち分からないのだ。

神様はもしかすると、そんな学のない、卑陋《ひろう》で痩せっぽちの肋が浮いた仔羊《こひつじ》はお嫌いなのだろうか。だからリビングに父親がいるのだろうか。

「どこ行っててん」

箱の中で父が生きていた、実験は失敗だ。どこぞの物理学者にお前の屁理屈は僕が家に帰ったことによって失敗に終わったぞと言ってやりたい。土踏まずから旋毛にかけて一気に血の気が引いていくのがわかった。父親はどうしてこんなにも恐怖と嫌悪の対象なのだろうか。伽藍堂《がらんどう》のリビングで胡座《あぐら》をかいて顔面をひどく腫れ上がらせている。誰があんなひどいことをしたのだ、ひどいやつもいるもんだ、でも小気味良くもあるぜ、と一瞬本気で思った。あれは一鉄が自分でやったのだ。

「がっ、こ……あ、うそうそ、あの、いや、ほんまほんま、学校も行ったし、その後は、トモダチのとこ……てゆうかべつに、今まで僕が帰らんでもなんも言うたことないやんか、なんでお……おるん?」

しどろもどろを地で行くような申し開きを披露する一鉄は、昨夜より十歳は幼い精神状態にあった。何か不都合が生じたとき、一時的に頗《すこぶ》る思考能力が下がるのだ。元より落ち着いていても思考能力は低いが。

「昔は逆やったのにな。まさか自分が息子に殺されかける思うか」

「ん、ほ、ホンマにな、カッとなったってゆうか、ごめんな、ごめんなさい……」

何を言っているのだ！　謝るのは悪手、ポカ、スカ、雑魚、一鉄の昼行灯《ひるあんどん》め、今やらなくてどうする、今一度、このタイミングでこそ暴力の効果を見せつけなくてはならないはずだ。お誂《あつら》え向《む》きに座っているのだから蹴りのひとつでも入れてやれば、またあの執拗《しつこ》い暴行の火蓋《ひぶた》が切られたと勘違いし親父は惨めに身をかがめ許しを乞《こ》うたかもしれないじゃないか。それどころか、また弱い部分を見せれば次にああなるのは自分なのだ。俯瞰で自分を見ながらそんなふうに厳しく罵倒したって、意味がない。頭の中ではそう言っても、行動に起こすのは難しいのだ。甘い、この世界は甘い人間から順番に死んでいくのに、こんなに甘くてどうするというのだ。自分の甘い部分は蟻《あり》に集《たか》られて死んでしまえ、脳内で吐き捨てた。

殴られれば終わりだと思ったため、すぐに逃げようと考えていたが、父親はこせついたりしないで意外なことを口走った。

「あの金はもうつこてもうたんか」

出せと言うのか、まだ。やらないとあれだけ拳で陳情したというのに。無言の返事に青い部屋はより緊張の糸を張り巡らせ、鬱蒼《うっそう》とした幻覚的な靄を使い視界を狭めてくる。

「あれがあったら、どないでもなってた」

父が頭をぐったりと垂れぼそぼそと話す姿なんて一鉄は初めて見た。その様はなんだか別人のようで少しだけいつもの息苦しさがマシに感じる。

「それは……あれけ、会費とか、あとなんやろ、借金とか？　そ、そう、そーゆーなん……？」

　空気が抜けへしゃげたボールみたいにでこぼこの顔面で、父は頷《うなず》いた。それから、滔々《とうとう》と語り出した。知り合いの借金の連帯保証人になったのだが結局相手に飛ばれたらしい。昔一度聞いたとき父は社長をやっていると言っていた記憶があるが、今もいくつかガールズバーを持っているそうで、多少ならと元本も利子も耳を揃《そろ》えて出してやったのだと言う。しかし、借金そのものより借り手本人が飛んだことがまずかったのだ。相手側は父が小銭を肩代わりしてやったおかげで、本来の儲《もう》けの大本を損失した。端折《はしょ》りながらの説明だったが、融通してはいるが債務者と半共同のビジネスを立ち上げている最中だったため飛ばれるのはまずかったということらしい。むしろそのなかでも立場的有利をとるために貸し付けていたのだろう。だいいち父は暴力団員ないしは準暴力団員だと思っていたのだが、案外そんなこともなかったのか、後援会程度なのだろうか。改めて思い返せば何も知らない。父について知っていることは自分と全く同じ目をしているという視覚的情報のみである。

「だから、返すんは二百でよかったけど、本来儲かる見込みがあった分、一本出せ言われとる」

　嘘だ、と言ってやりたいのに声が出ない。父の人格なんて微塵も知らないが他人にポンと払ってやるような男が息子から金を取り上げたりするのは不自然だ。いや、仮に自然であったとして不条理ではないか。それでわざわざ普段なら立ち寄らないマンションに立ち寄ってそれこそ空き巣のように息子の部屋まで荒らし回ったというのはあまりに放埒《ほうらつ》だ。自分の持ってる店を手放してでも払うくらいの覚悟がなければ簡単に他人に手を差し伸べてはいけない。

「そ、え、それは、え、出せんかったらどないなるん、その人みたいに飛んだらええんちゃうん、分からんけど……」

ゆっくり首を横に振る。口があるのなら喋れ。一鉄は苛立ちを覚えた、苛立ちを覚えたが、これは良いことだった。今の一鉄は、目の前の男にあまり恐怖していない。お前は一千万くらい出せないのか、僕は出せる、もうじき貯まる。金払いの良い、一鉄からしてみれば頭のおかしい客をよびつければ明日にでも達成できるかもしれないんだ、あの福沢諭吉一人一人は肺肝を砕く努力の賜物《たまもの》なのだ、情けないお前とは違う、そういう自信が恐怖心を割る氷の役目を果たしていた。

金銭は実体を数字として持つから都合が良い。芸術や文学のように主観で計られるという悲劇が起こらない、この世で唯一の真実だ。どうやって点が入っているのかボーッと見ているだけでは分からないフィギュアスケートよりも、点が入る瞬間が必ず誰にでもわかるサッカーやバレーのほうが好きだ。タイムとして数字がキッチリ何よりの証拠として残る陸上や水泳もかなり良い。金をどのくらい持っているかというのは、主観が全く踏み入らない本当の勝敗である。一千万持っているやつの力は一千万、百円しか持っていなければそいつの力は百円、学校を出ていなくてもわかるやさしい仕組みだ。ここに美しいとか醜いとかいう主観が邪魔をするから世界のバランスはめちゃくちゃだが、一先《ひとま》ず頭の弱い人間は視覚の電源から切って生きれば良い。一鉄はこういうさもしい極端な結論を持っていた。だから今、強くいられる。

「頼む、貸してくれ……絶対に返す」

あの父が、頭を下げた。元から目線は下を向いていたが、今はっきり叩頭《こうとう》して見せたのだ。妄想とか、夢じゃない。神様が骨と皮ばかりの羊にも、手慰みに一抹の奇跡を寄越したのだ。感動的ですらあった。他人より上に立つということは全人類にとっての安心なのだから。

答えとしては、絶対に嫌だ。あの金を梅澤めぐるが死ぬまで使わないとしてもだ。理由は何度も述べた通り、彼女のための金だから。それを父親に渡すということは、愛情の横流し行為にあたる。今父親に腹を立てているとか、過去父親に腹を立てたことを忘れられないとか、そういうのは全部間違いだ。今と過去はどうでもよい。一鉄は未来の話をしたい。

つまり、一千万くれてやるということは一千万貸し付ける価値や情があったと取られてしまう恐れがあるということだ。そこが耐えられない、心の底からの嫌悪を数値にして証拠としてデータ化する術があるのなら、一千万貸したって良い。それがない限り一千万貸すという行為は、傍から見ておぞましい、反吐《へど》が出る、酸鼻を極めた愛情と勘違いされてしまうかもしれないのだ。屈辱に耐えられるなら人は人として生きていない。それが人間の普遍的特質だ。

「死ぬ…………？」

自動的にそんな質問を零した。男はハッと顔を上げ、いかにも憐憫を誘うような眼差《まなざ》しで何も言わず、真一文字に口を結ぶ。その些細な仕草から読み取れというのだ、可哀想な自分の行く末を。

「僕は……そんなん、払いたくないよ、あっ、払いたく……ないよォ、だって、返してくれへんやろ、うん、いや……ちゃうくて……そうやんな、そうやんなあ……」

梅澤めぐるは猫が死んだのをひどく悲しんでいた。正直滑稽を通り越して怖さすらあったが、精一杯解釈したところ、命の尊さとかたぶんそういうことを考えて流した涙だったのだろう。猫が好きなのだろう。まあ、分からなくもない。猫はふわふわしていて小さくて、自分になんにもしてくれない代わりに、自分を致命的に傷つける能力もない。安全で賤《いや》しい、無害でこれといった大きな意味を持たないふわふわだ。内臓を撒き散らして死んだら可哀想かもしれない。ならばこの父親を梅澤めぐるにみせたとき、なんと言うだろうか。一鉄はそれだけ気になった。ふわふわもしていないし小さくもない、自分になんにもしてくれない代わりに自分を致命的に傷つける。危険で賤しい、有害な動物だが、同じように涙を流すのだろうか。

その場合だけ、困る。

「一円もつこてへんけど……」

一鉄は救いようのない馬鹿者であった。だから何もかもを喪《うしな》うのだ。元よりあまり何も持っていないのだが。

「言うたな」

やにわに腰を上げた父の声は冷たく一鉄の呼吸器を握り潰した。

期待なんてしてはいけない、太平洋戦争で掲げられた贅沢は敵だというスローガン、あれを令和風味に粉飾すれば期待なんて敵だ、欲しがりません死ぬまでは、現代人なら期待はできないはずだ、なんてところだろう。期待するといつも惨めな結果が待っているのは、十八年掛けて頭に叩き込んだはずのれっきとしたリアルだ。それなのにたった今、期待によく似た枉惑《おうわく》に心を掠《かす》め取《と》られ無様《ぶざま》に打ちのめされた。己が青い。目の前が真っ暗になるような青さだ。黒じゃないところがせつない。

乗り上げるような蹴りが入り、そのまま部屋の反対側の壁まで傾《かし》ぎ後頭部を打った。逃げようとドアノブへ伸ばされた手は空をかく。一鉄が開けずともドアが開かれたからだ。三十代ぐらいの、もしかしたら二十代ぐらいの男がスッと現れ、呆気に取られている一鉄の両側頭部に手を添えた。まずい、そう思った瞬間即座に歯を食いしばり首を右へずらそうとする。男の頭突きは見事に下顎骨《かがくこつ》に入った。とっさに力のかかる方向へ顔をずらしたためなんとか意識を手放さずに済んだが、確実に星が散ってその場に倒れ込んだ。左足を踏み込み頭が振り下ろされるとき見えたリムレス越しの眼は、醇正堅気《じゅんせいかたぎ》の色でない。何が後援会だ。徹頭徹尾看板を背負った筋者ではないか。後ろも前も強く打った。すぐさま立ち上がる平衡感覚はない。父親は反射的に頭を守るようにして蹲る一鉄の下腹部から肋に向かって何度も踏みつけた。捩《ね》じ切《き》るように軸足を踏ん張りながら未成熟な体を蹂躙する。中身の少なくなった歯磨《はみが》き粉《こ》を無理矢理押し出すようにして胃液が吐き出された。

「どんだけ頭悪かったら気が済むんじゃ、なあ。自分でも言いながら無理ある嘘やと思ったのにな ァ……誰に似たんやろなあ」

父がそう言うと、さっきの眼鏡の男が徐《おもむろ》に髪を摑んで上体を起こさせ羽交《はが》い締《じ》めの形をとる。おそらく若い衆だろうが、何も言わない。一千万を取り上げる手伝いをしに呼ばれたのだろう。マンション前につけてあった黒い車がおそらくそれだ。センチュリーとかじゃない、トレンドはハイブリッドカー、住宅街に溶け込んだ振りをしながらスモークガラスが蜚蠊《ごきぶり》みたいに存在感を放っていた。

「どこにあんねん、金」

ほんの少し前は一千万も持ってないのかと蔑んだが、それは違った。一千万くらい見逃してくれてもいいじゃないか、僕にはそれしかないんだ、今の一鉄はひっくり返った黒星の上でのたうつ負け犬だ。胸ぐらを摑む指に力が込められていくなか、酸っぱい唾《つば》を飲み込んでそれに耐える。まだ負けていない、口を割らなければ勝ちだ。こいつは一晩待ったのだろう。殴られ続けたことを一晩考える時間があった。そこで息子を憎んだか、恐怖したか、それとも歯牙《しが》にもかけないで臨時収入が手に入るであろうことを喜んだのか。

ふいに父が黙りを決め込む一鉄の右手を摑んだ。

「で、どこにあんねん」

爪が食い込むほど固く握った拳の隙間に自分の指を差し込んでこじ開け、小指を捕まえる。一鉄の右小指にかけられた父の左親指は徐々に角度を付けていく。百八十度を越えたところで動作がゆっくりになった。一鉄は首を振る。目を逸らさずに、首を横に振るだけだ。もうほとんど震えと言っていい刻み方で目を血走らせ、それでいて握られた指など等閑に付して不撓《ふとう》を見せつけている。

「そうけ、言わんか」

いとも簡単に小指は百八十度を過ぎた。そこからはシフトレバーを握りギヤを換えるように、あるいは手羽先を女々しく食べるときのように捏《こ》ねくり回して外れた骨を確認した。

「ほんで？　どこって？」

脂汗が浮かび次々と頰を伝う。視線が手許《てもと》に届いていないため、じきちぎれるのではないかという錯覚に陥った。叫びそうになる角度がある、ぐるぐると回される指がその角度になる度神経が捩じ切れるような痛みが走る。暴力が性的な慇懃《いんぎん》と限りなく近い位置づけにある証左はこういう点だ。だめ、だとか、そこ、とか言って善《よ》がるのと何ら変わりない、神経がイカれそうになるスポットは分別なく存在する。しかし果てるわけにはいかない。一鉄は全部の指を折って捩じ切ってみろとすら思っていた。子どもじみている、彼が仰ぎ見た暴力はこんなものではなかったはずだ。がっかりしていた。唯一、父親のことを尊敬している部分が暴力であったからだ。

父の暴力は如才がなく、模範的、玄人跣《くろうとはだし》で憧れてしまうようなものなのだ。こういうのはきっと天性の才能なんだと、一鉄はきわめて極端なコミュニケーションとして受け取りどこか冷静に感心しながら育った。それを普段誰彼構わず顰《ひそ》みに倣《なら》って出力しているまでだ。なのに今日はどうした、たかが指くらいで一千万吐くと思っているのか、この親父はとうとう耄碌《もうろく》したのか。失望がまた苛立ちを掻き立てる。一本耐えたということは、残りの九本も耐えられるということだ。それを分からないほど馬鹿じゃない、一鉄が信じた通り父は大人しく指から手を離した。

「一千万欲しいなァ、欲しいなあ、父ちゃん。貸して欲しいなあ、なあ。こんなデカなるまで育てたってんから、ちょっとくらい親孝行したい思ってくれてもええんとちゃうかなぁ、なあ」

「あんな、い、いう、言うとくけど、僕絶対喋らんで、父ちゃん、僕、死んでまうで」

そうか、という台詞を合図に親父は一鉄の下半身を蹴り上げた。腿《もも》を、脛《すね》を、膝を、後ろで押さえ付ける若い衆が傾ぎそうになる体をしっかり持ちこたえさせブレさせない。暴言のひとつでも吐きながら蹴れば自然なものを、無言でやるから薄気味悪い。二人とも革靴を脱いでいないのに気づいたが引っ越し途中のようなこのリビングではあまり違和感がない。肉の薄い部分は瞬発的に疼痛が迫り上がる。いっそのこと切創や刺創であれば脳内麻薬がその効力をある程度の時間発揮させたが、こういう蹴りは入った傍から鈍痛を訴える。視覚的問題もあるのだろうし、革靴であるためスキニーの中で擦過傷《さっかしょう》を作っているような痛みも伴った。風呂に入るのが憂鬱になる傷だ。そのうち脚に力が入らなくなっていき、もうほとんど後ろの男が一鉄を抱えて立っているに過ぎない状態だった。あちこちビクビクと脈打つように痛みを訴えてはいるが、卒倒するほどではない。指の感覚はないが、直ちに死ぬものではない。父が豹変《ひょうへん》してから一鉄はずっと冷静だった。すっかり溜《た》め込《こ》んだ白濁を絞りきった後のように、ただ冷静に死にたかった。

ふと、思い出したように動作を止めた父は若い衆にちょっと待っててねとおどけて告げリビングを出た。よもやたばこやトイレ休憩ではあるまい。掃除機か？　自分の頭を殴ったあれを取りに行ったのか？　蹴りで事足りていたからそんなもの今更必要ないことはよく考えれば分かるのだが、冷静になったつもりでも多少錯乱していてそんな浅はかな推理に至った。

体感時間として三分待ったところで、諸悪の根源が顔を見せた。エモノは、一鉄が何より見なれた電気ケトルだ。傷がいって黄ばんではいるが現役で、何千回と熱湯を沸かしてくれた相棒が父の片手に握られている。乾かずじっとりと張り付く脂汗の上をまた新しい汗が流れてゆく。爪が浮くような不顕性の恐怖が全身を灼《や》いた。だがひどく寒い。水分を失った唇を何度も舐め、無意識に瞬きが増える。呼吸が浅くなる。

「欲しいなァ！　一千万！　一鉄！」

「無理無理無理無理、無理無理無理、無理、無理無理無理無理無理、むりっ、むり、嫌じゃ、できん、いや、無理、無理やからなァ！」

「言え、一鉄」

「ううん、ううんううんっ、ううん、言わん言わん、あかんあかん、むりむり、むりやで、父ちゃん、僕言わん、言わんよ、ほんまに」

「分かった分かった、せやな、お前ももう高校生やもんなぁ、物入りやろうなぁ、じゃあ分けようや、半分ずつでええ、とりあえずどこに隠したか言おう、言うてくれ、この通りや」

「んん、んん、言わん、言われへんねん、むりむり、金の話ちゃう、無理、無理やねん、ケチで言うてんとちゃう、決めてもたから、僕があ……」

何か瑞々しい果物に傷をつけたみたいに涙が溢《あふ》れていた。細い切り口から果汁が不格好に滴《したた》り続ける。鼻から、口から、なんだか久しぶりだ、父とこんなに話したのは。こんなに追い詰められようとしっかり父のことが嫌いだ。生物的な恐怖心を軽く凌駕《りょうが》する嫌悪がここにはある。それが自己犠牲的な人格となって必死で口を噤《つぐ》んだ。だって、だってあの一千万は一鉄の全てなのだ。愛情のために掻き集めた、自己定義、腥《なまぐさ》くはしたない、脆《ぜい》性《せい》の人生。

一鉄はずっと、愛の可視化を試みていたのだ。

好きとか嫌いとか、信じてるとかさよならとか、キスとかセックスとか、手を繋ぐとか殴るとか、例えば、例えば、例えば。例えば抱き締めるとか。そんなものは、何も信用できなかった。理解できなかった。証拠がないじゃないか。そんなものには。物質として浮き世に実体を持たない弱い誤魔化しだ。

だから一鉄は可視化した。時間や自尊心という目に見えないものを目に見えて誰にでも平等に使うことのできる札束に換金して、愛と銘打った。金を稼ぐことは愛の可視化、馬鹿にもやさしい人生の本当。もう生きていたくない、もう本当に死にたい、もう本当に、一瞬先がしんどい。しんどいのだ、疲れた、たくさんだ、期待なんて、懲《こ》り懲《ご》りなのに、どうして。猫を悼んだ梅澤めぐるにあてられて、子どもっぽく父親に期待してしまったのだ。期待は人間が傷つくための陥穽《かんせい》だ。何度落ちたら学習できるというのだろうか。もう、次はない。次落ちたら死んでしまう、絶対にだ。

一鉄は愛情を大乗的な角度から理解できなかった人生の弱者で、手の施しようがない愚《ぐ》蒙《もう》だ。本当がなにか知らないからいつでも手探りで、その度痛い目を見るのだ。

ゆえに、本当は梅澤めぐるなんてちっとも好きじゃなかった。誰でもよかったのだ。愉快犯と全く同じ動機で、愛をする練習を、していた。

もっと昔は、違う家に住んでいた記憶がある。思い出せる情景のなかでいちばん古い自分は、赤ん坊に手を振っていた。クシャクシャの、歯型が付いたみたいな歪《いびつ》で小さい生き物を見る度どれもこれも臭い玉みたいだと思う。あれは妹だったはずだ。妹を抱いていたのは、母だったはずだ。

それから半年ほど過ぎ、毎月一回、母だった人と二人で会う機会が設けられることになった。決まって臭い玉が幼稚園に行っている時間に、母だった人が住む団地に足を運んだ。本当に初めのほうはどんなふうに暮らしているかなど優しく訊かれたが、すぐにそれもなくなった。会うと約束された日に母だった人は家を空けるのだ。理由は分からない。顔を見るのが嫌になったのかもしれないし、只管忙《ひたすら》しくなったのかもしれない。なんにせよ、約束された日の約束された時間に約束された家にいなかったのだ。それでも、不用心なことに鍵《かぎ》は開いていた。あんまり重いので毎回引くのか押すのか忘れるような建て付けの悪いドアだったが、押しても引いても一生開かないなんてことはなく必ず開いた。中に誰もいなくとも、一応入ることが許されていた。

父が迎えに来る時間まで、一鉄は誰もいない狭い部屋で過ごす。本当は会えていないことも父には言わずに、綿のよった布団に背中を預けて時計の短針が動くのを待つのだ。ものぐさで布団をしまっていないのではなく、ただ単に収納が間に合っていないためずっと出しっぱなしにされていた。折り畳み式のローテーブルには幼稚園生が作ったと思われる色とりどりの紙ゴミが散乱していて、カーテンの代わりにいつでも洗濯物が窓際に並びひどい部屋干しの悪臭が立ち込めている。生活感の煮凝《にこご》りのような家だった。ヒステリーを起こす女の声、バリアやバリア壊しなど叫び駆け回る子どもの声、認知症の進んだ老人の異星語みたいな戯言《たわごと》、団地の息遣いが聴こえてきて、うら悲しいようなどうしようもない感傷を呼び起こす。初めて母がいなかった日に一鉄は、背の低い黄ばんだ冷蔵庫に水道屋の置いていくマグネットでポチ袋が貼《は》り付《つ》けられていることに気がついた。

一鉄へ　ゴメンね

それだけ書いてある、辛い封筒。中には千円札が謙虚な顔をして入っていた。意図を読み取るには困難を極める手紙とも呼べない一行を、一鉄は何千回と読み返した。何度も中身の札を確認し、首を傾げた。千円といえば、大金だ。小銭よりずっと強い、紙のお金だ。迎えに来た父に渡すかどうかかなり迷ったが、結局そのことを父親に伝えることはなかった。それからは毎月、誰もいない部屋に駆け込んで真っ先に冷蔵庫を確認した。きちんと毎回ポチ袋はそこにいる。文章も一言一句変わらない。中身も変わらない、同じことの繰り返しを、命綱のように離さなかった。千円分の臍《へそ》の緒《お》に、縋《すが》りついていたのだ。

どれだけ待っても母が姿を現すことはなかったし、ましてや会うと約束された日に家で出迎えてくれるなんてこともなかったが、鍵が開いているのが、ポチ袋が用意されているのが、少なくとも拒絶ではないと受け取った。それだけの事実でぎりぎり前を向いた。

豚は、身体の構造上真上を向けない生き物らしい。地面にあるものばかり食べるからそう進化したのか、退化したのか、どの道天を仰ぐことは一生ないのだ。一鉄はそうなるのが恐ろしい。とてもじゃないけど、豚になんてなりたくない。空が見たいから。青くても白くても赤くてもピンクでも黒でもいい、空は最強、一鉄っぽく発音するならサイキョー。何者にも決して奪われないという安心感がサイキョーなのだ。一鉄はそれを仰ぎ見る力がある。生まれつき、あるのだ。首がその角度にきちんと曲がる。一鉄には自由に生きる力がある。お姫様として産まれなかったから、ごきげんようなんて言わなくていいし、真っ直ぐ背筋を伸ばして歩かなくてもいいし、外交なんてしなくていいし、魔女に命を狙《ねら》われる心配もない。ただ少しほかの平均的な同級生より生傷が多く、望まない性交が多く、心がスポンジみたいにスカスカなだけだ。空が見たいというのは後付けで、つまり空があることも知らないできのこを掘り返し続け死んでいくのが恐ろしいのだ。それしかできない造りに生まれていたらどうしようという不安がいつでもあった。自由ぶって生きているけれど、狭い、何かわからないけど狭い、ずっと窮屈なケージの中で偽物の自由を食《く》い潰《つぶ》しているような感覚がふとした瞬間一鉄を襲うのだ。豚だったらどうしよう、と。

ピート・タウンゼントが空を知らないはずがない、でも一鉄は知らないかもしれない。狭くて恐ろしいのだ、生きるのが。だから必死でこじ開けようとする、両手を使って陰核を捜す童貞のように、出口だか入り口だかハッキリしない光源を捜している。いつも血まみれだ。

母が残し続けた千円を、一鉄は使わないで一年貯め続けた。一万二千円分の可視化された愛情だった。すごい、自分にこんなにも愛情を割《さ》いてくれているなんて、一枚一枚札を数えて安心した。そしてそれを返そうと思ったのだ。一万二千円もあれば何だって買える。小学生が持つには十分すぎる大金で、その換金された愛情をさらに物品に換えて贈ろうと考えたのだ。何がいいだろうか、絶対に間違えてはいけない、絶対正しく純度の高い愛情だと伝えなくては。そのためには何を買えばいいだろう、まだ次あの団地に行ける日まで一ヵ月ある、一鉄は一ヵ月考えて、母だった人がどういう人物か何も知らないということを知った。なんの仕事をしていて、今どんな容姿で、何をしているのかも分からない。何を贈れば喜ばれるかなんて見当もつかなかった。学校で流行っているテレビ番組を知らなくてもなんの問題もなかったが、これはどうにもならない問題として一鉄の目の前に立ちはだかったのだ。時間がない、それ以上に自信がない。しかしその悩みは杞憂《きゆう》に終わった。もう会えないと、父伝《づて》に言われたのだ。父は知らないが、もう会えないどころかずっと会ってはいなかった。それでもあのポチ袋を受け取りに足を運んでいた。それすらなくなるということは、ずっと恐れていた拒絶だ。自分はなにかしてしまったんだろうか、それともしなければいけないことができなかったんだろうか、結局父に理由を訊くほかなかったので会っていないことだけ隠してそれとなく訊いたところ、新しい家族と引っ越すから、と返ってきた。そこでぷっつりおしまいだ。母だった人との繫がりは、終わり。

一万二千円はその姿を変えないで手許に残った。目の前が真っ暗になって息が詰まった、本当にそのままの意味で詰まったのだ。激しい胸痛がし、乾いた咳を繰り返す。悲しいことや辛いことは連鎖するもので、苦い出来事と体調不良は常にセットだったから何も不思議には思わなかったが、医者に胸に穴があいているんだと言われてぎょっとした。まさか、拒絶を言い渡されて心に穴があいてしまったのだろうか。心は脳にあると思っていたが、本当に胸にあったのか。穴があいたのなら、そこから大切なものが漏れ出してしまうのだろう。漏れ出したものは、どうやれば取り返せるのだろうか。一鉄はレントゲンを撮って経過観察を行っただけでこれといった手術のようなことはされなかったため、あいた穴とやらは塞がらずにそのままなのではないかと疑った。大丈夫と医者は言ったが、心がずっと辛いのが穴の塞がっていない何よりの証拠だと今も信じ込んでいる。ただの気胸で、破れたのは心ではなく肺なのだが、彼を苦しめて追い詰めたことは変わらない。確かに穴はあいたのだ。そのせいで一向に溜《た》まらないということはわかっているが、心の中に何を溜めたら良いのかはずっと分からないままだった。一鉄はそれを凡そ財産的なものなんだろうと仮定し、とりあえず一万二千円をそこにしまった。

「なんで、うち来たん、なんで僕の部屋入って、金見つけたん」

嗚咽《おえつ》混じりに吐き出された質問は意外だったようで、父親は不思議そうな顔をして答えた。

「たまたまやなあ、久しぶりに息子の顔見とくか思って寄ったら、あんなことや」

嘘ではなかった。気まぐれに立ち寄ってやったのにいなかったからおもしろくない。それで蹴り倒した据え置き型ゲーム機たちから現ナマが溢れただけだ。まんがのような幸運。息子に一晩暴行を受けたのは不運。それでもこれから一千万手に入るなら四捨五入で結局幸運であった。一鉄は父のこの言葉に表情をなくし、数秒黙った。父も、後ろの眼鏡も口を開かず地獄のような沈黙が居座る。そして、ボウフラを寝かしつけるような声で何か言った。

「するよ、案内……ここにはない、人に預けてる、信頼できる人に……その家まで案内する、僕が。怖いからそれ退《の》けてや、そんなんかけたら火傷《やけど》やで、昨日、昨日？　一昨日《おととい》やっけ、そのことは謝るよ、謝る……」

そのまま透けて消えていきそうなほど憔悴《しょうすい》しきった様子で力なくおまけのような涙が落ちた。翻《ひるがえ》って父は笑った。

笑った。愛想笑いや苦笑い、作り笑いではない、ひとが心から興奮したときに出るそれで。ああ、似てるな、自分の顔と。そう思った。それ以外は何も思うことがなかった。

うおっ、みたいな声が背後からしたのと同時に全身に衝撃が走った、縦にだ。体に対して縦に鞭を打たれた、とっさにそう思ったが滴る水分が血でないのと、腿から湯気がたっていることからケトルの中身がぶちまけられたんだと漸く理解した。体は反射的に大きく仰《の》け反《ぞ》るが若い衆が何とか押さえ込む。大した根性だ、さっきの叫び声からして後ろにもかかったんだろう。一鉄は悲鳴を上げながらそいつごと体をうねらせた。血なんて出ていないはずだが体を伝う水滴が全て血液なんじゃないかという錯覚に陥って、目が回る。痺《しび》れるような、ヒリつくような痛みが神経を縦断した。そればかりか何度も何度も往来するのだ。痛いのか熱いのか、衣服が擦れる度に涙が出た。左目が開かないが蹴り付けられていた下半身が何より熱い、剝がれる、直感で分かった。このぴったり張り付いたスキニーを脱ぐときに、腿の皮が一緒に剝がれてしまうのが容易に想像できる、どうやって脱ごう、どうやって……

「よし、行こか。別に一千万欲しかったんとちゃうねん、職業柄な、嘗《な》められるのが御法《ごはっ》度《と》やったから、こうしたまでや。一千万はオマケや。お前も俺のこと殴ったやろ、それでおあいこ、終わり終わり」

この男は暴力の責任をとってみせた。なるほど、こうやるのか。血も凍るほど目がすわっている。

漫画的表現のバキッとかボカッとかいうオノマトペは暴力に相応しくない。暴力を音で表現したときはウキウキだとかルンルンといった初恋のような音だ。人を殴るときは初恋のような気持ちでいなければいけない。でなければ弱者に付け込まれる悪に成り下がってしまうからだ。強い者にふるわれるぶんには良い。川が高いところから低いところへ流れてゆくのと同じことだから。だが、逆流を許したとき、摂理が壊れてしまう。弱者になるな、弱者になっては強者を、自分の愛する強者を、誰かの愛する強者を苦しめてしまうかもしれない。強者の足を引っ張る行為はこの世でいちばんの悪だ。そういう美学の込められた煮え湯だった。実の息子に、罪のない部下に、火傷を負わせるなんて非道徳的で非人道的、倫理に叛《そむ》く行為かもしれない。それでも道徳を犠牲にしてでも成し遂げねばならないことはたくさんある。道徳の優先順位はきわめて低いのだ、個体に自我がある限り。一鉄は弱者に落ちぶれることが何より恐ろしい、死にそうなくらい恐ろしい、死にたいくらい恐ろしい、だから分かりやすく肉体を持った強いものにいたく焦《こ》がれた。ならなければ、こういう生き物に。焦っている。滑車の上で自分のつけた速度に足を取られて目を回さないように、恒久的に速度を上げていくしかない、一鉄は追い込まれているのだ、自分自身に。ハムスターだ。握り潰せば目玉をぷりっと出して死にそうなげっ歯類。窮鼠《きゅうそ》となって猫を噛むことができるだろうか、違うのだ。鼠《ねずみ》な時点で人生が終わっている。猫として生まれて来られなかったなら窮地で猫を噛んだって惨めなだけだ。鼠百匹に同時に噛み付かれたってシャーと体を一振り、圧倒的に弱者を殲滅《せんめつ》する哺乳類《ほにゅうるい》でありたい。ウサギとカメのカメなんてさらに惨めだ。あれは弱者でも努力を積み重ねれば強者に勝てるという教訓なんかではなく、胡座《あぐら》をかくなよという強者への優しいアドバイスであり、弱者の努力なんてなんの意味もなく射幸性の邪道にしか勝機はないという戒《いまし》めだ。強者の謬《びゅう》錯《さく》なくしては永遠に勝てない爬《は》虫類《ちゅうるい》。地道にコツコツ歩くことくらい誰にでもできる。一鉄にだってできたのだから。それを威張りだしたら弱者の謙虚という唯一の価値さえなくしてしまう。そんなみっともないことを自慢げに武勇伝にしているから自分の頭を人間の陰茎と呼ばれるのだ。一鉄は昼寝をしても一蹴りでゴールテープを切るウサギでありたい。

がたがたと震えを止めない足を引き摺ってなんとか車まで着いた。朦朧《もうろう》としていたが、幸い周りにそれを見た者はいない。

「あ、じゃあナビするから、僕、助手席乗るねえ」

調教が行き届いた息子を満足そうに一瞥《いちべつ》して父親は後部座席に座った。側杖《そばづえ》を食った若い衆の頬には僅《わず》かな水膨《みずぶく》れができている。ステアリングを握る指が全部あるか盗み見ると、結婚指輪もない綺麗な手だった。仲間内にはあまりいないタイプの、金持ちの家の犬みたいな、そんな男。息子に一晩殴られたと聞いたのだろうか。そのとき笑いを堪えられたから今命があるんだろう。一鉄なら息が止まるまで爆笑している。

時間帯的に人通りがまるでなく、閑散とした道を走った。三叉路《さんさろ》が見えた。真ん中はぼろい空き家で、不良の落書きがたまに更新される。

「ああ、ここの道をォ」

「ここを？」

「突っ込んでもらってええかなあ」

お前は突っ込め、僕はお前の眼球に指を突っ込んでやるから。

嚙み癖のついた爪は眼鏡の下の柔らかい角膜を抉《えぐ》りとった。

暴力は最高だ。もう一度書いておこう。暴力は、最高。暴力と犬だけは、何も裏切らないから最高なのだ。万が一それらが裏切ったとしたらそれらはそれらとしての価値を全《まっと》うしないやくざな紛《まが》い物《もの》であるに過ぎない。犬によく似た、猫かもしれない。裏切るなんて、暴力によく似た、にゃあかもしれない。にゃあじゃないなら、神様がおぼこい人間どもに与えてくだすった人生の裏技、万物を解決する極上の万能薬なのだ。それに暴力は滅らないからいささかキュートである。

だから一鉄は倣った。独《ひと》りでもとっても上手に、倣ったのだ。誰か褒めてあげて欲しい。誰かいないだろうか、誰か。

ジューが新曲を書いた。先入観ナシで聴きたいからほかのリスナーのコメントは見ずにまず、一度再生する。いつも通り荒削りな音作りだがいつからかバンドが音楽ソフトによる打ち込みではなく生演奏に変わっていった。ジューという芸名はジューダス・プリーストから来ているのではないかという噂があるが、本人の作る曲自体は目を覆いたくなるほど浅く実直なギターロックだ。攻撃的には歌わない。もっとも歌っているのは非現実的なヘアスタイルをしたキャラクターなのだが。十分だ。電子音越しにそれを歌わせている人間の胸三寸が確かに聴こえてくるのはジュー自身の技量であり、リスナー自身の当為なのだ。メルヘンを零《こぼ》すなら、キャラクター自身の仕事でもあるかもしれない。

新曲には珍しくMVがついており、素人が作ったにしてはかなりクオリティの高いアニメーションになっていた。藤原はそれを玄人の仕事なのだろうか、自分はMVの付いていない曲も好きだがこれなら多くの人に観てもらえるのかもしれないなどと考えつつ流すように眺めた。

四分ほどの曲が、終わった。藤原はまだ耳許に居座るAマイナーを跳《は》ね除《の》け顫動《せんどう》する指でジューのSNSアカウントを遮断した。四分間でこれ以上はないくらいの失望感を覚えたのだ。絶望と言っても良い、気が抜けるほど根っこから萎《な》えてしまったのだ。自分の受験番号がないのを確認したときと似た消沈があった。あのときは自分自身に落胆したのだが、今回は顔も知らないどこかのアーティスト風情にだ。どうして。たかがうだつの上がらないバンドマンにここまで絶望させられなければいけないのか、いや、うだつの上がらなかった地点はもう超えそうで、今から売れていく準備ができていますと言いたげな彼に、期待を裏切られた。いつも期待するほうが悪い。何かを愛するときは期待を人質に取られているモノだ。

ジューは、薄っぺらな同性愛について歌ったのだ。それっぽくうまい絵で禁断を煽るようなアニメーションがつけられていて、いつもとは比べ物にならないスピードで再生数が上がっている。藤原はこれの何が不快だったのか自分でも整理がついていなかったが、衝動的にブロックを選ぶほどには憤りを覚えた。なんだかそういうのにスポットして崇《あが》めるのは、違う。良い悪いではなく、違うか正しいかの話として、違うのだ。さぞ儚いだろう、キャッチーであろう、マイノリティを持ち上げて食い物にするのは、あまりに簡単だ。いっそのことそれをカテゴリとして扱ってしまえばポップだ。構わない。なんの理由もなく愛があるのは誰かが因縁《いんねん》をつけたところで変えられない事実だから。事実に腹を立てる人間はソモサンもセッパもない、屏風《びょうぶ》の虎《とら》に向かって激昂しているのと変わりない滑稽さを孕む。その怒りにわざわざ許しを乞う者は怒る者以上に滑稽だ。つまり同性愛に限った話ではないが全ての倒錯は改めて取り沙汰《とざた》されるべきではなく、さも当然のこととして一円の価値もつけないことこそが当世風なのではないかと、藤原は考えている。でも無理だ。彼一人野暮じゃなくても、世界はうんざりするほど野暮なのだから。映画に登場しなかった人種を、性別を、職種を見つけて、なぜ出さないんだ、差別的だと自由を殺しに来る。藤原は母子家庭だが、母子家庭の奴はどうだこうだと言われたって怒らない。どうだこうだの部分が的外れであろうと母子家庭は事実だ。男だが、男のくせにどうだこうだと言われても、怒らない。偏見を客観視したときに同意できる部分があれば。日本人だが、日本人はどうだこうだと言われようが、決して怒らない。そう見えるだろうよと言えば済むのだ。全て。この世の偏見全ては共感によって打ち消すことができるのに、どうして。偏見の目で見られることはさぞお辛いでしょうという偏見が金の匂いを嗅ぎつけて人類のもっと大切な不羈を攫っていく。ジューが同性愛を当たり前に書いていたなら良かった。藤原は好きになっただろう。節回しはいつもと何ら変わりなく良かったのだ。爽《さわ》やかなロックサウンドだ。だが彼がシェイクスピアを気取ってシリアスに、それがまるで大罪であるかのように歌ったのが、不快だった。個人的に。主観的に。私的に。何万人が歓《よろこ》ぼうと関係ない。がっかりしてしまったものはどうしようもない。藤原は投げやりに動画投稿サイトのリンクを閉じ天を仰いだ。そんな有り触れた性的倒錯に頼らなければ客に感動を与えられないのならば音楽なんてやめてしまえと恨み節を零し、我に返ってひどく女々しい自分を自嘲《じちょう》気味に嘲った。

これだけ子どもじみた怒りが湧くのは、自信があるからだ。なんの自信かというと、十八歳の高校生男子が口にするには少々勇気のいる、愛についてだ。ただしこれは学者が机上で完璧な式を作り上げたがまだ一度も実践的にそれを起こして見せたことがない状況と似ていて、頭の中でだけ完璧なのだ、彼の理論は。藤原は、一鉄が梅澤めぐるに与えようとしゃかりきになっているあれの、もっと正しくスマートな本物を獲得している自信があった。一鉄のは目も当てられない見様見真似の錯覚だということも理解している。それは決して薄っぺらで食い物にされたりなどしない、本質であり馬鹿らしい、今この世にある言語じゃ到底表せない何か。一鉄が梅ちゃんの幸せをただ願っていると言うそれの、完全版。藤原こそずっと、香本一鉄の静謐《せいひつ》な明日を祈ってやっているのだ。ずっとだ。ずっと昔から、愛着かもしれないし、憫察《びんさつ》かもしれない。母子家庭に育って平均より父性が育ったのかもしれない。もしかしたら可哀想な生き物と見下して精神衛生上の利益を吸い取りたいと考えているのかもしれない。でもどうだっていい、たとえ地球が三角になろうと誰かに吐露することのない宗教的な感情だが、世の中に溢れかえって腐臭をさせている贋物《がんぶつ》なんか足元にも及ばない本物であることだけは胸を張って言える確証があった。凡人が手を叩いて喜んだり、眉を顰《ひそ》めて罵ったり、惻隠《そくいん》を装って利用したりする性的倒錯なんかではない、そんな吐き気のする下層のお話はしていない。香本一鉄、あれが笑うところを見るのは宗教だ。哲学で、必修科目。藤原亮にとって履修せねばならない人生の課題なのだ。理由は今も分からないままだが、理由なんて数学の証明以外での出番はない、馬鹿がより馬鹿な者につけ込むときの謳《うた》い文句《もんく》でしかない。週にだいたい三回の愛餐《あいさん》は、せまくて生きづらい高校生たちの息継ぎだ。何かに縋って立ち泳ぎしなくては生きられない。我々は陸に上がった人間様だから。この息苦しさをいつでも誇るべきなのだ。

だから勘弁して欲しい、病院に呼び出すなんて。


左半身を包帯で覆って笑っている彼はともすればB級映画のやりすぎなアートワークにさえ見えた。電話を受けてから一歩だって歩かず走ってきた藤原は肩で息をしながら、元気そうにしている一鉄を見てなんとか溜飲《りゅういん》を下げる。

「どういうことやねん、おい、勘弁してくれ」

「はやかったなあ！　来てくれてありがとうなぁ！　あ、えっとな、こっちの足とぉ、この指と折れて、あ、ここの指折ったんは父ちゃんなんやけど、えっと……あっ、そうそう、若い衆の人は無事みたいで、あ、無事ゆーてブレーキパッドで足裂けたみたいやけど、どないすんねやろ、かわいそーにな！　父ちゃんはまだコンスイ？　状態って、真ん中からスポーン抜けて車外に飛び出したみたいやねん、目ェ開けて見とけばよかったわ！でもどうしよな、復活したら僕殺されるかな」

大きな口を開けて捲し立てるものだからいつもと変わらない八重歯が覗いているが前歯は一本なくしている。包帯の端《はし》から見える爛《ただ》れから、その下がどうなっているのか想像してしまい爪先からぶるりと悪寒が走った。そもそも事故を起こしたのも父と何があったのかも藤原は電話越しに興奮気味の口調で説明されただけだから全く理解できていなかった。思っていたよりずっと満身創痍《そうい》で吐きそうである。一鉄がスクラップになるなんてまっぴらごめんだ、内心毒づいた気持ちを溜《た》め息《いき》として表明する。

「アホなことばっかりすんな………」

「アホかな、僕自分で頭ええおもたけど、演技派やったしな！」

「なん……いや、生きててよかったな、純粋に」

「死んだほうが良かったかな」

「生きててよかった言うてるやろが、殺すぞ」

藤原に憎まれ口を叩かれる一鉄は嬉しそうに笑う、切れ長の目というより、切り傷みたいな目だ。人生のどこを切り取ってもだいたい腐っているかもしれないが、この瞬間瞬間があるのとないのとではだいぶ違う。

「てかなんで呼んだ？　俺のこと。焦って手ぶらで来てもたわ、悪かったな。いや、呼んでくれてよかったというか、そら呼べって話やけど」

「なん……あっ、なんで？　んん……ほ、ほかに来てくれる人おらんやろぉ、いやわあ」

困ったように誤魔化し笑いをしたが、自分でも言いながらそのことに気づいたようだった。呼べば来る知り合いくらいほかにもいる。ペネロペだって来たかもしれない。一鉄元気だしてーなどと叫び帰り際に適当なナースをつまみ食いしただろう。でも、一鉄はペネロペやペネロペのような知り合いを呼ぼうとも思わなかった。選択肢になかったのだ。一鉄はもしかしたら、もしかしたら。

「なんかこーてきてよ、その辺の自販機でええから」

もしかしたら。

「ほんましゃあなしやで」

もしかしたら甘えている。

パシリもびっくりの速さで戻った藤原から缶コーヒーを受け取った一鉄は、見慣れたラベルを一瞥して藤原のほうを向いた。

「開けられへん、手ぇ痛い、手ぇがコレじゃ、見て」

どこか得意げに痛々しい指を振ってみせる。とても全国放送はできなさそうなグロテスクな患部を。歳上《としうえ》とばかり遊んでいるからこういうおねだりは肌で摑んでいるのだ。藤原はわざとイラついたような顔を作ってふたを起こしてやる。もちろん演技で、全てが茶番だ。美味《おい》しいカフェインの茶番。一鉄は大袈裟に万謝しながらコーヒーを啜《すす》った。

「これなんぼ？」

「べつにええ、奢りや」

「やとして、なんぼ？」

「……百三十円やったかな、べつにええ、そんなこと言うたらお前普段俺んちでどんだけ飯食っとんねんって話になるやろ」

「ああ、メシ……メシはなんぼくらい？　いつも」

「いや、冗談や、そんなん今更どうでもええよ」

「百三十円分愛してる？　僕のこと」

その台詞があまりにも哀《かな》しくて、しゃくりあげながら、堪えるのを諦めたように、唐突に零されたものだから。藤原亮は泣きそうになった。一鉄の顔から洟《はな》が垂れて、震える唇をなぞって顎を伝う。空気が抜けるような情けない音が微かに喉《のど》から鳴って、為す術もないかなしさが音もなく溢れている。宗教的だ。ほんとうに、安っぽい宗教だ。拝まずにはいられない、さみしくて淀《よど》みない何かだ。人間語に訳すには青すぎる、何かなのだ。

「そんなケチとちゃうよ、俺は」

期待なんてしてはいけないと痛いほど学んだはずなのに、藤原にはずっと期待していたじゃないか。今日だって、今だって当たり前に心配してもらえると思った。甘えた。怖がらずに甘えた。あの無害な教師に甘えるのとは訳が違う。ちゃんとこちらを見ている者に対して甘えるというのは、相当の勇気がいることだ。それを今まで勝手にやっていたのは、彼が勝手にやらせていたからだ。母親のポチ袋があるかどうかは毎回分からなくて恐ろしかった。だけど藤原家に行くときはいつでも迎え入れてもらえる自信があったじゃないか。恐ろしかったらいけないのだ、愛なんて。安心しなくては、安心なくしては長生きはできない。ストレスとかいうやつがかかって白髪になってしまう。一千万円なんて人生のなんの足しにもならない。あの日あいた胸の穴には、千古不易の安心を詰め込むのだ。笑わなくては。笑うというのは人間様特有の機能だ。裏切ったり裏切られたり、パンクロックに頭を振ったりするのと同じ、人間様のずるっこい生意気な得意技！

悲しくても嬉しくても嘘でもほんとでも馬鹿でも利口でも変態でも病人でも犯罪者でも差別主義者でも宗教家でも笑うのだ。指が全部綺麗に治ったら人ではなく鍵盤を叩こう。人間様の特権をひとつずつ嗜《たしな》むウツクシー人生を歩んでやろう。気持ち悪い、恥ずかしい生き物だ。犬のように長いマズルも持っていない、馬のように立派な鬣《たてがみ》も持ってない、薄情な生き物。それでも声を上げて笑うことができるのが、自慢なのだ。

「ああ、感動して、感動して？　安心してか、安心してもうちょっとで泣くかと思った」

「アホ、泣いてるよ、笑えよ」

余談だが、感情に振り回されて泣くのも人間様特有の欠陥である。

奇食のダボハゼ

第一章

【志望】自分はこうなりたい、こうしたいと望むこと。


「うちの息子はまだ小学生なのに、渋《しぶ》い映画が好きなんだよ。俺なんてこれを理解するのに三十年かかったのに、もう分かるんだもんなぁ、大したもんだよ」

「センスが人とは違うんですね。お宅の息子さんはきっと。将来有望ですね」

立ったとか喋《しゃべ》ったとか、そういう当たり前に褒めてもらえる出来事を除いて、清水佑斗《しみずゆうと》が最初に褒められたのは好きな映画のセンスだった。あのときリビングでかかっていたのは芸人の撮った暗いカルト映画で、佑斗は内容のシュールさなんて微塵《みじん》も理解していなかったが、それを理解している小学生は凄《すご》いということだけは何となく心得ていたのだ。だから見せつけるように液晶を眺《なが》めて、訳の分からないシーンで笑って見せた。思えばあのときから、彼の人間としての底が見えていたのかもしれない。

今年で十七になる佑斗の夢は映画監督である。好きな映画は変わらずあの芸人の撮った怪作で、嫌いな映画は有名な賞を貰《もら》っている全《すべ》ての映画だった。清水佑斗という男の人生は六十九年続くが、彼が死ぬまでに撮る映画の数は、じつにゼロ本だ。

「佑斗、ついにこのクソ田舎《いなか》に学校から歩きで行けるカラオケできたな」

「あ、そうなの？　あー、回転寿司《ずし》かなんか、潰《つぶ》れたとこ？」

「そうそう、まねきができてた！　それでさ、クラスの半分くらい今日行けるって話なんだけど佑斗も来るよな」

「いやあ、カラオケなあ……カラオケ行っても俺、あんまり歌える曲入ってないんだよな。J-POPとかさ、俺疎《うと》いじゃん？」

「あー……佑斗の好きなバンドとかってカラオケにはないもんなあ。じゃあ来ない？」

「うーん……またでいいかな。見波《みなみ》と二人とかのときで」

じゃあまた誘うと笑った見波という生徒は佑斗の幼《おさな》なじみだ。幼稚園からの付き合いだから今もこうして一緒に登校する仲だが、キャラクターとしては真逆の位置にいた。彼はランキングの頭から順に曲をダウンロードし、ランキングの頭から順に映画を観《み》る男だった。漫画やアニメが実写映画化したとき、手放しに喜んで次の瞬間には忘れることができる人種だった。おめでたいと言ってしまえばそれまでだが、見波のような人間こそが人生を謳歌《おうか》していけることを佑斗はどこかで知っていた。でも見ない振りをするのだ。吊《つ》り革《かわ》に摑まる見波の腕時計焼けは、ミーハーにアップルウォッチのシルエットをしている。前腕を這《は》うヘルシーな血管には嫌味のない青春が流れているのだ。佑斗は体毛が濃かった。見波の腕を覆《おお》う筋肉の代わりを、佑斗の場合、高校二年生にしては長い毛が務めている。だからシャツは捲《めく》らないし、半袖《はんそで》の体操着を肩まで捲ってノースリーブみたいに着こなすこともしなかった。本人が気にしているわけではないが、見波と違うことは頭のどこかで理解していたのだ。佑斗は身体的特徴で人と差が出るのは喜ばしいことに感じなかったが、センスという面では過剰に奇抜さや少数派であることを求めた。

「カラオケには絶対ないけどさ、最近めっちゃ聴いてるアーティストいるんだよね」

佑斗が見せたアンドロイド端末には小洒落《こじゃれ》たテキストでリリックが並べられる映像が映っていた。数百万再生ほどの、ハイセンスなミュージックビデオらしい。

「花村《はなむら》ベン……ハウント、ハーント？　なんて読むの」

「hauntだよ。直訳すると出没。幽霊とかが出るってイメージかな。でも安易にハロウィンとか幽霊の曲じゃなくて、俺が思うにこれは恋愛の曲。振られた曲ってのはよくあるけどさ、これは振った人間の後悔を歌ってるんだよね。センスあるのがさ、この歌詞だけのＭＶ、歌詞だけなのに演出が凝《こ》ってんの、まあ、観てもらわないと分かんないし聴いてもらわないと分かんないんだけど……声がなにより良《い》いんだよ。中性的な声で」

「待って待って、待ってな、エアポッツ出すから」

勢いづいて話し続ける佑斗の声を遮《さえぎ》るように見波はイヤホンを挿した。打ち込み音源らしい軽い音だが、素人にも分かりやすく垢抜《あかぬ》けたコードに、確かに独特な声が重なる。透き通っていて底抜けに幼い声のような気もするが、強烈に婀娜《あだ》っぽく蠱惑的《こわくてき》な奇妙さがあった。この声の主が一体いくつで、男なのか女なのかも見当が付かない。なるほど癖《くせ》になる声だ。見波は安直に〝佑斗の好きそうなアーティスト〟とも思ったが、今回ばかりは自分でも独特でかっこいいと感じた。普段、佑斗が勧めてくる音楽や映画は王道好きな男子高校生に真《ま》っ直《す》ぐ届くものではなかったばっかりに、個性的ながら分かりやすい魅力を持つ楽曲に興味が湧《わ》いた。

「うわ、めちゃくちゃカッコイイな……いや、これいいわ俺も聴こ」

「ウソ、分かるんだ？　意外だわ、俺の勧めた曲見波が気に入るとか」

見波の意外な反応に、佑斗は見下すような、それでいて誇らしげな態度をとった。自分の発見した善いものを他人に評価されることは、そのまま自分を評価してもらえているように錯覚するのだ。反対に、評価されなければされないで、自分は人とは違う、尖《とが》った人間だと認めてもらったような気になれるのだ。自分ではない誰かの評価を自分のことに置き換えて受け取るのは、リスクの少ない自己陶酔のままごとなのだ。

「え、この花村ベンってさ、男？　女？　ハスキーな声って言うんかね、なんかいい声してんね」

「どうなんだろうな。顔出ししてないから分かんないけど……俺は女だと思ってるかな。

ひっくい女の声じゃない？　マジでいいよな」

「これがいちばん有名な曲？」

その言葉を待ってましたといった表情で、佑斗は画面をスクロールした。花村ベンが投稿している楽曲は四つあり、今聴いていた曲は最も新しいもののようで、再生回数もいちばん多い。見波には彼がこれから何を言おうとしているのか瞬時に理解できたが、だからこそ黙ってやった。斜に構えた頭でっかちな日陰者《ひかげもの》と、日向《ひなた》にいる頭空っぽの能天気が仲良くできているのはこの気遣《きづか》いあってこそのものなのだ。単に幼なじみだからではなく、見波は誰にでもこれができた。

「今のがいちばん有名な曲だけど、俺がいちばん好きなのはそれじゃない。半年前に投稿してる、最初の曲。これがさ、荒削りなんだけどマジでいいよ。マジでヤバい。haunt はスゴい勢いでバズりつつあるからそこそこ有名だけど、この再生回数も二万とかのこれこそが至高なんだわ」

「おお、半年前……半年で四曲も作ってんのスゴいね」

「まあなー。一曲一曲のクオリティが高けりゃ速度なんか俺は関係ないと思うけど。ＭＶは誰が作ってんのかなあ。これたぶん AviUtl だけで作ってると思うけど、花村ベンの曲って全部ＭＶのセンスもエグいんだよな。まあちょっと荒削りだけど。若いセンスだよな。二十代前半とか、もしかしたら十九とかかもな」

なんだかよく分からないソフトやサイト、ツールや専門用語を使うときの佑斗は何をさておいて生き生きしていた。自分自身になんの味も付いていないから、死に物狂いで薬味を集めるのだ。佑斗は薬味だけ盛られた飯なんて誰も手をつけないことが分からない。重湯に七味を入れるように、自ら誰にとっても利のない存在になろうとした。

「佑斗が良いって言うバンドとか映画ってさ、絶対いっつも分かる人には分かる！　とか、そーゆーランキングに入ってんだよな、お前は分かる人なんだよな」

分かる人にだけ分かればいいというのは芸術において花丸の事実だが、エンタメにおいてはさんかくで、お商売においてはタブーだ。いちばんいけないのは、分かる人の称号を拝借したダボハゼが、お茶の間に提供される生ぬるい娯楽を目の敵にして扱《こ》き下ろすことだ。尖りとは、天然でなくてはいけない。養殖の尖りなど、生ぬるい使い古しの娯楽にも劣《おと》る劣等生の言い訳だ。自分はほかとは違う、そう思う者は手を挙げよと問われたとき、初めて自分たち『分かる人』がマジョリティだったと知るのだ。むしろ、現代においては、こんなに真っ直ぐ与えられたものだけ愉《たの》しんで、全てを疑わず一歩前だけを見ながら歩いている見波のような男のほうが少数派なのかもしれない。見波はほかと被《かぶ》ることを恐れない。星の多さに安心し、親しい友人のレビューを信用し、驚けと言われたシーンで驚き、泣けと言われたシーンで泣けるのだ。人間として圧倒的にコスパが良かった。素直であることは誰にも馬鹿《ばか》にされる筋合いなどないのだ。

「顔、出してないの？」

「出してない。インスタもツイッターもティックトックもやってはいるけど、この投稿してる曲のことしか上げてないね。ライブとかも今んとこしてないってか、ほかの繋《つな》がりとかもないっぽいしフォロワーもそんな多くない。まあ、最近急激に増えてるけどね。やっぱ新曲が当たったからかな」

「ライブやったらいいのにな」

見波はそろそろこの話題を切り上げるために、適当にそう言ったのだが、佑斗はその言葉に少し考え込んでしまった。ライブで実際に花村ベンを拝みたいような気もするが、自分が思っていたような人物でなかったときどうしようか。自分はどうなってしまうだろうか。彼の頭の中で歌う花村ベンは、自分より背の高い女だ。真っ黒いウルフで、マーチンの八ホールを履いている。Ｆを発音する度ブ厚い唇《くちびる》を噛《か》み、インダストリアルがばっちり開いている。空想の中の彼女は、自分がいつか撮る映画に出してやってもいい美女なのだ。そんな女が本当にいたら恐ろしいし、もちろん理想を大きく裏切られて傷つくことだって避けたい。結局佑斗は憧《あこが》れの人物に会うのが怖かった。花村ベンの魅力をある程度他者に認めさせるのは快感だが、今以上売れられて、自分の守備範囲から出られたくもなかった。佑斗にとって、今の花村ベンがいちばん都合のいい規模感の存在なのだ。佑斗は画面の向こうの存在に、お粗末《そまつ》な独占欲などではない、もっと脆弱《ぜいじゃく》で厚かましい仲間意識のようなものを抱《かか》えていた。無意識下で彼は、他人様の才能や努力をセンスという一点からだけ俯瞰《ふかん》して自分のセンスに重ね、センスが一致することに才能や努力まで含めて泥棒しようとしているのだ。掃いて捨てるほどいる凶悪犯の端《はし》くれだった。

見波がちびっ子バスケットボールクラブで突き指を重ねているころ、佑斗はインターネット上に自分の居場所を見つけていた。オラクルディセプションというカードゲームのファンとしての居場所だ。トレーディングカードゲームは彼が幼少期からずっと続けている唯一の趣味で、歳《とし》は関係なく色んな人間との交流があった。見波が小学生バスケの地区大会に出場している間、佑斗はオラクルディセプションの店舗予選に出場していた。小学四年生と小学五年生が同じコートに立てばその一年の差が浮き彫りになったが、カードゲームの舞台では大人と子どもでも対等な試合を行うことができた。見波は一人だけ四年で五年生チームに入り挫折《ざせつ》を味わったが、佑斗は十も二十も上の大人たちを破り勝利の味を知った。自分より歳下で自分よりうまいプレーヤーは数えるほどしかいなかったのだ。彼が持つただひとつの成功体験だった。だから今でも、ツイッターの bio に小学生のころの功績を記しているのだ。本名で登録しているインスタグラムのフォロワーは五十だが、ウィズダムというハンドルネームで運営しているツイッターのフォロワーは五千人いた。佑斗は、清水佑斗の人生にはなんのおもしろみも見出《みいだ》せていなかったが、ウィズダムとして生きる分には十分に華があったのだ。

見波が別のクラスメイトと合流し去っていくと、すぐさま佑斗はウィズダムの世界に逃げ帰る。ついさっき話題に挙がった花村ベンのことをまた漁《あさ》るのだ。

《haunt の歌詞　文字が透けてるのが死んだ恋人目線の歌詞で　透けてないのが自分目線なんだ　MV見返してて鳥肌立った》

タイムラインにあったそんな呟《つぶや》きを拾って、即座に佑斗もMVを見返してみた。確かに画面に映し出されるフォントには僅《わず》かに差が見られ、透明度の高いほうは視点も違うような気がする。今まで気が付かなかったがコーラスの入れ方も微《かす》かに変えてある。佑斗は先程見つけた呟きには反応しないでキーボードを叩《たた》いた。

《花村ベンの haunt　振った彼氏が死んでる説合ってると思う　だって彼女視点の歌詞だけ微妙に歌詞透けてるし　コーラスも違う　凝ったことやり始めたな花村　この曲ノンフィクションだったりして》

ウィズダムの言葉に、いつも群衆は簡単に感心した。彼を認めている人間などみんな彼以上に脳みそがふかふかで、人生のすごろくで白紙のマスばかり踏んできたような人種なのだから当然だった。先にフォントの演出に気づいていた者よりも、ウィズダムの言葉は多く拡散され、賛同された。自分の発言に対してのレスポンスが、数字という形で顕著に示される快感は佑斗にとって相当な価値があった。現実で友人に褒められるのよりも、どこの誰とも分からない有象無象からの同意を何より有り難がったのだ。現実で友人に褒められることなど珍しいから当然であった。当たり前に母数が違うのだ。

《ウィズさん花村ベンのストーリー見ました？　ついにライブ情報解禁してました！》

佑斗の素晴らしい考察に、そんなリプライが付いた。じつに一秒前だ。花村ベンはウィズダムが紹介したためオラクルディセプションファンの間で最近トレンドになりつつあった。みんな花村ベンの曲を聴き、思い思いの感想をゆらゆら零《こぼ》したり、花村ベンの情報を集めたり、非常に有意義なタイムラインが出来上がっていた。佑斗はその言葉を目にするや否や反射的に花村ベンのストーリーを開いた。憧れの存在の最新を知るとき、誰でも多少の興奮を覚えるものだ。新曲を最初に聴くときも、その告知を見るときも、好きな子からの通知を長押しして盗み見るような、学期末に渡される通信簿を恐る恐る開くような、不器用で小賢《こざか》しい、複雑な昂《たかぶ》りに支配された。

《お知らせ　この度　ギフトレコード社からメジャーデビューが決まりました。

なのでミニアルバムを出すのと、そのライブをやるのでよろしくお願いします。誰でも来て欲しい、よかったら友達とかと！　詳細はまた告知します。楽しみにしててもらえたら嬉《うれ》しいです》

メジャーデビュー、ファンとしては何より喜ばしい文字列のはずだが、佑斗の表情は曇っていた。花村の綴《つづ》った数行の一つ一つに、なぜか後ろ向きな妄想ばかり湧き出しているのだ。

（ちゃんとした会社なのだろうか？　本当に花村ベンの良さを消さずに世に出せて、下手に大衆受けする音楽に変えてしまったりしないか？　そもそも、ちゃんと花村が儲《もう》かるように動ける会社か？）
鈍《にぶ》く暗く後退する佑斗の思考とは相対し、タイムラインは活発に流れて物騒がしくなる一方だった。
《ギフトレコードってめちゃくちゃ有名なとこじゃん！　調べたらインロアがいてビビった》
《ベンくんホントにおめでとう嬉しい　ライブ絶対行く　バイト全然増やす増やす　やっと会えるの嬉しい》
《全国ツアーやってくれー　東京だけだときつい　福岡《ふくおか》はいいとこだぞ》
《アルバム!?　無理せず年間五万曲くらい作ってくれ》
《インロアの事務所とかヤバすぎる　ありがとう》
《顔出すの？　隠す感じ？　聞いてないってヤバい早く情報くれとりあえずキャパ知りたい》
《花村、お前インロアの後輩になるのか……》
《友達いねえよ　舐《な》めてんのか》
《フォロワーさん誰か一緒に行きましょう！》

浮かれ始める顔も知らない友たちを見て、佑斗の不安はより一層強まった。インロアとはオインクロアーという大御所ロックバンドのことだろう。月九の主題歌を歌ってランキングを総ナメするようなアーティストなど毛嫌いしている佑斗でも知っている実力派だ。歌詞だって毒にも薬にもならない、だからこそ広い層の共感を得られるといったスタイルだ。そもそも、そこまで売れていたらどんなに嫌でも見聞きする機会が頻繁に訪れるのだ。もちろん見波なんかは進んで聴いているだろうし、かと言ってMVのないカップリング曲までは知らないだろう。あんな王道バンドと、最先端でどこか退廃的な芸術センスを持つ花村ベンがはたして同じ売り出し方でいけるのだろうか？　花村ベン本人は、この事務所からメジャーデビューすることをどう受け止めているのだろうか？　一ファンでしかない佑斗はお節介《せっかい》にもそんなことばかり考えた。無感情なフォントで綴られたライブという文字を見て、佑斗は独《ひと》り善《よ》がりな寂寞《せきばく》を覚えていたのだ。

（そもそも花村ベンを見つけて五千人のオラクルディセプションファンに広めたのは、俺だ）

他人の感情をあれこれ勝手に妄想することほど不気味な行動はなかった。

クラスメイトの過半数が自分を置いてカラオケに行ったってなんの孤独も感じない佑斗

は、インターネットの世界で自分と同じ意見を見つけられないときには心臓がねじ切れそうな孤独に襲われた。ああやっぱり、自分と同じレベルの人間はそういないんだ。孤独や不安の中に、そういう高慢な思い込みでも持ち込まなければ立っていられないほどこの曖《あい》昧《まい》で不毛な世界に耽溺《たんでき》してしまっているのだ。

結局この日は、佑斗が三十分おきにタイムラインを監視したって誰一人否定的な意見を言う者は現れなかった。

＊

「なんでこんな帰ってくんの早いの？」

リビングに入るや否や、妹の冷たい声が出迎えた。妹の結歩《ゆいほ》は佑斗より二つ下で、小学校高学年に差し掛かったあたりからはずっとこうだ。佑斗にも両親にも噛み付いて、何か反論すれば自分の殻に閉じこもった。家族はそれをひな型通りの思春期だといなして取り合わないのだが、佑斗は密《ひそ》かに傷ついていた。母親を除けば彼女が唯一、自分を慕《した》ってくれていた現実の女だからだ。

「普通に今日部活ない日だからだろ」

「動画撮ってるからジャマなんだけど」

結歩はただ字を書くだけの動画を熱心に作っていた。手元が大写しになっていて、ボールペンのインクが乾いていく様までくっきり見える。流行《はや》りの音源が重ねられることもあれば、紙をなぞる心地よい音に微かな結歩の呼吸音が混ざるときもあった。ただ文字を書くだけの動画が、結構な人数に見られることもあるらしい。誰かのまねごとで始めた動画投稿だが、数千回再生され「きれいな字」「雰囲気好き」「手が綺麗《きれい》」などと賞賛されてしまえば、自己形成の真《ま》っ只中《ただなか》の凡人は後戻りできなくなってしまっていたのだ。結歩はこの動画投稿をまるで義務かなにかのように行っていた。本当のところ彼女が今週動画を上げなくなったって、それについて悲しむ者も困る者も現れないのだが、本人だけが使命感を感じタスクのように捉《とら》え、辞められなかった。佑斗から見れば馬鹿らしい話だ。動画制作だなんて大それた言い回しを使っているが、やっていることは文字を書いてそのまま適当な音楽やらフィルターを重ねているだけではないか。それを喜んで再生しているのも小中学生なのだろうということは容易に想像がつく。佑斗がいつか撮る映画はそんな低次元のお遊戯《ゆうぎ》ではないのだ。佑斗がいつか撮るのは、ちゃんとしたシナリオと演出があり、最新のソフトでしっかり編集された芸術的な映像だ。ティックトックで乳臭い鼻たれどもに観せるのではなく、きっともっと大舞台で、おそらく〝分かる人〟たちに観られるのだ。そうすればもう、後は痛快なほどに認められ、賞賛され、陽の当たらなかったこれまでを全部清算できる算段なのだ。佑斗は自分の背丈《せたけ》に見合わないプライドの高さに、地面なんて全く見えなくなっていた。オペラグラスを使ってまで盗み見るのはいつも、自分の足元ではなく他人の痴態や愚行だった。自分の足元なんて見ようものなら血の気が引いて地上まで真《ま》っ逆《さか》さま、瞬《また》く間《ま》に死んでしまうのだろう。

「ティックトックやってるの学校にバレて怒られたって話聞くけど」

「はあ？　それべつにうちの中学の話じゃないでしょ？」

「いや、それはまあ……知らんけどさ」

「出てって」

何か言ってやろうかと思ったが、結局気概のない態度でリビングを後にした佑斗はまだ重大なことに気がつけないでいた。たかが小中学生しか観ない動画だろうと、誰にでもアップロードする資格がある場所だろうと、無料のアプリで施された拙《つたな》い編集だろうと、既に何作も作り上げ、コンスタントに発信し続けているという点においては結歩のほうがずっと上だということに。下手の横好きでも、下手の言い訳よりはるかに建設的で翳《かげ》りのない行動なのだ。結歩のやっていることにはなんの意味もないが、なんの意味もないことすらやらないで他者を見下す兄よりマシだった。

何にもしないということは、悪ではないが罪ではあるのだ。

佑斗はいつも、ベッドに足をかけるようにして自室の床に横になり機械的にエゴサーチを始める。花村ベンのアルバムが出るのは一ヵ月先で、ライブはその一週間後だそうだ。

新宿のビルにあるキャパ八百ほどのライブハウスで、ついに姿を見せるのだ。今までSNSでメジャーデビューのことを全く匂《にお》わせていなかったのはなぜなのか、八百人の観客は集められるのか、普段雑談などしない分MCで何か語ることはあるのか。色々思うことはあれど結局、僅差《きんさ》で嬉しさのほうが勝っていた。佑斗は花村ベンの才能とセンスをみんな自分の功績だと思い込んでいる異常者であったため、今回のことを喜ぶネットの声を眺めているうちに自分が祝われているような気分になっていったのだ。だから随分得意げな顔で、自分もライブの日は部活を休んで行くと決意表明した。

《メジャーデビュー、アルバム、初ワンマンおめでとう！　記念に【花の夜な夜な】カバーしてみたので聴いてください！》

なんてことない投稿がふと目に留まった。自分のカバー動画を貼《は》り付《つ》けて花村ベンに直接メンションしているあたり自我の強さが窺《うかが》えるが、佑斗が気になったのはそこよりも、その選曲だった。花の夜な夜なは花村ベンの作品としては二曲目で、再生回数だけでいえば最も少ないマイナーな曲だ。普段、下手くそな素人のカバーなんて聴く気も起きないが自然とリンクに手が伸びた。サムネイルは誰かに依頼したのか下手なアニメっぽいイラストで、特段弾《ひ》き語《がた》りカバーとかアレンジカバーではないらしく、ただ本当に歌っただけの一般人のカラオケ音源のようだ。数フレーズ聴くのも耐え難い痛々しさを持つ、病的な鼻声が花村ベンの歌詞をなぞる。声変わりしていない小学生くらいの少年の声みたいにも聴こえるし、太った女子中学生が無理矢理低い声を出しているようにも聴こえる。良い意味で中性的な声を持つ花村ベンとは対照的に、どんなに考えても芋っぽい人物像しか浮かばないなんとも可哀想《かわいそう》な声だった。佑斗自身、歌がうまいほうでもなければ歌うことについて明るいわけでもないが、この歌声にはお得意の見下し行為を行わずにはいられなかった。その投稿主はゆめるという名前でほかにもカバー曲をいくつかアップしていて、プロフィールには『声優志望中一女子』と書いてあった。どう考えても恥ずかしい過去を熱心に量産している真っ最中の中学生だが、佑斗は上から目線でカバー動画の選曲センスを褒めちぎり、そのまま彼女をフォローすることにした。こんな声では声優になどなれないと確信していて、こんなカバーで花村ベンは喜ばないと確信しているからこそ嘲《あざけ》りを含んだ余裕が持てたのだ。佑斗のような弱者が他者を褒めるときは大抵、小汚い見くびりがあった。そんなことに気づくはずもないゆめるはすぐに佑斗の、ウィズダムの感想に対し長い礼を言った。花の夜な夜なという曲は自分が花村ベンに出会った思い出の曲で、ほかの曲のほうが流行っていてもずっと自分を支え続けてくれているんだと語るいじらしい女子中学生を見て、佑斗は何を思ったかその羨望《せんぼう》が自分に向けられているかのような錯覚に陥《おちい》っていたのだ。佑斗ほどの無能が自己肯定感を高める現象はもはや、スリラーであった。おぞましい佑斗はゆめるのカバーをオラクルディセプションプレーヤー兼花村ベンリスナーのみんなに紹介し、大仕事をこなしたような気分に浸りながらしばらく周りの反応を観察するのだ。

ミニアルバムがリリースされるよりも先に、オラクルディセプションの十五周年記念イベントが開催される。カードゲーム自体のトーナメント戦もあれば、制作陣のトークショーや今後の展開についての発表も行われるらしい。中間試験の範囲が発表されはじめるころにあるそのイベントを、佑斗は去年から心待ちにしていた。特段進学校でもないうえ両親が成績についてそこまで強く結果を求めてくることもなかったため、佑斗は学業というものを全く蔑《ないがし》ろにしているのだ。これまでも大会でオフラインのフィールドに出向いたことは何度かあるが、ウィズダムのフォロワーが五千人を超えてからは初となるイベントなのだ。界隈《かいわい》のご意見番ヅラのウィズダムさまとして、画面の向こうの社会不適合者どもに会うのが心底楽しみだった。この狭い世界では普段から強いデッキについて講釈をたれて褒めそやされたり、トレーディングカードゲームには何の関係もない映画についてアナリスト気取りで長尺語って感心されたり忙しいのだ。インターネットがあって本当に良かった。見波のような哺《ほ》乳類《にゅうるい》には乗りこなせない電子の波こそ、エラ呼吸の佑斗を輝かせる唯一の救いだったのだ。だが彼が大海だと思っているそこは、井戸なんて立派な水溜《みずた》まりですらない。枯れ井戸に下がる桶《おけ》に降りた霜だ。蛙《かえる》の目にも映らない微生物の王様が清水佑斗さまだった。

第二章

「ルミ、このあとさ、球技大会の打ち上げカラオケかファミレスかで揉《も》めてるんだけどどっちつく？」

「え？　あー……焼き肉！　球技大会終わりだしなんか……焼き肉がよくない？　カラオケは誰が言ってんの」

「ちなみに焼き肉派はいないよ。ゆーて球技大会ぬるかったじゃん。俺はカラオケ派閥」

「あーお前ね……でも焼き肉に三十九票」

「クラスの票全部握ってるテイで投票すんな」

大門琉三《だいもんるみ》は二択を迫られない限り、自分から何か提案することはあまりしない性質だった。今回のようにおふざけで三択に増やすことはあっても、基本的には蒙昧主義《もうまい》で、触っても暖簾《のれん》みたいに張り合いのないふわついた存在だった。だからと言って存在感がないわけではなく、どこか危なっかしくギラついた、独特のオーラがあったのだ。球技大会の日であっても、痩《や》せぎすの首元にはサルーテのネックレスが笑顔でぶら下がっている。

「それゾゾで見たけど一万円くらいするくね？」

「あっ、えっとね、そうかも。あのね、あれ、安いサイトで買ったから。ニセモノかも。かわいい？」

取《と》り繕《つくろ》うように歯を見せて笑うのは琉三のクセだった。

琉三はほかのクラスメイトと合流してファミレスに向かう途中もずっとうわの空で落ち着かない様子なのだが、今この瞬間だけ落ち着きがないのではなく、普段から高校二年生とは思えないほどふらふら頼りないのだ。だからある程度琉三を知れば、ミステリアスなのではなく幼いだけだと気づく。今日だって男女混合バレーの誤審に発狂する勢いで猛抗議し、その場の笑いものになっていた。笑われていることに気づいた琉三は、フッと我に返って恥ずかしそうに歯を見せた。さらに琉三は、前日まで球技大会があることを忘れていたにもかかわらず自分の出場したフットサルの試合で血だらけになりながらボールに食らいついたりもしていた。本気でやらないヤツがいたら白《しら》けるからと、真っ赤な下腿《かたい》を抱えて笑うような奴《やつ》なのだ。

「三組の総合準優勝、ドッジ優勝、女バス優勝を祝いまして……………乾杯！」

騒がしい店内に青春が色めく。クラスを纏《まと》めるグループの頭が良いから、二年三組は仲が良かった。こういうときいつもつるんでいる友達同士で固まって座ることはなく、ランダムな席順で座ってもある程度は気まずくならないようなクラスなのだ。

「琉三、足めっちゃケガしてたけど大丈夫？」

琉三の座ったテーブルにはブラスバンド部の女子生徒二人と、このあたりでいちばんハイレベルな塾に通っている頭のいい男子生徒がいた。

「大丈夫大丈夫。骨とか出てないし」

「骨が出たら来年から球技大会ないよ」

「来年はもう受験生だけどね」

誰よりも長い時間机に向かっているであろう彼がそう言うから、女子二人は少々重く受け止めたようで、やだなぁと声が小さくなった。

「普通に受験して普通に大学行くとこまではたぶんいいんだろうけどさあ、その後がマジで分かんなくて怖いんだよね」

「普通に就職なんじゃない？」

「普通に就職ってさ、普通って何？　ＯＬって職業があんのは分かってるよ、でもＯＬが何してるか莉央《りお》知ってる？　あたしコンビニバイトしかしたことないからさ、デスクで何してるとかドラマの情報でしか知らないし冷静にやりたくないんだよね。怒られたくもないし。怒られるのはコンビニでも怒られるけどさあ、学生が怒られるのとはまた違うじゃん。否定されたら普通に死にたくなっちゃうタイプなんだけど」

ならデスクワーク以外のやりたいことをすればいいのに、と言うのは簡単だったが、それを口にするのはド地雷の愚行だとみんな分かっていた。やりたいことがある人間がまず少ないうえ、やりたいことをできる人間はもっと少ない。そもそも彼女たちは大学に受かり企業に就職できる前提で話しているが、そんなのは人生に大した傷のない赤ん坊が見ている夢なのだ。十年後、このクラスのうち何人が満足いく職に就けているか分からない。そもそも来年、全員が志望校に受かるなんて奇跡は起きないし、受かった者がみんな何不自由なく卒業できるとも考えられなかった。いちばん残酷なのは、少年少女たちがそれに気づくときというのは大抵すれすれカツカツのとき、手遅れのときだということだ。人が絶望するには必ず時間という要素が関《かか》わってくるのだ。時間が足りなすぎたり、かかりすぎたりするのは人間にとって膨大な苦痛になりえるのだ。

「私は自分で考えてやることってか、自己表現みたいなのがマジで苦手だから事務仕事したいけどな。分かんないけど、心を無にして機械みたいにできる仕事ならめっちゃ続ける自信ある」

「うわ、そう言われたらそうだわ。あたしもあたしも。そもそも働きたくないけどどっちかって言ったら作業してたいわ。でも結局そういうのって長く続けんのが大変そうじゃない？　じゃあさもうさ、就職してすぐイケメンにプロポーズされて速攻専業主婦になりたいんだけど」

「いやわかる。でもさそれで言ったらさ、琉三とかは逆に事務作業とか向いてなさそうだよね」

「え、なんで」

「そそっかしいしうっかりしてるじゃん」

してるかな、と言いながらポテトに伸びる手は見事にグラスを倒しかけた。呆《あき》れたような笑いが零れるテーブルで、琉三は納得いかなそうな顔を作って見せた。

「何になるんだろうね、このクラスのみんなは」

「なにに……」

小声で復唱する琉三の頭には、仲のいい友人たちの顔が浮かんでいた。他人の将来なんて考えたこともなかった。

「あたし妹いるんだけどさ、来年から中学生なのね。それでさ、夢があるらしいんだけど、なんだと思う？　マジで当ててみて、ビビるよ」

「えー、なんだろユーチューバーとか？」

「あー違う」

「ユーチューバーは近い？」

「んんー、そんなに遠くもないけど全然違うかな……規模が！」

「え、なんて言うんだっけ、あれ、歌い手？　とか？」

コン、と軽い音を立てて、琉三はとうとうスプーンを落とした。そのうっかりは一瞬視線を集めたが、いつものことかとさして気に留める者はいない。琉三本人だけがなんだか動揺している様子だったが、そんなことには気づかない女子たちの会話は続く。

「あたしの妹さ、将来の夢、ヨジャドルなんだって」

「えっ、何？　ヨジャドル？」

「何？　だよね！　あたしもその反応だった！　え、うちのクラスでも好きな子だったら余裕で分かると思うけどヨジャドルって韓国《かんこく》の女子アイドルのことらしいのね、最近の小学生ってそれになりたいんだよ。日本のアイドルじゃだめなの？　って思うんだけど」

「あー聞いたことあるわ！　言ってるね！　分かる分かる無駄に韓国語で言う子いるよねなんなんだろね。でもいいじゃん今どき夢ある子あんまいないよ。しかも何となくだけどそっち系のほうが厳しそうだしね。キモいオタク向けのさぁぶりっこ一発でなれる感じしないもん。むしろ顔とかはもう工事でどうにでもできるからスタイルとか？　あと歌とかダンスがめっちゃ必要みたいなイメージなんだけど」

「いやそれ。あたしの妹だよ？　あたしと同じ体型してんの。絶対無理じゃんね。だから諦《あきら》めなって毎日ケンカしてる」

歯型でいっぱいになったストローが、琉三の居心地の悪さを表しているようだった。言葉にするには骨が折れる、足場の悪いじっとりした感情だ。

琉三は極端に、夢を持つ人間が好きだった。真正面から挑んでいる夢なら本当になんだって良いのだ。べつにアイドルを目指すなんて立派なことじゃなくても、欲しいバイクを買うとか、一人で旅行するとかいった中規模の夢でもいいし、誰か憎い相手をぶっ殺すとか、誰でもいいから自分の作った爆弾でぶっ殺してみたいとか、詭激《きげき》で真摯《しんし》でさえあれば被害者が出るような犯罪行為を夢としていたって良かった。珊瑚《さんご》を百個破壊するまで死なないと決めて生きる魚がいるだろうか。魚の生きるモチベーションはせいぜい子孫を残すことにしかなく、そんな無意味なことを考える暇なんてないだろう。つまり琉三に言わせれば、子孫を残すことを無理強《むりじ》いされていない生き物が、産まれて死ぬまでの全てが余暇のような生き物が、自分の中だけの特別を見つけて叶《かな》えようと努力するのはとってもかわいい行為なのだ。動物は概念として見たときは、非常に芸術的だが、動物自体が芸術を求めるわけではない。唯一そんな偶像を求める人間という種族だけが、どういうわけか芋だった。琉三はそれを悟っているから、できるだけ四《よ》つん這《ば》いに近いお芋になりたかった。

「え、それで思い出したんだけどさ、アイドルとは全然違うけど、ウチの学年にお笑い芸人志望いるって知ってる？」

「えっ、スゴいね。誰だろ」

「琉三急に食いつくねぇ。それがさ、滝沢《たきざわ》って分かる？　なんか何部かも知らないけど。あの子らしいよ。暗いのに意外じゃない？」

「滝沢？　話したことあるよ、ええ、そうだったんだ、へー、お笑い芸人かあ、いいね」

「いいかなぁ？　アイドルとかならまだいいけどお笑い芸人目指してますって結構キツくない？　それで普段つまんないんだよ」

「アイドル目指してますって言ってブスなのと変わんないよ」

「うわひっど！　そんなこと大声で言わんって普通！」

「違う違う、えーとえーと、そうじゃなくてどっちでも偉さは変わんないって言いたかったの」

「どっちも偉くないよ。だって口で言ってるだけだもん」

彼女の言葉は一理あったが、琉三には理解できない言葉でもあった。口で言ってるだけなんてことがあるだろうか。口で言える夢なら叶えられるしそうすればいい。本気でそう思っていた。多くの凡人にはそんな偉業が成し遂げられないことを理解できないのだ。なぜなら琉三自身、才能をじゃぶじゃぶに溜《た》め込《こ》んだマリーアントワネットなのだから。琉三は、パンが食えない凡人がケーキを持たないことを知らない貴族様だった。夢を口にする凡人が、口にする以上のステップに進めないことを知らない貴族様だった。この貴族様というのは、夢に脅され、才能に殺されそうになるスリルと溺惑《できわく》を、夢を持つ誰もが経験していると思い込む残酷な動物なのだ。

琉三の夢は憧れているような存在になることだった。なんの奇抜さもない、よく聞く夢だ。しかし夢のほうは琉三を許さなかった。絶対に逃がすものかと才能で締め上げて、一生その煌《きら》めきを頭から退《ど》かしてやらないのだ。だから。だから琉三は呪《のろ》われたみたいに曲を書いていた。

用を足しに立った琉三が時間を確認するため開いた端末には、数件の通知が届いていた。サッと目を通しその通知のだいたいは打ち上げ中に気にするものでもないと思ったが、ひとつだけ目に留まるものがあった。

《メジャーデビュー、アルバム、初ワンマンおめでとう！　記念に【花の夜な夜な】カバーしてみたので聴いてください！》

厚かましくメンションされた恥知らずなメッセージを見た琉三は、少しだけ懐《なつ》かしいタイトルを見て人知れずにやついた。誰にも言ったことはないが、自分でいちばん気に入っている曲だった。

目が覚めてすぐ、佑斗が義務のようにタイムラインを覗《のぞ》くとやけに騒々しくはしゃいでいる者がいた。昨日まではいなかった、中学生美術部の落書きみたいなアイコンだ。

《寝て起きたら花村ベン本人からコメント来ててカメラロール埋まるぐらいスクショ撮っちゃった　ボクの歌を聴いてくれたってだけで興奮するのにコメントまで本当に何これ夢？　歌歌ってて良かったよほんとに　声優目指してて良かった……》

見ると、昨日のカバー動画に花村がコメントしているのだ。

《この曲好きだからカバーしてもらってスゴくうれしい》

声優志望のゆめるは、名前の後ろに【花の夜な夜な歌いました】とご丁寧に付け足していた。ゆめるの歌にコメントを寄せる者も多少いたが、それより花村ベンのリアクションに対するリアクションのコメントが集まっていた。普段カバーにコメントなどつけないから珍しいのだ。

佑斗は少しも良い気がしなかった。花村ベンはこの下手な歌のどこが良かったのか？

ゆめるが女だからか？　花村は女だと思っていたが男なのか？　女に甘い女なのか？　見当はずれな嫉妬《しっと》は佑斗のような弱者の十八番《おはこ》なのだ。誰に頼まれなくとも湯水のように湧かせることができてしまう。それはただの気まぐれに浮かれている実力のない女リスナーに対する嫉妬と、そんな人間に反応する花村に対する怒りであった。恐ろしいのが、べつに佑斗は何も投稿していないという点だ。佑斗もカバーを投稿していてゆめるにだけスポットライトが当たったのならそれは常識の範疇《はんちゅう》の嫉妬になるが、佑斗はカバーなんて投稿していないし何か理由があって投稿できないわけでもないのだ。自分では正当な怒りだと思い込んでいるが、彼は誰が見ても、嫉妬する資格もないのに平気で嫉妬している化け物だった。自分のことを見る目玉が付いていないとんでもないお化けなのだ。

　そもそも本人すら普段は忘れてしまっているが、清水佑斗の夢は映画監督になることではないか。自分の夢を追っていないから全く関係のない人間の夢にまで目がいって不当なストレスを感じなければいけないのだ。笑ってやるのも面倒なほどの馬鹿に見えるが、悲惨なことにウィズダムさまのような人間はごまんといるのだ。わざわざ彼一人を取り上げて笑うこともない。過半数が患っているのなら健常者こそ病人扱いの世界だ。おかしいのはむしろ素直に夢と向き合って耐えられる類《たぐ》いの人間であった。

　結局午前中、佑斗はゆめるのことばかり考えていつも通り時間を無駄にしたが、「ゆめるのレベルがあまりにも低かったから花村ベンがナメてかかってコメントした」と結論付けた。たかだか三桁《けた》台の高評価を貰ったところで声優にはなれないことなど初めから分かりきっていたのだ。ナメてかかっているのはほかの誰でもない佑斗だった。佑斗はべつに彼女の声を一切良いと思わないし、彼女に才能があると思って焦っているわけではない。恥ずかしげもなく夢を追っているゆめるの若々しさ自体に嫉妬しているのだ。実際ゆめるは自分の夢に酔っ払っている家鴨《あひる》なのだが、それでも酔っ払うために行動しているのは事実である。佑斗はへべれけになって笑われるのを恐れ、頑《かたく》なにしらふで他人を値踏みする茨《いばら》の道を自ら選んだ。天竺《てんじく》に続く茨の道とはべつに、地獄に続く茨の道もあるのだ。なんの徳も積めないその道は逃げ道と呼ばれた。

今日の教室は、昨日のカラオケの話題で持ち切りだった。たまたま都合の合わなかった者やそもそも誘われなかった者、行く気力のなかった日陰者と佑斗を除けばみんな参加していたのだから当然だ。佑斗は嫌でも耳に入る俗っぽい会話に辟易《へきえき》してこう思った。自分以外のみんなは本当にセンスが悪い。よく知りもしないでランキングから選曲し、友人のカラオケでしか聴いたことのない曲をまた歌うのだ。いつまでも使い回される大御所バンドが好きなやつは個性がなさすぎる。まん丸で無個性な中堅バンドを好きなやつは人生が浅すぎる。逃げに走った一発屋のコミックバンドを好きなやつは品がなさすぎる。ネチネチと過去の恋人を歌うミュージシャンが好きなやつは感性が終わっている。無責任に前向きな歌詞ばかり歌うポップスが好きなやつは視野が狭すぎる。青二才が歌う自暴自棄なヒップホップが好きなやつはダサすぎる。歌詞の意味も分からないまま我が物顔で踊るアイドルを好きなやつは知能が低すぎる。トレンドに振り回され数字に弄《もてあそ》ばれたボカロ曲が好きなやつは自分がなさすぎる。かと言って古い曲ばかり評価するやつは進歩がなさすぎる。それらに当てはまらない音楽が好きなやつは性格が悪すぎる。みんな最悪だ。誰にも見る目がない。自分以外。佑斗はこんなふうに、脳内でいつも被害者のように振る舞った。音楽だけではない。自分の大好きな、大好きだと思い込んでいる映画に対してもだいたい同じような感想を持った。わざわざランキングをケツからさらうような男だ。万物を嫌がるから食べられるものがもうないのだ。飢餓状態の感性では一滴の創造もできなかった。このことに気がつけないのはもはや、被害者と呼んで差し支えないのかもしれない。彼は自我肥大の被害者だった。しかしそんな化け物に好まれてしまった花村ベンこそが、本当の被害者なのだ。

クラスの連中ではお話にならないと思ったとき、佑斗はウィズダムに閉じこもる。教室の四角形よりもずっと居心地いい端末の四角形は、偏屈なはみ出し者を知的な有識者に見せてくれた。

《ウィズさん動画編集とか詳しいって言ってましたよね？　オラディィセ十五周年の祝賀合作作ろうと思ってるんですけど、やってもらえませんか？》

ダイレクトメッセージにはいつもゲームのアドバイスを求める声や大会のレビューに対

する感想が届くが、こういう依頼が送られてきたのは初めてのことだった。確かに普段から映画や映像作品の話はよく申し述べているし、少し調べれば誰でも手に入れられるような知識をひけらかしたりもしている。プロが撮った作品だけでなく、アマチュアの他人が自己満足で撮ったホームビデオ感覚の二次創作にまで律儀に点をつける身の毛もよだつ存在なのだ。

ゲームは十五周年で盛り上がっているし、それに乗っからない手はないかもしれない。動画編集の経験はあまりないが、やりたいという気持ちは珍しくあった。佑斗は日頃演劇部で監督を務めている。部員が出たがりの女子ばかりであるためなんとなく勝ち取った地位だが、それで文化祭のクラスムービー作りを手伝わされたのだ。あのときも気を良くして張り切ったものだ。妹のようにお手軽なアプリを使うのは負けだと決めつけていた佑斗は、その気になってAviUtlなんかインストールして、頼まれている以上に凝ったものを作ろうとした。だがそれがいけなかった。モチベーションを高く保《たも》つことは大切だが、形から入りすぎてしまった佑斗は締め切りを守ることができなかったのだ。結局、ティックトックに明るいクラスの女子が一日で動画編集を完成させ、文化祭は成功裏に終わった。苦い思い出だった。あの女子生徒が片手間で作った動画はたいへん出来が良く、青春の青臭さや生熟《なまな》れを切り取った瑞々《みずみず》しさ、さらにはその年のトレンドやクラス全体の雰囲気が充分に伝わる力作だった。高校生の作る文化祭ムービーなんてそれでいいのだ。むしろ、そんな作品こそが求められていた。ニーズを理解したうえ、納期を守った非の打ち所がない映像作品は、何一つ成し遂げられなかった弱者の尊厳をひどく傷つけることとなった。弱者に尊厳なんてないのだから傷つくほうがお門違いなのだが、佑斗はその幻肢痛から逃れられなかった。そうして出した結論が、時間さえあればあんなありきたりな映像よりもっと素晴らしい作品が作れていた、という遠吠《とおぼ》えなのだ。作品を制作するということは、時間厳守が大前提だと知らなかった。どんなに美味《うま》い料理を作れるとしても、客が帰る前に出さなければゴミを作っているのと同義なのだ。

過去の失敗以来、編集ソフトを触ることから逃げ続けていた佑斗だが、今度は学校行事ではなくインターネットという自分のフィールドだ。何も成し遂げたことなどないはずなのに、佑斗ではなくウィズダム宛《あて》に依頼されているというだけで自信が湧いた。

頼れる人気者のウィズダムさまは二つ返事で了承し、素人が作っているさまざまな映像作品を参考程度に観て嘲った。

二日もしないうちに、動画制作の参加者はどんどん増えた。魂の籠《こ》もった手描《てが》きイラストを制作する者や、曲を作る者、おもしろおかしくパロディコントのような作品を作る者など多角的な才能が集まって、タイムラインは普段よりもずっと活気づいていた。みんな才能があるのだ。金になるような才能でも、賞を貰えるような才能でも、人を惹《ひ》きつけるような才能でもない。しかし一様に、情熱を伝える才能が花開いているのだ。ファンアートの本質だった。何にならなくてもいいのだ、自分たちの作品愛が伝わるのなら上出来だ。ここには全く自我がない。形は違えど、個性はあれど、表現したいのは自己ではなくオラクルディセプションという作品なのだ。だから下手な見栄《みえ》がなく、さまざまなアプローチにかかわらず統一感があった。

そんな純粋を目の当たりにして、ウィズダムは頭を抱えていた。自分は一体何を提出しようか。何を提出すれば、一目置かれるだろうか。ほかのファンに埋もれないで、ウィズダムという人間のセンスを見せつけられるだろうか。動機がいつでも自分にあるから彼は創作に向いていなかった。どんなに拙い作品を提出しようとしている奴も、それを見てくれる存在に向けて作っているのに、佑斗は作品を通して自分を評価させたがっている。欠陥だった。邪《よこしま》な天才なら辛《かろ》うじて創作する権利を持つが、邪な非才に創作の権利などないのだ。佑斗は無垢《むく》たちに混ざった邪悪な癌《がん》だった。

佑斗のような人間がいちばんに望むことはずばり、ほかと被らないことだ。いちばんがそれならもうおしまいなのだが、おしまいから始まる人間にはそれがおしまいだなんて気づけるはずもなかった。なによりお笑いなのは、ほかと被ることをいちばんの悪と置く人間は佑斗以外にも無数に存在するということだ。彼らはみんな一番乗りの顔で、そこがブルーオーシャンだと信じて集まる烏合《うごう》の衆なのだ。逆張り好きのフラミンゴでごった返すピンクの海は、真っ向勝負で戦場に赴く愚か者たちの赤い海よりずっと不潔な場所だった。

既に色んな人物が手を挙げて、制作に取り掛かっている。佑斗は絵が描けたわけでも曲が書けたわけでもないため、創造性で自我を出すのはやや困難であった。結局この日も深夜まであれこれ考えたが、妙案を生むことは叶わなかった。眠ろうと思いイヤホンを外すと、隣の妹の部屋から話し声が聴こえて来るのに気がついた。

「うん……うん……ありがとうございます……はぁい………はぁい。うん……あはは、うん……そうですね……」

通話中かと思ったが、そうだとすれば敬語が引っかかる。同級生と通話するときに敬語など使うだろうか。妹の囁《ささや》くような声以外何も聴こえないシンとした半夜だ。より一層神経を研ぎ澄ませて、今度は壁に耳を寄せてみた。

「えっ？　はは……はぁい。ありがとう、ありがとうございます……ありがとうございます！　うん？　ああ、学校ですか、明日もありますよぉ。うんうん……時間……あっ、全然それは大丈夫……」

聴いたこともないよそ行きの猫なで声に寒気を感じた佑斗は反射的に咳払《せきばら》いをした。結歩はそれに気づいたのか、一瞬の沈黙の後声のトーンを僅かに落として話し始め、こちらの部屋にはほとんど何も聞こえなくなった。おそらく、何か配信のようなことをしているのだろう。文字書き動画に入れ上げているときから彼女の自己顕示欲は垣間《かいま》見《み》えていたが、中学生が夜すがらインターネットに齧《かじ》り付《つ》くなんて不健全で痛々しいにもほどがある。佑斗は兄として複雑な気分だった。現実が楽しくないのだろうか。そんなふうに推測するのは自分と重ねているからだ。うら寂《さび》しい女子中学生の配信を夜中に聴いているのが同じような中学生なのだとしたらまだ救いがあるが、そうでない人物が画面の向こうにいると考えると身の毛がよだった。妹の愚行を両親に告げ口する手もあったが、それはそれで労力を要するため佑斗は何も聞かなかったことにした。逃げ慣れている動物の動きだった。

第四章

　動画を作ると決めてから丸々一週間、佑斗の制作は何一つ進んでいなかった。日常的に陰気な顔をしているから誰にも気づかれないが、本人はかなり追い込まれていた。

「おすおはよ。なあなあなんか前にさ、佑斗が教えてくれた花村ベンっているじゃん。あれ聴いてるよ、haunt。んでさ、昨日ティックトック見てたらアルバム出すって流れてきてめっちゃ上がったんだけど知ってた？　よな？」

　なんのおもしろみもない佑斗と毎朝登校しても話題を切らさないのは見波の才能であった。彼はあれから結構花村ベンの曲を聴いていたらしい。佑斗は能天気な見波の様子を見て、自分の勧めたものを気に入られた誇らしさと簡単に語って欲しくないという厄介な独占欲をつい同時に募《つの》らせてしまった。

「ああ今更……結構前にそれ言ってたよ。そうそう、アルバムじゃなくてミニアルバムな。俺はもう予約したけど。この時代にちゃんとブツで発売すんの凄いよな」

「あっそーなの？　なんだ教えろよ！　え、それって予約絶対要るヤツ？　サブスクは？」

「配信もするから買わなくても聴けるはず。ただ俺はちゃんと欲しいからさ」

「おーおーそっかそっか！　あれさカラオケに入んねぇかな？　あれ女子の前で歌えたらバカかっこよさそうじゃね？」

「まぁ………どうだろうな。女子に分かんのかな？」

「いや女子好きだろアレはァ！　なんのこと言ってる？　haunt の話ね、俺がしてんのは」

「分かってるよ。いや、歌詞とか結構エロいよ」

「わかるエロいよな花村ベン。えっ、エロい歌詞女子嫌いかな？　俺引かれる？」

そんなことはきっと、佑斗より見波のほうが知っている。佑斗は女に縁がなかったため、自然と女を見下していた。そうしないと遥《はる》か上空で行き場をなくしているプライドがどうにかなってしまうから仕方のないことなのだ。だから自分の好きなものにいちばん近寄って欲しくないのはミーハーな女子だったし、ミーハーな女子に近づくために自分の好きなものを利用する男も不快だった。彼の愛するオラクルディセプションの世界には、そういう輩《やから》が現れにくいのだ。だからこそこんなに長い間夢中でいられたのかもしれない。

「エロいってさ、見波意味わかってる？　花村のエロさは露悪的な下ネタとかじゃなくてさ、分かる人にだけ伝わっちゃうようなアレのことだよ」

「おぉ、おほほ！　おん！　ごめんごめん、分かってる分かってるよ！　だよな、アレだよな、たぶんバカな女子だと気づかないよな！　俺もそう思うわ」

気づくも気づかないもリスナーの自由だ。そもそも気づいた気になっているだけでそこになんの意図もない可能性だってある。佑斗は花村ベンの理解者を気取っている。血の繋がってない恐怖のモンスターペアレントだった。見波が大人でなければ花村ベンのファンが不気味であると吹聴《ふいちょう》されてしまっていたかもしれない。

「あっそういえばさ、そもそもなんでティックトック見てたかって話していい？　していいよオッケ俺さー、先輩の引退に向けて動画作ってって頼まれたんだよね。なんで俺？って思うじゃん？　俺そんなセンスありそうっすか？　って言ったらさ、いやこれみんなに頼んでるからって言われたの」

ここが笑うところだと表情で訴えかける見波に、残念ながら佑斗は冷淡な笑みしか返せない。動画制作には苦い思い出があるのだ。

「それで」

「それでェ、なんてゆんだっけ、会議的な、あのー、トーナメントじゃなくて」

「何？　コンペ？」

「そう！　なんだよトーナメントって。コンペでいちばん出来がいいヤツを使うって言うんだよ！　じゃあそんなん作る意味なくね？　でも先輩は好きだしがんばるかーって思って。アイデアが全く出ないからほかの人ってどんなの作ってんだろと思いまして、ティックトックさんを拝見させていただいたわけですわ。丸パクしてやろうと思ってね」

「お前それ頭良いよ。結局良いのは見つかったの？」

「それがね、秒で見つかった。いっちばん再生数多いやつが普通にいっちばん感動したからもう構成からなにからそれとおんなじ通りに作った。なんか部活、引退、とか青春、とかで調べたんだけど、そのすげえヤツは野球部のたぶん女マネが作ってて、今までの試合結果とかを時系列順に並べてうちの部の歩み……ジーン……みたいにしてたんだよね。やっぱ女子ってそういうセンスあるよね。俺だと絶対思いつかないもん先輩の顔並べるくらいしか」

見波が無意識に女子を上げて話すのは、見波自身女子にいい思い出があることの現れだった。一方佑斗は見波が女子を褒めることすらなんとなく鬱陶《うっとう》しく感じてしまう。

女子のまねごとだなんて、それもいちばん評価されている動画のまねごとだなんて、冗談じゃない。佑斗の最も毛嫌いしていることではないか。そんなものを発表しなければいけないくらいなら、天才がゆえに今回は降りてこなかったとでも言い訳して何も提出しないほうがマシだという考え方をするのが佑斗だった。小学生のころからコテンパンにされてきて泣きながら辞めたいと言っていたバスケを高校生まで続ける見波の価値観と一致するはずもない。べつに見波だって将来バスケットボールで食べていくつもりもないし、当然そんな才能があるとも思っていない。それどころか引退するまでの間に大きな成績を収められるとも信じていないのだ。見波がコートに立つモチベーションは、チームとの絆《きずな》が生まれれば良いという、非常にささやかな要素だった。漠然と、そのくせ不釣り合いな名声と評価を求めて何もしない佑斗とは根本的に住む世界が違って当たり前だ。佑斗は見波を薄っぺらな凡人だと見下し、見波は佑斗を斜に構えた皮肉屋だと見下していた。

学校にいる時間は、苦痛ながらあっという間に過ぎる。授業中ずっと動画について考えていても、非才の頭上には一掬《いっきく》のアイデアも降りて来なかった。文化祭で佑斗の失態をカバーした女子生徒にも、佑斗が見下しているミーハーの見波にもあった才能が、何より欠落しているのだ。つまり、完成させるという才能だ。無駄なプライドがなければ普通は完成させることを優先できる。才能と呼ぶにはやや甘い、ハードルの低い作業だが、佑斗のような頭でっかちにはなかなか難しかった。頭でっかちな頭の中身がちゃんと詰まっていればまだ良いのだが、佑斗のはち切れそうな頭に詰まっているのはやくざな都市伝説紛《まが》いの情報や、出涸《でが》らしのうんちく、ひいては主観に塗《まみ》れたウソだから救えなかった。

《十五周年動画、間に合わないかと思ってたけどなんか急にスイッチ入って物凄《ものすご》いスピードで完成させられそうです！　お楽しみに！》

そう呟いていたのは、初めに声をかけてきた奴だった。一応締め切りとされているのは三日後だが、佑斗の頭は未《いま》だ白紙のままだ。何とかしなくては。ここ数日、帰宅後はすぐにパソコンを起動し頭を捻《ひね》っている。捻っても捻っても焦燥感以外に得られるものはなかった。立ち上げたAviUtlを数秒睨《にら》みつけて、大きなため息を零した。まさか自分には才能がないのだろうか。そんなはずはない。だって父親が言ったのだ、大したものだと。父の友人が言ったのだ、センスが人とは違うんだと。なにかの賞を取ったこともなければ褒められたことすらない佑斗は、朧《おぼろ》気《げ》な記憶に縋《すが》りつくしかなかった。

部活も休んで動画編集と向き合っている佑斗の端末に、珍しく現実の友人からの通知が入った。見波だ。

《おいー佑斗《ゆうと》　俺《おれ》の丸パク動画採用されたわ　顧問にもくそほど感動された》

天を仰いだ。佑斗はそのたった一文を見て、体の末端からすっと血が引いていくような感覚に襲われた。たかだか部活内のムービーだ。無料のアプリで作ってしまえるような、一日もかからない駄作だ。そもそもほかの高校生が作った作品の模倣だ。だけど、採用されたこととはなんの関係もない。それがどんな経緯でできたとか、どのくらいの労力を費やして作られたものだとかは視聴者にとってなんの価値もないことなのだ。お風呂屋《ふろや》さんのお姉ちゃんがお仕事の真っ最中にどんなことを思っていたって、満足いくサービスが提供されればそんなのは知ったこっちゃないのだ。どんな駄作も凡作も、この世に生まれなかった作品よりかは価値があった。

佑斗にはなんにもない。アイデアがないから、完成させる力がない。完成させる力がないから、実績がない。実績もないのに、不思議とプライドだけはある。同情を禁じ得ない憐《あわ》れな志望者だった。

　気がつくと佑斗は、見波が見たという動画を探していた。野球部の女マネが作った青春ムービーだ。すぐに見つかったそれはいかにも頭空っぽの高校生が喜びそうな動画だった。平成生まれからすればちょうど懐かしい頃合いに流行ったバンドが歌う努力賛歌の綺《き》麗事《れいごと》に、吐《は》き気《け》のするようなエモを誇張《こちょう》するフィルターがかかっている。佑斗のようでさえなければ感動できる力作だ。例えばこれを、佑斗が今から作ろうとしているオラクルディセプションでやったらどうだろうか。カードゲームは部活じゃないが、この世界にも同じように試合というものが存在したし、そこには同様にドラマだってあったはずだ。佑斗は摑《つか》んだのだ。完成させる糸口を。すぐさま過去の公式大会履歴を漁り、その結果をリストアップする。当時の映像を集められるだけ集め、先程視聴した青春動画の関連から似たような作品をいくつも見比べた。それぞれどんなふうに纏めているのか、どんな編集が施されているのか、どのタイミングでなんの曲が使われているのか研究し、曲の候補もいくつかに絞る。気づけばこれまで何日も停滞していた作業が、たった数時間で済んでしまっていたのだ。真っ黒い外が徐々に白み出すころ、あっという間に動画が完成していた。

　初めての偉業だった。熱っぽい顔と、冷たい手足が一晩を乗り越えた証《あかし》として誇らしく残っている。頭が真っ白で、真っ白さを保ったままキンキンと冴《さ》えているような感覚だ。

手元には確かに、自分がこの手で作り上げた動画がある。作品と呼んでもいいのだろうか。自分一人で何か制作することとは、骨が折れる分この上ない達成感が得られることを知った佑斗は、今までの佑斗からすれば考えられないほど謙虚な気持ちで自分の動画を見返した。試行錯誤する中で、慣れないパソコン作業では思うようにいかないと判断し、恥を捨てて妹が使っているのと同じアプリに移行したのが良かった。内容はほかの高校生たちが作っているのをそっくり模倣したチープな構成となっているが、多くの感動を誘うには充分の出来栄えではないだろうか。こんな気持ちは初めてだった。コートの外から他人を批評していた佑斗が、なりふり構わずコートの内側へやってきたのだ。佑斗本人の視点から見れば、この一晩は感動的でたいへん美しい成長の時間だった。しかしまことに残念ながら、俯瞰で見たとき一連の行動は破綻《はたん》していた。佑斗は結局切羽《せっぱ》詰まった挙げ句、自分が散々馬鹿にしてきた人間のアイデアを盗むほどのことをしなければ、楽しんで作るのが目的のファンアート一つ完成させられない人間だったのだ。もう二度と、青春に真っ向から挑む者たちを笑ってはいけなかった。

一人の凡才が恥も外聞もない創作に明け暮れた夜、同じ空の下で天才もまた創作に精を出していた。

自分を見つけてくれたマネージャーが、何か言っていたような気がする。何だったかしら。褒め言葉だったような気がするけど、いくつか注意されていたような記憶もある。きみは……という主語だった。きみは何が秀でていて、何が持ち味で、何が弱くて、何を直さなくてはいけないか。散々丁寧に教えてもらったが、みんな忘れてしまった。マネージャーやプロデューサーがいくら偉くても、花村ベンはリスナーのためにしか曲が書けないからだ。人間、自分に必要のない情報は頭に入れられないと、偉い大学の教授がユーチューブで講釈たれていたのを覚えている。

haunt という曲がウケたのは、予想できたような、意外だったような、その中間のような、不思議な感じだった。経験したこともないような恋の歌を書いたのだ。あのリリックの根幹には仄暗《ほのぐら》い支配欲のようなものが存在したが、それを好きな人に抱いたことがあるわけでもない。それがみんなに分からないのがもどかしかった。ミステリー作家がみんな殺人を犯していると誰が思うのだろうか。凡人というのはえてして思考の応用が苦手だった。日々寄せられる無数のコメントは、ほとんどが的外れで理解不能で、時に花村を困らせた。曲は曲。歌詞は歌詞。恋の歌を書いたのは、恋の歌が書けたからだ。花村は基本的に、トートロジーのもとで歌を歌った。自分でもなぜそんな曲を書いたのか覚えていないし、過去の曲についても全て同じことが言える。これから作る曲だって全てそうなると確信していた。今晩は情熱の歌が書けそうだから、きっと情熱の歌を書くだろう。骨だらけのこの体のどこに情熱がしまってあるのか、自分でも不思議に思いながら鍵盤《けんばん》を叩くのだ。

前に自分がいちばん気に入っている曲をカバーしてくれたファンに、コメントを返したことがあった。それはどうやらあまり賢い行動ではなかったようで、その相手は味をしめてしまった。ゆめるという名の彼女は、それから頻繁にメンションして来るようになった。花村の出している曲は結局全てカバーしていたし、カバーする曲がなくなったら全く関係のないほかのアーティストの曲を歌って送り付けて来た。悪気がないのは花村にも理解できたが、常識がないこともっとあけすけであった。だから初めの一回しかコメントは返さなかったのだが、それでも熱狂的に、しかもこんな短期間でカバーを送り続けて来るゆめるに花村は怯《おび》えていた。誰かに相談するほどではないが人並みに怖かったし、悪気がないことほどタチの悪いことはなかった。

花村ベンはインターネットが苦手だった。インターネットがなければ自分の曲を聴いてもらえなかったと思うと感謝しなければならないが、周りのみんなのように使いこなすのは難しいのだ。こまめにチェックするのも億劫《おっくう》だし、日本語が正しく伝わらないのも煩わしかった。花村は極力歌しか歌いたくないのだ。そして何より、それに依存している人間が恐ろしくて近寄りたくなかったのだ。

情熱について無心で書き終えた花村は、人生でいちばん幸せな気分になってベッドに横たわった。一曲作るだけで毎回人生の絶頂を経験できるなんてコスパが良い。みんな曲を作るべきだ。みんな毎日好きに曲を作ったり、お話を作ったり、踊ったり発明したり得意なことを極めたらきっと幸せになれる。マリーアントワネットの脳にはお花が咲き乱れていたため凡人にそんな無理難題を強《し》いるのだ。咲いているのはケシの花に違いなかった。花村ベンに言わせれば、個人に平等で千差万別の才能とそれを叶える馬力があれば、資本主義は永久に破綻しないはずなのだ。みんなを幸せにするためには一度、最上の幸せの尺度に合わせられない存在を全て排除する必要があるのかもしれない。荒療治だが、暴力的であるという点のほかには理論に穴がない。さらに、暴力を悪とする考え方の根拠が暴力に道徳性がないことならば、暴力を奪うための暴力は、道徳上存在しえない。道徳的な行動をとる理由が何かメリットのためならば、暴力で同じメリットが得られるとき道徳は破綻してしまう。反対に道徳にメリットを求めないとすると、道徳を守る意味が道徳を守らなくてはいけないこと以外なくなってしまうのだ。暴力的に全員の幸福を願う琉三は、善悪の隙間《すきま》から人死にが出るような愛を注《つ》ぎ込《こ》んだ。琉三や花村ベンは、ノートをとるときも、昼食をとるときも、鍵盤を叩くときも、弦を押さえるときも、基本的にはそんなことを考えているのだ。世界平和まであと何人のわからず屋を葬ればよいのだろうか。

なんの理由もなく遅刻をしてしまうのが悩みの花村は、曲を書き終えた今はもう普通の大門琉三だった。今一度アラームの時間を見直そうとして端末の電源を入れると、クラスのグループ通知が少し溜まっていた。どうやら中間試験の出題範囲について話し合っていたらしい。厳しい進学校ということもないが、それなりに志の高い生徒が複数在籍するのだ。そういえばどこの高校ももうじきテストだ。こんなときにライブをやって、学生のファンは来てくれるだろうか。少し不安になった琉三だが、テストをほっぽって自分を優先してくれる人物がいたら嬉しいような気もした。自分がいつも想《おも》っている人物たちが、自分を想って足を運んでくれるなんて素敵なことがあるだろうか。あまりSNSは得意ではないが、ライブに来てくれる人へ向けて何か言いたくなり、ツイッターを開いた。普段と変わらないタイムラインだが、気の重くなるような通知が一件入っていた。ゆめるだ。今度は何をカバーしたのかと思って渋々《しぶしぶ》メッセージに目を通すと、こんなことが綴られていた。

《花村ベン様こんにちは！　ライブが近づいていてドキドキですが毎日眠れてますか？　ご存知だと思いますがボク十六夜《いざよい》ゆめるは声優を目指していて、第二の花村ベンになれるようがんばってます！　それで残念なお知らせなのですが、なんと大事なオーディションの日と、ライブの日が被ってしまいました……とっても残念ですが、オーディション会場からライブの成功を祈っています！　今回はそんな気持ちを込めて【花の夜な夜な】を再カバーさせていただきました！》

ジャバウォックの言葉のほうがやさしいレベルの難解な文章に、琉三は開いた口が塞《ふさ》がらなかった。何度読み直してもどの行も理解できない。もはや芸術だ。このメッセージは額縁に入れて現代美術館に飾ればいい。喜怒哀楽のどれでもない異端な感情が天からそうアドバイスを寄越した。

「……ゆめる、苗字《みょうじ》十六夜だったんだ」

学生を虜《とりこ》にしているアーティストとは思えないほど間抜けな独《ひと》り言《ごと》が零れた。

「そんで、第二の花村ベンって、なに。第一の花村ベンはべつに声優じゃないんだけど」

この子はコカインでもやってからキーボードを叩いたのだろうか。疑いたくもなるキテレツな文字が並んでいる。

「そんで、なんでライブ来れないんだよ」

そこがいちばんおかしかった。苗字があったのもおもしろかったし、声優志望であるこ

とを知られている前提でものを言っているのもおもしろかったが、来られなくなったという

うとんでもないスカタンが何よりツボに入った。来られなくなった報告をする意味とは何なのだろうか。怒濤《どとう》の長文に鳥肌は立ったが、腹が立ったわけではない。おかしな人はうじゃうじゃいるのだ。現代ではおかしくない人を探すほうがたいへんで、おかしな人ばかりの世界にいるおかしくない人はおかしいとしか思えないほどおかしいことは普通だった。琉三はゆめるのメッセージに何も言わなかったが、ゆめる以外誰も呼んでいないベン様という呼び方だけは直して欲しいと思った。恥ずかしくなりつつ、中学生らしさが微笑《ほほえ》ましくもあるゆめるのコメントを閉じようとしたとき、さらにリプライが付いているのに気がついた。

《アーティスト本人に直接カバーを送り付けて乞食《こじき》するのはマナー違反です。消してください。あなたの投稿している歌やサンプルボイスは全部聴きましたが、はっきり言って中一であれはレベルが低いです。声優を舐めてるとしか思えません。誰かプロの人に褒められたことがあるんですか？　現実見たらどうですか？》

「わあ」

思わず声が漏れた。引《ひ》き攣《つ》ったまま笑ってはいるが、心臓に冷水をかけられたようなひどい衝撃が神経を走った。爪音《つまおと》をたててスクロールしてもそれ以上のリプライはなく、反応もない。ゆめるが気づいているかは分からない。ただ凍《こお》りつくようなキツい言葉を、花

村ベン本人が目にしてしまった。ゆめるが、十六夜ゆめるがこの人に何か迷惑をかけたのだろうか？　さっきまでは笑って見られていたが、このひとつの発言に花村はどうしようもなく悲しくなってしまった。ゆめるは確かに誰が見てもキツかったが、こんなひどい言い方をされて心が折れてしまったらどうするつもりなのだろう。まだ中学生じゃないか。夢追い人を愛する花村ベンは、ゆめるが偽物だと分からなかったため悲しんだ。ゆめるはどうせ、ここで注意されなくてもいつかほかの場で頭を叩かれただろうし、そんなふうに道を正してくれる人物が現れなくとも勝手に壁にぶち当たって挫折しただろう。途中でほかの夢に乗り換える確率だって高いし、花村ベンのように反応してくれるアーティストが現れたらすぐにそちらへ流れたかもしれない。何も言わないでタイムラインを見守っているだけのリスナーたちも、七割は内心デフォルトアイコンでゆめるを攻撃した謎《なぞ》の人物に同意していた。ゆめるが花村ベンについて語るときは、必ず自分を主語に置いていたからだ。花村ベンと声質が似てると言われただの、花村ベンの書く歌詞はまるで自分のことを言っているようにしか思えないだの、いつか声優デビューした暁には花村ベンの書いた曲を歌いたいだの、純粋な気持ちで応援しているファンからしたら悪目立ちして当然のことしか喋っていなかったのだ。挙げ句の果てにライブには来られないと言うのだ。この謎の人物が声を挙げずとも、ほかの誰かが代わりに立ち上がったかもしれない。花村だけがそれを知らないから、彼女はいつか声優になる夢を叶えるんだと信じていた。あの凄惨《せいさん》なカバーを聴いてなおそう思うのだから勝者さまはつくづくタチが悪い。今はなぜか下手だけど、夢を掲げている限りそのうち叶えるだろうと、惨《むご》い思想を持っていた。口先だけの人間がいるなんて想像したこともなかったのだ。

花村はやっぱりＳＮＳが苦手だった。誰がどんな顔でものを言っているのか分からないし、自分が言った言葉だってどんなふうに受け取られるか分かったものじゃない。花村がＳＮＳで寡黙なのは、その現象を恐れているからだ。自分の歌った歌詞についてはどんな感想を持たれたって構わない。自分だって正解が分からないまま書いているのだから当然だ。だけど歌を歌うこと以外で嫌われるなんて馬鹿なことは死んでも嫌だった。自分は歌を歌う以外にはほとんど何もできないチャーミングな動物だと理解しているからだ。

《オーディションがんばれ！》

ＳＮＳがほんとうに下手っぴな琉三は、気づけばそんなメッセージを送ってしまっていた。

＊

夜更け過ぎ、琉三はアラームではなく着信によって起こされた。

「ごめんねベンちゃん、寝てた？」

「ああ、おはよ。寝てたねえ、なに？」

琉三のことをそんなふうに呼ぶのは一人しかいなかった。琉三と同じようにインターネットに自分の作品を投稿しているユッキくんという大学生だ。彼は琉三とは違いオリジナル曲を持たず、主にボーカロイド楽曲のカバーを投稿している歌い手というヤツだったが、彼にたまたまSNSで話しかけられてウマが合ったのだ。逆に言えば、彼以外との交流はほとんどなかった。ユッキくんは動画投稿においてはかなり先輩で、SNS運用についてアマチュアな琉三にアドバイスをくれる。代わりに歌についてのアドバイスを求められたが、琉三は他人を評価するのが何より苦手でお話にならなかった。良いか悪いかしかないのだ。そのふたつで分けたとき、ユッキくんの歌は「良い」でおしまいだった。どうしてもう少し付け足せと言われたら、「良い」し、「わりと好き」だった。

「今寝る前にパブサしてて見ちゃったんだけどさ、ベンちゃんなんかメンションしてきてたファンの子に相手してあげてたじゃん？　あれあんまり良くないよ。ごめんね夜中にこんな話して」

「ん、あー、ああ、したした、えー、しちゃった……良くなかったか、やばいかな。電話自体は大丈夫。こっちこそごめん」

「ううん。今見た感じさ、あのゆめるって子だけに返してたじゃん、あ、今見れる？」

「見れる」

何かやらかしてしまったのだろうか。ユッキくんの声色からあまり良くない状況なのだろうと察してしまう。琉三はこういうときがいちばん怖かった。

恐る恐るタイムラインを見てみると、何やら長そうなメッセージがいくつか届いていた。

「あ？　なん……………なんか来てるね、なんだこら」

サッと目を通したところ、誹謗《ひぼう》中傷の類いではないようで胸をなで下ろしたが、段々と覚醒《かくせい》していく頭でよく読んでみると、誹謗中傷よりずっと厄介そうな人材が押し寄せていることに気がついてしまった。

《haunt 歌ってみました！　十四歳です！》

《いつも陰《かげ》ながら応援していました　過去に歌ったものですが良かったら評価してください　おそらくいちばん初めにカバーしてます　リンクです》

《新参リスナーですがセーラー服で踊ってみました！　カッコ良さをうまく表せてるといいな》

《花村さんはじめまして。新人絵師のシロです。処女作【コモンドール】のイメージイラスト描いてみました！　何歳の描いた絵に見えますか？　感想お待ちしています！　無断転載禁止　自作発言禁止》

なるほど。琉三は即座に理解した。

「これさー、あのひどい人が言ってた乞食っていうヤツ？」

「だね。湧いちゃってるね」

「……無視したらどうなる？」

「ゆめるだけずりい！　……って、なるかもね」

「知らないよ。そんなつもりじゃないもん」

「いやいや、俺は分かってるよ？　ベンちゃんがそんなつもりで返事したんじゃないって。てかさ悪くないよ。俺もこういうことあるんだよな。一対一じゃないんだよ、こいつらは無数にいんの、こっちは一人なのに。だから全員に平等とかありえないよな。ちょっと考えれば分かりそうなのに……」

バカみたいだ。琉三はほんとうに心底インターネットを殺したくなっていた。どうしてこんなことができるのだろうか。義務教育を受けていないのかしら。人の心がないに違いない。当たり前のことだが、琉三は自分じゃ絶対にやらないような非常識な行動を取る者が怖かった。極論そんなやつはアポなしで四肢を切り落としに来るかもしれないのだ。

「これなんかに似てるね」

「えっ？　何？　ベンちゃんどうした？」

「千《せん》と千尋《ちひろ》のさ、あれだよ、まっくろくろすけ的なやつ、石炭みたいなの運ぶシーンでさ、千尋が一匹手伝ってあげたらほかのも全部手伝わせようとアピールしだすの」

「……なんの話？」

琉三は憐れに思った一匹だけを贔屓《ひいき》してしまったから、ほかの煤《すす》たちを刺激してしまったらしい。困ったものだ。

「ユッキくんだったらどうすんの？」

「いやぁ……どうすっかな……ごめんねーそういうのじゃないんだーって、こう……みんなにリプ返するわけじゃないよ適当だよーって言うかな」

「ホオ」

「もしかして今文字打ってる？」

「いや、なんか無視しよっかなって思ってるよ。千と千尋観たくなったから、ネトフリかアマプラにないか探してた」

「ああそう。気にしてないみたいで何よりだわ」

無視が一番なのは少しインターネットを見ていれば分かることだった。物凄い速さで流れていく世界において沈黙はいかなるときも有効なのだ。琉三は、花村ベンは、ゆめるのように、ファンが第三者に傷つけられるのを見るのは耐え難いことであったが、この煤たちみたいに著《いちじる》しく知能の低い生き物がごちゃごちゃ勝手してる分には何も傷つく余地はなかった。もっとも、ゆめるだって心から応援してくれているファンとは言い難かったため、琉三が心を痛める必要も本来ないのだ。琉三はそれを知らなかったから優しくしてしまったに過ぎなかった。

「気にしてないならあんま言うことじゃないと思うけどさ、パブサしたらその……ゆめるだけ何？　繋がってんじゃないの？　みたいなこと言ってるヤツいたから、まあ、そっち方面も気をつけな」

「言うことじゃないこと言わんでよ。なんじゃそりゃ。嫌だね。嫌なこと言う子がいるね。じゃまだね」

「その邪魔って表現めちゃ怖いよお前」

「じゃまだよ。みんなをさぁ幸せにしたいと思ってるのにさぁ、分かってくれない子がいたら統率が取れないよ。どくさいスイッチ欲しくなるよ」

「言わないと思うけどそんなこともファンの前で言っちゃダメだからな？　ライブあんだろ？　MCマジで不安だよ」

「言わないよ。でもどくさいスイッチってさアレさ知ってるかな。スイッチ押したら消したい人が消えるんじゃなくて、元から存在しなかったことになるんだよ、そこが便利なポイントだよ」

「終わろう！　この話！　悪い悪い！　俺が神経質すぎたわ！　夜中にごめんな！　もう寝な！」

「あ……ねぇ、そういう曲思いついた。今から作ってから寝る。オヤスミ」

「お前やばいよほんとに」

ジブリの名作アニメーションを流しながら、琉三は花村ベンへと姿を変えた。素敵だ。好きなものがあることは本当に素敵で、救いがあって、人生が楽になる。好きなことに愛されているのはさらに素敵だ。好きなことに愛されて呪われていたら、さらにさらにドラマチックだ。それさえあればどんな困難が立ちはだかろうと、どんな刺客が現れようと、への河童《かっぱ》なのだ。愚にもつかない綿埃《わたぼこり》みたいな存在がどれだけ邪魔をしようとも、呪いのパワーには勝てやしない。愛のためにした行動が全部仇《あだ》となって返ってきたって、自分が元から持っている分の愛でいくらでも清算できるからだ。積んでるエンジンがまるで違うのだ。心配には及ばない。

花村ベンは呪われたまんまで今夜二作目の歌を書いた。もちろん、幸福の歌だ。

動画が出来上がってから数日間、佑斗は何も手につかなかった。何度も動画を見返しては嬉しくなって、まるで初孫を見るために新生児室の前から離れないおじいちゃんみたいに自分の作品を愛《め》でていた。自分があれだけ嫌厭《けんえん》していたありふれた高校生のアイデアを盗んだにもかかわらず、そんな後ろ暗いことは都合良く忘れ去ってしまっているから平気でいられるのだ。どこからどう見ても矛盾に呑《の》まれているが、かのウィズダムは臆面《おくめん》もなくあれを自分の作品だと言い張るのだ。

ついに、明日はオラクルディセプションの十五周年アニバーサリーだ。日付が変わると同時にみんなで作りあげたファンアートが投稿されることになっている。佑斗以外、思い思いの情熱を込めて精励した自信作だ。自室のデジタル時計では秒数が分からないため、佑斗は深夜リビングの掛け時計を見つめていた。音もなく進む秒針が、この日までの思い出をなぞっているようだった。しつこいようだが、佑斗がこれほど何かに打ち込んだのは生まれて初めての経験であったし、たとえそれが赤っ恥のくだらないことだとしても本人は気づかないで心から緊張しているのだ。秒針は何食わぬ顔で十二の上を過ぎる。画面をスクロールする指が震えている。ロードを示す半透明のサークルが、いつも通り味気ないぐあいでクルクルと回る。ポンと指を離せば、佑斗が人生で初めて作り上げた作品が、世に放たれた。予想通りタイムラインは賑《にぎ》わっていて、顔は見えないがみんな同じ場所で祝っているという一体感が生まれている。インターネットは琉三にとってはあんまり長居したくない場所でも、佑斗にとってはなくてはならない大切なホームだった。

数分もしないうちに、動画についての感想を述べる者たちが現れ始める。

《やばい……ウィズダムさんのとこで泣けた……》

それは、佑斗がもっとも欲しかった言葉であった。そうなのだ。泣いて欲しかった。感動させて、驚かせて、褒めて欲しかったのだ。自分一人のセンスじゃそんなこと到底できやしないから、自意識に目を瞑《つぶ》って野球部のやり方を丸々お手本にしたのだ。ティックトックのコメント欄にいた数千人の中高生が泣いていたのだから、自分のタイムラインに存在する凡人どもを泣かせられないはずがなかった。恥さえ捨ててしまえば凡人の心を打つことなんて造作もないのだ。佑斗は一度、自分のセンスが尖っているという幻想のプライドを地に下ろした代わりに、己は人を泣かせる映像作品を作れるぐらい優秀な人材なんだという、これまた幻想の自信を抱き始めてしまっていた。落ち着いてほかのファンたちの制作した動画に目を通した佑斗は、その全てを鼻で笑った。どれもがんばってはいるが自分の足元にも及ばない出来栄えだし、いかにも素人臭さが拭《ぬぐ》えていないお遊戯会のようではないか。この世界は自分が引っ張ってやらなくてはいけない。ウィズダムさまのありがたい感想はこんなところだ。

佑斗は次々と寄せられる感想に釘付《くぎづ》けで、日を跨《また》いでからもう既に二時間ほど画面とにらめっこを続けていた。プロが世に出したものでもないため批判的な意見が出ることなどまずなかったが、佑斗は自分のことをプロレベルだと思い込んでいたため、批判的な意見が全くないことにも感動していた。自分を褒めるようなコメントは全てトリミングしてカメラロールに収めたし、他人を褒めているコメントについては見る目がないと嘲った。恥も外聞もなくお涙頂戴《ちょうだい》に振り切った甲斐《かい》あって、ウィズダムの制作した動画はひときわ注目を集めることとなった。顔も知らないどこかの誰かに褒《ほ》め称《たた》えられ、感謝されるのだ。現実の佑斗では決して味わえない快感だった。

今夜はもうこのまま眠れそうにない。佑斗は結局、一睡もしないでイベント会場へと足を運んだ。

＊

オラクルディセプションの大会自体には何度も出場したことがある佑斗だが、今回のような大規模イベントに参加するのは初めてであった。今日は以前からネット上で仲良くしている千葉《ちば》という男と待ち合わせている。

《ウィズダムさんどこ？　会場前着いてるよ！　僕は黒いバケハにエジュクロのチェックのカーディガン着てます！》

お互い顔は見たことがない。歳も明かしていないため、想像上の姿は相手と接しているとき感じた精神年齢に依存する。佑斗の予想では、千葉は自分と同じか少し上あたりだろう。

《黒マスクでグレーのパーカーにオラディセコラボの上着着てます》

そう送ったのとほぼ同時に、目の前の青年が千葉の言った通りの服装をしていることに気がつく。

《コラボの上着って黒いコーチジャケットのことですか？》

「あ、もしかして……」

「ウィズダムさん？」

「どうも」

「おお！　こんにちは！　初めまして、千葉です！」

千葉はなんと言うか、佑斗の予想からは大きく逸《そ》れている風貌《ふうぼう》をしていた。化粧をしているのだ。それが女装用のメイクといったイメージではなく、どちらかと言うとホストや地下アイドルのような男用のメイクで、かえって珍しかった。殴れば拳《こぶし》に粉がつきそうな白い肌と、薄いブルーのカラーコンタクト。太陽光の下で見るには無理がある涙ぐましいコントゥアリングと、囲むように引いてあるオーバーなアイライン。どことなくマレフィセントを彷彿《ほうふつ》とさせる面持ちだ。だが、彼はべつに醜《みにく》いわけではなかった。千葉のようなスタイルの男を好きな人間は一定数いるはずだ。肉眼で見るには刺激が強いが、カメラを通すことが前提の顔なのかもしれない。佑斗は多少驚きつつもそう感じた。

「なん……か、イメージと違うっすね。いや、良い意味でね。こういうカードゲームのオタクって俺より年上のキモいおっさんが多くて。いやまあ普通に高学歴ハイスペックイケメンとかもいますけどね！　でも大抵デブかガリかハゲかロン毛なんで」

「えっ！　いやいや……ありがとうございます……僕も普通にめちゃくちゃオタクですよ！　カードゲームだけじゃなくて漫画とかアニメとかアイドルも好きです！　えっ、ウィズダムさんこそイメージと全然違います！　僕より歳上だと思ってました！　社会人くらいかと」

「高校生っすよ」

「歳下ですか？　ええ、わあ、僕、今専門行ってて……ええー、分かんないもんだなあ」

佑斗の友人だって見波のような人気者ばかりではない。どちらかといえば運動や大勢が苦手な暗いやつもたくさんいる。むしろそういった卑屈な友のほうが多かったが、千葉のようなタイプには案外出会ったことがなかった。容姿に反して腰が低く、まともそうで好印象ではないか。佑斗がそんなふうに感じているとき、同時に千葉も驚いていた。インターネットではあんなにご意見番気取りで講釈たれていて、ウィズダムが少し語ればみんなが賛同し、ときに感嘆していたというのに、まさかこんな芋臭い高校生だったとは。だってまさか昼夜問わずタイムラインに張り付いて小難しいことを言い続けているのが現役の高校生だなんて思わないだろう。千葉のなかのウィズダムは定職に就いていないか、あるいは仕事中でもSNSに居座り続けられるような職種の三十代くらいの男だったのだ。千葉はウィズダムを見て、学校に行っていないのかと怪しんだ。怪しむと言うよりは、憐れんでいた。千葉は偶然トレーディングカードゲームにハマったに過ぎないある程度分別のあるノーマルな良きファンでしかないが、ここにはオラクルディセプションというゲームを取り上げられたら輝ける場所を失って死んでしまうような気の毒な生き物が多数集まっていた。きっとウィズダムもその一人なのだろう。丈《たけ》感のおかしいレイヤードスタイルが、彼の社会性のなさを体現しているようだった。母親が買ってきた服をそっくりそのまま着ているような不格好さが拭えない。あんなに頼りにされているウィズダムの頭が、使い慣れていないワックスでカチカチになっているだなんて千葉は知りたくなかった。視覚は残酷だ。千葉はその残酷さに傷つかないように、傷ついたとして少しでも軽傷で済むようにしつこく粉をはたいているのだ。今日のイベントが終わったあと、はたして以前と変わらない接し方ができるだろうか。ウィズダムの思春期ニキビや手入れの届いていない眉《まゆ》を見つめながら、千葉は人知れず暗い気持ちになっていた。そして今日一日かけて知ることになる。ウィズダムの容姿はマシなほうで、もっととんでもない姿で人前に出てくる猛者がたくさんいることを。カードゲームに容姿など関係ないが、大切なイベントで、初めましての人間たちに会うのなら多少なりとも容姿に気は使うべきだ。千葉にとっての常識はそんなぐあいだったから、こんなに大きなショックを受けたのだ。誰が悪いという話ではないが、千葉は視覚的潔癖症だった。どんなにためになる情報を発信していようと、それを言っているのが爽《さわ》やかさの欠片《かけら》もない陰気な高校生だと知ってしまった今、これまで積み上げてきた信頼や説得力を保持し続けることができなかったのだ。自分に自信がなく、自分に厳しい分他人の容姿にも厳しい千葉と、自分に自信がないままそれでも棚に上げて他者を見下すウィズダムは、そっくりなようで全く真逆の目線を持っていた。

千葉の格好には驚いたが、ネットでやり取りしていたときから変わらず性格のいいやつだったと佑斗は満足気に会場を後にした。

イベントは大盛況で、ネット上では顔見知りだった人間に初めて会うのはとても楽しい時間だった。自分より歳下の人間が少なく若いというだけで驚かれ、持《も》て囃《はや》されたのも居心地が良かったし、今日アップロードしたばかりの例の動画について目の前で感想を貰うのは言葉にできないほど佑斗を興奮させる体験だったのだ。今日は一日中、自分が特別な人間なのではないかと思える日だった。佑斗の生きる場所はここにしかないのかもしれない。初めての作品は期待していたよりずっと多くの人の目に触れることとなったし、欲しかった言葉も手に入れることができた。間違いなく佑斗の人生でいちばん愉しい日となった。握手まで求められた。いち高校生にインターネットのファンがいるというのだ。過去に自分が言ったアドバイスでゲームに勝てたと礼を言うものもいたし、これからも期待しているよと応援するものもいた。残念ながら佑斗が教室で盗み見ているような女子はいなかったが、今の調子で地位を確立していけば、そのうちかわいい女のファンに出会えるかもしれない。希望でいっぱいだった。いっそつまらない学校なんて辞めてしまって、この世界で生きていけたらどんなにいいだろうか。どうせがんばっても佑斗が行ける大学は行かなくても変わらないようなレベルの大学だ。今のご時世、例えばゲームのプレイ動画やレビュー解説動画でだって食べていけるじゃないか。佑斗は気持ちよくなっていたのもあって、立派な夢を掲げるような顔で現実逃避をしていた。自分の夢が映画監督だということをいつになれば思い出すのだろうか。投げ出された夢が悲壮感を漂わせてむくれている。

*

怒濤の一日を終えて家に帰ると、妹がリビングテーブルに突っ伏していた。寝ている様子ではない。おそらく、今日も機嫌が悪い。

「キモいオタクのイベント行ってたんでしょ、オタクがうつるから手洗って来たら。臭いよ」

「お前なあ……俺がどれだけあそこで有名人か知らないだろ」

「きっしょ」

心做《こころな》しか鼻声に聞こえる。泣いているのだろうか。佑斗は未だに浮かれたテンションでいたので、こんなときに中学生らしく病んでいる結歩のことを鬱陶しく感じた。今日のようなめでたい日に水を差さないでくれ、そういうため息をついた。

「なんでため息つくの？　だるいだるい、あームカつく、本気で顔見たくないんだって、マジで一生顔見たくない。お兄ちゃんの顔だけは一生見たくないの」

「ひでえな。なんかあったか？」

「うるさいうるさい、キモい顔で喋んなよ。もう嫌なんだよ、なんで私と同じ顔してるの？　ほんとに嫌だ、ほんとにキモい」

「結歩」

「なんで私ってお兄ちゃんと同じ顔してるの？　死んで欲しいの？」

ヒステリーを起こす妹に、佑斗は困り果てることしかできなかったが、結歩がこんなにも精神をぐちゃぐちゃにしている原因は彼女の目の前で充電器に繋がるタブレット端末にあるような気がした。

「同じ顔ではないだろ……そんなに嫌がるなよ……結歩、お前もしかしてなんかネットでトラブったか？」

「うるさい」

「ネットに顔とか、出すなよ」

「うるさいなあマジで！」

図星のようだった。手元を映して褒められて、今度は声を聴かせて良い気になった。その挙げ句結歩は、どこの誰とも分からない生き物たちにのせられて姿を晒《さら》してしまったのだ。兄として妹の容姿を良いとか悪いで分けたくはなかったが、結歩は佑斗とそっくり同じ顔をしていた。

「私将来お金貯《た》めて整形するわ」

「いやいや……何言ってんだ、馬鹿だろ」

「はあ？　なにがっ、なにが馬鹿？　馬鹿はそっちじゃん、いいよねオタクの、オタクの友達同士はさ、お兄ちゃんがキモくてもなんも言わないもんね。私絶対整形するから。もう無理だもん、こんな顔で生きていくの」

「べつにそこまでする顔じゃないだろ。全然普通だよ、中の中。ネットに顔出したんだろ？　どうせまたティックトックだろ？　あんなとこに顔出したらな、そりゃ変なこと言うやつもいるよ、普通だよ全然」

「普通じゃないよ。かわいい子しかいないもん。私以外。かわいくないって言われてる子も私よりはかわいいもん。絶対整形するから。鼻も輪郭《りんかく》も目もするから。こんな顔おかしいもん。車力の巨人じゃん。ほんとやだこの口ゴボ。目も小さいし。真っ黒で。逆さ《さか》睫毛《まつげ》で。蒙古《もうこ》襞《ひだ》エグくて。鼻の穴見えてて。剛毛で。意味分かんない。自分がブスだってなんで気づかなかったんだろ。中学生で気づけて良かったのかなあ？　私前世で悪いことしたんだよ絶対。こんな顔で外歩くの恥ずかしいもん。なんで？　ずるいよみんな。私モテたいとか彼氏が欲しいとかアイドルになりたいとかそんな贅沢《ぜいたく》言ってないじゃん。ただ普通に馬鹿にされないかわいさになりたいだけなのに」

「落ち着けって……俺と似てるって、まあ親戚《しんせき》の叔母さんとかに言われたことあるけどさ、そんなの当たり前だろ？　ああ、俺今日会ったフォロワーに思ってた通りイケメンだったって言われたよ？」

「はあ？」

あまりにひどく冷たい声に、佑斗は気圧《けお》されて後退《あとずさ》りしてしまった。妹の怒りは本物だ。兄の言葉など届かないほど情緒をめちゃくちゃにしているのだろう。泣き腫《は》らした目は確かに豆粒のようで、捲《まく》し立《た》てるように話す度、バラバラに並んだ大きな前歯が顔を覗かせた。美醜の基準などひとつではないが、現代を生きる若者がある程度のトレンドに振り回されることからは逃れられないのかもしれない。

「いや、えっと、ひとりじゃないよ。何人にもイケメンって言われたんだって。なんか韓国のアイドルに似てるって言われたよそういや」

「似てるわけねえだろ！　誰だよ！　誰がそんな顔でファン付けられるんだよ！　そのフォロワー、目腐ってるじゃん！　死ねよ！　お世辞もわかんねえのかよ！　馬鹿じゃん！　ティックトックに顔上げてみろよ！　現実見ろ！　クズ！」

現実の世界よりも広い土地を持つインターネットでは、少し位置がズレるだけで全く違った目玉を持った民族が存在していて、そのコミュニティの数だけ細かく厳しいルールや風潮、ジンクスや宗教があった。ウィズダムはオラクルディセプションというコミュニティでは王子様なのだ。だが高校では女子に鼻で笑われる三軍のしょっぱい男子だし、結歩が洗礼を受けたような社会に足を踏み入れれば彼女の二の舞になることは自明であった。だから無意識に容姿の良さを求められない場所にいるのだ。もしも佑斗が千葉のようであったら、むしろ妹が生きているようなコミュニティで生きることを選んでいただろう。自分とよく似た姿で傷ついている妹を見て、佑斗はいたたまれない気持ちになった。でもお兄ちゃんはイケメンと呼ばれたんだ、本当なんだ。今日会った奴らの大半はお兄ちゃんより醜かったし、お兄ちゃんは結構イケてたんだ。きっと結歩だって男に生まれていたらもっと違う評価だったはずだ。そんな戯言《たわごと》が浮かんだが、口にすることはできなかった。

《今日ウィズくんに初めて会ったけどネットの印象と違って普通の好青年って感じだった！　ガチ勢のおっさんかと思ってたからびっくり》

千葉の言葉はいつも丸く優しかったが、この呟きには佑斗のいちばん嫌いな言葉が含まれてしまっていた。

＊

(普通って何だよ)

普通、ありきたり、一般的、人並み、平凡、どれも恐ろしい地雷の言葉だった。佑斗は普通にありきたりで一般的な価値観を持っているため、人並みに、平凡と呼ばれることを嫌っているのだ。ただ、普通というのはそんなに簡単に手に入るものではない。例えば佑斗は今の成績のままでは普通の大学には入れないし、普通の企業には就職できないだろう。普通レベルのガールフレンドを手に入れることも難しいし、普通の家庭を築くような未来は全く見えない。普通とはたぶん、見波のような健康的な努力家が踏ん張ってなんとか手に入れることのできる贅沢品なのだ。心配しなくとも佑斗の人生に月並みな普通は保証されていなかった。平均より上の能力を持つ者が、才能があるゆえに思い悩んだ末「普通」に憧れることに違和感はないが、平均より下の生き物が平均を嫌がるのは傍《はた》から見ればおかしな行為だ。告白されてもいないのに振るような、とんちんかんで見苦しい思想だった。

＊

花村ベンのミニアルバムが配信された。既に配信済みの四曲に未発表の二曲が足されるだけでなく、全て録《と》り直されたバンドバージョンになっている。自分で作った動画をアップロードしたときほどではないが、それに似たような期待感と緊張が佑斗の体を走っていた。実際のところ、ウィズダムは音楽について知見があるわけではないが、映画やゲームに限らず音楽の話をすることも多かった。あれはパクりだ、あれは焼き直しだ、あれはネタ切れだ、あれは二番煎《にばんせん》じだと、後ろ向きな主張もしたが、それが直接的な悪意に取られないような言葉に変換するテクニックがあり反感を買うことは少ないのだ。長年ご意見番をやっているだけあって、インターネットでの文字の書き方は一級品だった。お作法ばっちりのウィズダムのレビューは、親族を全員従える姑《しゅうとめ》のように毅然《きぜん》たる立場を持っていたのだ。

素人に言わせれば、どの曲も素晴らしい仕上がりだった。音が良くなっているのはある程度当然なのかもしれないが、歌声の芯《しん》に余裕のようなものが垣間見えてリスナーも楽に聴いていられるのだ。凶暴なハスキーボイスを、下品にも片生《かたなり》にも振り切らず自分のモノにしている。だからスケベと幼気《いたいけ》のいいとこ取りになっている。アクの強い才能を、そのまんま骨付きで出さないからリスナーは苦しまず嚥下《えんげ》できるのだ。佑斗は花村ベンの尖っている箇所を評価しているが、花村は自分の持っているナイフの、柄《つか》の部分しか使ったことはなかった。本当の切っ先を向けたら殺してしまうからだ。自分のリスナーたちにいきなり斬《き》りかかったらどうなってしまうのだろう？　どんなふうに、どの子が死ぬのだろうか。ひょうきんな花村が琉三にそんな誘惑をすることもあった。殺したいのではなく、死んでるところが見てみたいのだ。傷つけたいのではなく、傷ついたケロイドのぐあいを知りたいのだ。琉三がぎりぎりのところで踏みとどまっているのは、煤たちを愛しているからだった。自分の暴力によって血塗《ちまみ》れになって、瀕死《ひんし》で付いてきてくれたらそれより嬉しいことはないが、ほとんどが致命傷を負ってしまうと分かっているから手を抜いた。そんなことも知らないで、丸い柄で作られた優しいリリックの安全な棘《とげ》に目を輝かせている佑斗はとってもキュートな子豚ちゃんだ。こんなにかわいくては、琉三が誘惑されるのも無理がないのだ。

　書き下ろしの新曲のひとつは、八〇年代のシティポップを彷彿とさせるチルっぽい世界観を、令和のファンクに落とし込んだピアノナンバーだった。ラブソングではなく自由気ままなナンセンスで、歌い分け方なんかも新鮮だ。チェストボイスが作る巧《たく》みなムードには、セルジュ・ルタンスのジュドゥポーみたいな、ふくよかで心地よい甘ったるさがある。単に子どもっぽいのではなく、洗練された立派な大人が甘い幼少期を思い出しているようなグルマンなのだ。花村はこれを十七年生きただけで作り上げるのだから、要するに桁が違っていた。

もう一曲が、意外なことにバラードだった。花村ベンがバラードを書くのは初めてのことだ。イントロからサビまではピアノ一本で、サビのファルセットが切れるのと同時にリズム隊が参戦する感動的な構成だ。こんな歌も歌えたのかと驚いたのは佑斗だけではなかったようで、ファンの間ではこのバラードが話題の中心になっていた。もちろん歌声の新鮮さや、普段とのギャップに愚直なおもしろみを見出した者たちも多数いたが、特筆すべきはその歌詞だ。花村はこれまで、五次元からリリックを起こしていた。性や恋について歌うときも、愛や夢について歌うときもそうだ。三次元とは決して重ならない場所からもたらされた曲からじゃ、花村ベンの心根を知ることなど叶わない。だから人によって花村ベンの姿はまちまちだったのだが、このバラードにいる花村ベンだけは、全員同じ姿を思い浮かべることができていた。もしかするとこの曲は、外部に向けたものではなく、自分自身へ手向けているのかもしれない。だからこの曲は好きな子の寝顔みたいに背徳的なのだ。誰かを刺すのが目的のナイフやナイフの柄なんかじゃなくて、ただただ清潔な無鉤鑷《むこうせっ》子《し》が花村ベンの柔らかいはらわたを摘《つま》んで見せている。それぞれが心に抱く神さまの、お説教や福音ではない無意識下の戯《ざ》れ言《ごと》なのだ。その戯れ言があまりに直接的だったから、こんな歌を聴いていいのだろうかという危ない気持ちにさせた。神は驚くべきことに、仔《こ》羊《ひつじ》に首ったけのご様子だった。

ウィズダムはうまい感想を言おうと数時間悩んでいた。二十分そこらのミニアルバムをリピートしながら、この声の主がどんな人物なのか、摑めそうで摑めないような、気持ちの良い不快感を愉しんでいたのだ。ほかのファンたちは早速浅い感想を垂れ流している。二十分ある作品に対しての感想が三行だなんて、佑斗は許せなかった。よく聴きもしないでみんな同じようなことを述べて、礼儀がなっていないと憤る姑なのだ。花村は三行だろうが十行だろうが気にせずその中身を重視したが、佑斗は勝手に文字の量ばかり取り締まった。何か、この馬鹿どもをあっと驚かせるような感想は言えないだろうか？　haunt が広まったとき一気に溢《あふ》れていた小難しい考察のような感想で、ウィズダムだけが花村ベンの理解者だと誇示できるような感想はないだろうか？　どんなに感動的な作品を世に送り出しても、それに触れた人間が次に考えるのがその作品を通した自分なのだとしたら、世界中に存在する無数の創作者たちがちっとも浮かばれなかった。骨身を惜しまず作り上げた我が子のような芸術が、自分では何も生み出せない者たちのアクセサリーに使われるのだ。心が折れて舌を嚙んだっておかしくない、グロテスクな冒瀆《ぼうとく》だった。それでもアクセサリーを産み続けてやるのが、神さまにしか扱えない類いの愛なのだろうか。そのとき生じる陣痛や悪阻《つわり》のことなど、芸術泥棒たちは生涯知らないのだ。
それを赦《ゆる》そうというのが、花村のバラードだった。

*

《ミニアルバム「swag」聴き終わった。まずswagってのはイケてるとかそういうスラングだね。花村のヒップホップ好きが出てるなって笑っちゃった。でも別にヒップホップのアルバムじゃねえからタイトル詐欺《さぎ》になっちゃわないといいけど。中身は全曲レベルアップしてて良かったけど新曲二つもなかなか。五曲目の「クレオメ」挑戦的でいいね。花村はああ見えて大滝詠一《おおたきえいいち》とか好きだからその系譜を感じた。あの時代の音作りに影響受けてんだろうな。ちなみにクレオメの花言葉は「秘密のひととき」つまり意味ないっぽい歌詞に見えて、実は不倫の曲。話題になってる「プロキオン」こっちもかなりビビッと来たわ。シンプルに歌うまくなったよね。もう残ってないけど花村が投稿してた幻の一曲目とかから考えられないほど成長してる。あれはあれで味があったけどね。プロキオンってのはこいぬ座の星なんだけど、歌詞の「冤罪《えんざい》でも殉教できたら」って部分はギリシャ神話と関係あるかもね。結構安直だけど花村ロマンチストだから普通に星とか好きそうなんだよな》

ウィズダムの批評は物凄い存在感で彼の首にぶら下がり、異彩を放っていた。そして、決して神さまの目には触れない場所で瞬く間に賞賛され、真実かのように広まるのだ。彼はまるきり現代の宣教師であった。神の声に耳を傾ける振りをして、喋るのはいつも自分の言葉ばかりだ。でも賤《いや》しげな人間に神の声が聴こえないのは当たり前のことで、責められることではなかった。祈る者も拗《す》ねる者も、働き者も怠け者も、全てを救わなくてはならないのが神さまなのだ。

＊

ドリンク代を払ってコインを受け取りあたりを見渡すと、皆一様に同じライブTを纏って、同じ人物を待っていた。安っぽい表現だが大勢で何か一つを追いかける様は宗教に似ていた。淡いタイダイシャツのフロントにプリントされているこのライブの名前が、この宗教の名前だ。一等地に立つデカ箱寄りのライブハウスがいっぱいになる程度に献身的な信者たちが集まっている。佑斗はライブハウスに訪れたことがなく、日和《ひよ》って見波を誘っていた。

「佑斗がライブとか誘ってくれると思ってなかったわ！　俺なんかと趣味全然合わんやん！」

「まあ花村ベンはお前も好きだからいいかなって」

「結構女子いんじゃん！　やるじゃん！」

「いたからってどうにかなるわけじゃないだろ」

入っている客の半数が女子だったのは佑斗にはあまり嬉しいことではなかった。佑斗の嫌いな女ファンなんかに花村の本質が分かってたまるものか。どうせ一瞬好きになって一瞬で乗り換えるのだと睨んでいつも通り斜に構えていた。客層は思いの外多種多様で、ただ単に色んなバンドを網羅《もうら》していそうな音楽ファンや修学旅行のバスでいちばん後ろの一列を占領しそうな集団もいれば、仕事終わりにその足でやってきた風体のサラリーマンがいたり、ゴスロリと呼ぶには完成度の低い、ハロウィンのコスプレみたいなファッションセンスの若い女子や、千葉と同じようにメイクをした中性的な男までいたりする。共通点がないのが不気味だったが、広く人の心を摑みたいなら客層を絞ってはいけないのだ。バラバラな顔触れは正解だった。

佑斗と見波はステージの真正面、四方を人に囲まれたど真ん中に立った。薄暗い箱の中で光を投げるライトの、その幅分だけスモークが揺れている。奥にあるドラムセットは音楽室で見るよりも小さく感じるし、今から目と鼻の先に演者が立つなんてなんだか実感が湧かない。

「え、最終確認。花村ベンって女かな？」

「女だとしてもお前と繋がらないだろ」

「男だと思ってるっぽいよね、来てる女の子は」

「みんながみんな見波みたいに異性しか受け付けないってわけじゃないだろ」

「何歳なんだろ。思ってたよりいってたらヤだね」

「お前うるせえよさっきから」

佑斗はかなり緊張していた。初めてのライブで、慣れない場所だからだろうか。きっとそれもあるが、十七年生きた佑斗の人生において、花村ベンは少なからず重要な存在となっていたからだ。自分と重ねているのだ。佑斗は花村ベンのことを自分の代弁者だと思い込んでいた。自分の分身に会うのは怖かった。

色んな人間の持ち寄った複雑な体臭とビルの匂いが取っ組み合いになって臨場感を煽《あお》った。背丈ほどあるスピーカーから流れていたBGMが止《や》むと、絞るようにして照明が落ちた。フライングした歓声が飛ぶが、まだアンプは唸《うな》らない。しかし、心音は鼓膜を破る勢いだ。スモークを割《さ》く人型のシルエットに、誰もが息を呑む。時が止まる。

「花村ベンです」

ひと握りの熱狂が、一瞬で箱中を飛《と》び交《か》った。興奮した見波の叫び声も、女子どもの黄色い声も、全部置き去りにした花村ベンの声が内臓に向かって投げられる。佑斗の内臓はそれに耐えられないで、膝《ひざ》から崩れ落ちそうだった。一心不乱に虚空をかく佑斗の右腕は、リズムに乗っていると言うより助けを求めているように見えた。花村ベンは、自分の名前だけ呟いていきなり百の力で歌ったのだ。マイクの首根っこをしっかり摑んでモニタースピーカーに足をかけているあれが、自分の神なのか。確かにあれが花村ベンと名乗ったのだ。佑斗は真っ白だった。もしかすると焼《や》け焦《こ》げて真っ黒かもしれないし、茹《ゆ》で上《あ》がって真っピンクかもしれない。神は、佑斗と同じ歳くらいの男だった。

頭に持ってきたのは、ハイテンポなパワーポップのロックアレンジで、そのパフォーマンスは見事観客の真ん中を摑んでいた。真ん中とは、人体の真ん中にある全部だ。鼻も心臓も背骨も陰茎も、花村ベンがギッタギタにしてみせた。すぐ後ろのほうで、興奮にすすり泣く声が聴こえる。

「……あー、今の曲は、アルバムに入ってない、ランドマークって曲です」

歌声よりもずっと低い地声で彼がそう言った。知っている。知っているのだ、佑斗はこの曲だって。嬉しかった。今すぐにでも、この曲を知っているということを叫びたかった。気が狂う一歩手前だった。

「こんにちは。あー、スゴいね。みんな、ほんとにいたんだ。いなかったらどうしよって思ってたよ。わー。やっと会えて嬉しいです。みんなに。あー……あー、今日はどうぞ、楽しんでいってね」

佑斗の思い描いていた神はいなかった。背丈は自分と同じくらいだし、真っ黒いウルフとは真逆のホワイトアッシュが逆光で白飛びしている。ステレオタイプなバンドマンといえば前髪で目が隠れているイメージだが、彼は器用なアップバングで額を見せていた。マーチンの八ホールの代わりにコンバースのトレックウェーブを履いて、インダストリアルの代わりにイヤーロブを開けている。そして、殺気立った凶悪な顔で歌うのだ。泣いても笑っても、我々の神はこれなのだ。これとは何か。これとはつまり、佑斗の童貞くさい想像なんか足元にも及ばないイカれた色気を手加減なしで垂れ流す、コヨーテみたいな男のことだった。

二曲目、彼はギターを取った。マスタード色のレスポールを抱えて、今度は随分幼く歌う。気づけばバンドも華やかに盛り上がって、ゴーストノートは小気味よく主役を称《たた》えた。別人だ。清水佑斗とウィズダムが別人なのと同じように、インターネットの向こうから見ていた花村ベンと、今目の前で吼《ほ》えている花村ベンは別人だった。魂があって、嘘《うそ》がない。熱があって、あやふやな箇所がない。息がある。汗をかく。眼《め》をかっぴらいて、牙《きば》をむく。頭を振って、笑っている。シルエットからはみ出すシールドが、悪魔の尻尾《しっぽ》を倣《なら》って揺れた。間髪容れずに三曲目に移る。レスポールを立て掛けて、今度はキーボードの前に立った。

「新曲だ！」

見波がでかい独り言を零す。特徴的なフレーズではじまるあのファンクだ。照明は白からピンクにスイッチして花村の顔をピンクに染めた。ロッツォみたいなマゼンタが、いなせなコード進行にマッチして観客を沸かせた。ムードは大人っぽく様変わりして、得意のハスキーボイスが加工を通さず脳ミソに届く。客はこの乱暴で一方的な愛情を、死にそうになりながら受け取り続けるしかないのだ。うずまき管に中出しして大脳に種付けする彼のことを、ただ叫びながら見守るしかなかった。佑斗だってその一人で、感動と混乱に体を任せて彼が歌うのをただ見ていた。自分が分からなかった。自分と似ている生き物だと思っていたのに、あんな動物は見たことがないのだ。これを好きな自分は誇らしいが、これを好きで居続けるのは恐ろしいことのような気もしていた。自分一人が知っていたなら、きっとこんな気持ちにはならなかったはずだ。なぜ、こんなにも心を動かす人物が、自分一人のものではないのだろう。なぜこれを見波と共有しなければならないのか。なぜいけ好かない女と一緒に彼の歌を聴かなければならないのか。佑斗は流石《さすが》に理解していた。この場でそんなことを考えてはいけないことを。花村ベンの才能を知る人間が増えるのを、何より恐れている自分がいた。

「ありがとう。今の……え今のはねー、アルバムにそう、うんうん、入ってるからね。いっぱい聴いてね。あと、その前に歌ったやつは俺が三曲目？　くらいに作ったやつ、です。合ってるよね。ちょっとじゃあ……バンドメンバーの紹介するね」

やっぱり彼は、佑斗の知らない低い声で話した。客の目をしっかり見て、嬉しそうにニコニコ笑って話すのだ。歌っているときは死にたてホヤホヤのシマウマに牙を立てるような顔をしているくせに。生身の彼とは出会って数分だが、本当によく分からない男だった。花村ベンにとっても佑斗にとってもめでたい初ライブのはずなのに、彼のMCに飛ぶ野次が邪魔で仕方なかった。女の声援に微笑み返す花村など、佑斗は見たくなかった。

真っ青なバレイヤージュのドラマーが素人にはなんだかよく分からないテクニックを披露すれば、ドラマーなんかを見に来たわけでもないのに律儀に客が手を叩いた。

「ドラマーでワキガのオノセくんです。めちゃくちゃ上手だし、今日は特に絶好調なんで、よろしく」

「ハイよろしく！　みんな花村くんのこと見たかったでしょ！　普段の花村くんはね、ライブ中と同じくらいおかしいよ！」

隣で見波が大袈裟《おおげさ》に笑った。彼はつまらないバラエティ番組のスタッフに向いているかもしれない。佑斗は花村ベンが他人と談笑しているのにも違和感を覚えていたし、花村くんと呼ばれているのもなんだか複雑な気分になった。ずっと花村とか花村ベンと呼び捨てにしていた佑斗は、自分はあのドラマーよりずっと低い位置にいるんだと、当たり前のことを感じて情けなくなっていたのだ。当たり前のことで傷つくことなんてないのに、変わっていた。

「つぎ。ギター」

歌うときと比べるものではないが、話すときは随分抑揚《よくよう》のない声で喋った。今までは花村の話し方など誰も知らなかったから、突如として突き出される正解にみんなそれぞれ不思議な気持ちだった。これまで告知なしで唐突に弾き語り配信をすることはあったが、雑談はおろか、そもそも歌声以外聴かせるつもりはないといった態度で歌い逃げしていたのだ。そんな彼が、今日初めて地声を晒している。別段緊張している様子もないし、から回っているふうでもない。なぜこれまでその声を聞かせなかったのか、誰にも分からなかった。ただその必要がなかっただけなのだ。感慨深くそんなことを思い巡らせているうちに、ギターソロの嫌味なユニゾンチョーキングが終わった。いかにもバンドマンらしいマッシュの男だ。

「どうも。今日は楽しませますんで。いやあ皆さん、花村くんがこんな子だったたって予想ついてたのかな？　いやすごい良い子ですけどね、情に厚いとこがあって。しかもまだ高校生っていう。二年生だっけ？　明日テストなんだよね。大丈夫そう？　じゃあまあよろしくお願いします」

「はい。ギターの柴田《しばた》くんです。どうなんだろ。どんな予想だったたか……気になるけど、まあ今日一日歌うのはこんな感じのニンゲンです。明日はテストです」

良い子だとか、情に厚いとか、明日テストがあるとか、佑斗はそんなのは聞きたくなかった。曲のイメージのままいて欲しいのだ。佑斗の中の花村ベンが持っていないイメージを、少しでも他人から知りたくないのだ。わがままだった。ファンの多くは花村ベンが人であることを理解していないのだ。たった今彼はニンゲンですと名乗ったのにだ。敬虔《けいけん》なフリして神の言葉を聞いちゃいない。涼しい顔で祝福をねだる裏切り者の、ひどい仕打ちだった。

「つぎ。どうぞ」

花村が手をかざせば、ドラマーとは対照的に真っ赤なカシスレッドの髪をしたベーシストが顎《あご》を突き出して性的なレイキングを披露する。ドラマーのソロと比べて、心做《こころな》しか女性客がそわそわしているような気がした。よく見るとこの男も化粧をしている甘い千葉系の風貌だ。ここにいる女どもはあんな男でもいいのだろうか。佑斗は早く花村ひとりのMCが聞きたかった。

「ベースの、ユッキーくん、ユッキくんです。有名だからたぶん知ってるひといるよね」

「ユッキくんです今日は楽しんでいってください！　あの僕普段は歌い手活動をしていましてですね……」

「あっ、だめだめ、宣伝禁止ね、お客さんとったらだめだよ」

「気になったらフォローお願いします！　ほぼ隔週で新作上げてるんで！　フォローしてくれたら花村ベンお貸ししますんで！」

「貸さないよ」

「ベースカッコイイと思ったらよろしく！　マジでフォローして！」

　バンドマンの繰り広げる微笑ましいやり取りに、会場は和やかな雰囲気だった。どうやらあのベーシストは有名人だったらしい。佑斗は彼の顔を見たことはなかったが、確かにたまに聞く名前だった。どのくらいのファンがいるのだろうか。ウィズダムは妬《や》いていた。ウィズダムにだって五千を超えるフォロワーがいる。あのとき作った動画は、なんと一万いいねに届いたのだ。花村はユッキくんのことを有名人だと紹介したが、自分だって多少は有名人だと自負していた。口には出さないが、フォロワーの数は佑斗の誇りであった。なぜ歌い手と花村ベンが繋がっているのか知らないが、彼の人気にあやかってファンを得ようとしている姑息《こそく》な奴にしか見えなかった。ウィズダムだって得意なのがカードゲームや映画評論ではなくベースならあそこに立っていたかもしれない。とんでもない思考だった。

「ホントはね、すっごいうまいベーシストがいたんだけどさ、ベース以外クズで借金してたから、なんか三日前とかにどっか行っちゃって、急遽《きゅうきょ》ユッキくんに頼んだんだよ」

「ベンちゃん。その話しないでおこって裏で言ったよね？　いやもう遅いけどさ、あの、皆さんはドタキャンなどしないようにしてくださいね！　えーとなんだっけ、いやあ、そうだ、ピンチヒッターに選んでもらって恐縮ですよ」

「ううんあのね、俺全然そんなの頼める友達いないからね、助かったよね」

「聞きましたかみなさん。ベンちゃんとの友情を感じたのなら僕をフォローしましょう」

「フォローはしないで普通に。俺だけして。あんまり更新しないけど」

客は笑っていた。随分雰囲気のいいＭＣじゃないか。スマホを取りだして今ここでユッキくんをフォローし始める者が続出して、そのうちの一人は隣で仕事みたいに笑う見波だった。佑斗はもちろんフォローなどしなかった。なんだかよく知らないが女向けのキャピキャピしたノリを花村ベンとの会話に持ち込まないでくれと一人苛立《いらだ》っていた。

「ベンちゃん喋るだけのインライとか全然しないじゃん、だからさファンとおしゃべりできるのライブだけだよ。なんか話したいことあったら話しときな。ね、みなさんもなんか質問とかあったら手上げてもらって！　あっさっきフォローしてくれたお姉さん！　ベンちゃんに質問どうぞ！」

花村が了承する前に、最前列の女がマイクを受け取った。

「ベンくん彼女いますか？」

考えられる中で最悪の質問だった。品のない女の発言に沸き上がるライブハウスは、何かに似ている。佑斗は即座に思い出した。この空気は、佑斗の嫌いなクラスでの集まりのようだと。ユッキくんにマイクを返された花村はあからさまに気まずい顔をして苦々しく笑った。歌っているときは凶悪な手つきで握っていたマイクを、今は頼りない形で摘んでいる。

「いないよ」

今度はオオーと半笑いの声で男が盛り上がった。花丸の答えだったのだろう。これも教室で聞いたことのあるタイプの声だった。これには佑斗も不思議と嬉しくなった。彼女がいないなら自分にもチャンスがあると思っているノータリンの女ファンの喜びとはまた違った、仲間に対する安堵感《あんどかん》のようなものだ。花村ベンは天才なのだ。色恋なんかにかまけたら許さない。だから童貞であれと、佑斗は強く願っていた。そもそも、ただでさえ音楽の才能があるのに彼女までいたら割に合わないじゃないか。理屈の通らない、男としての嫉妬もあった。

「……いないし、いないんだからお前らも作んないでよ。いらないでしょ。俺がいるじゃん。今いるなら全員別れなよ。花村ベンのこと好きになったからさぁごめんってさ、彼氏彼女に言っていいよ」

これが合図だった。甘いような辛いような、いかにも花村ベンらしいセリフを彼が吐《は》き終わると、ピンと弦を叩いた。それを見逃さないドラムがすかさずカウントを取って、強引に四曲目が始まった。この曲は誰もが知っている。hauntだ。花村はMCまで一級品だった。ゲストのくせに浮かれてめんどくさい内輪ネタの悪ノリを始めたユッキくんの愚挙を難なく制し、緩《ゆる》み始めていた箱を一瞬で自分の世界に連れ戻して見せたのだ。何から何まで、底が知れなかった。下世話な話を振ったベーシストと下世話な質問を寄越しやがった女には天罰が下ればいい。神の声を浴びながら震える佑斗の脳内は、まだ悪態《あくたい》をついていた。

怒り狂うように代表曲を歌い切った花村は、着ているフーディの裾《すそ》で顔の汗を拭った。その際がっつり白い腹が覗くから、佑斗はつい目で追ってしまった。もしかすると隣で見波もそうしていたかもしれないし、最前列で彼女の有無を訊《き》いた女だって見逃さなかっただろう。持て余している袖のほうは、何度まくってもずり落ちるようで邪魔くさそうだった。彼もビリーが言っていたようにバギーサイズで自分を隠しているのだろうか。隠しながら世に出ると、その後が大変だった。みんな都合のいい妄想を信仰して押し付けて、少しでも期待を外れると手のひらを返して謀反にはしる。だから自分や自分の才能を売る世界には、初めからすっぽんぽんで弱みまで見せられるような人間か、あるいは最後まで隠し通して夢を見させ続けられるような人間が向いていた。確かに花村ベンの姿は佑斗の予想や希望から大きく逸れていたが、騙《だま》したわけでも裏切ったわけでもない。佑斗が勝手に抱えていた幻想と違っただけで、彼には彼の、彼にしか出せない説得力があったし、佑斗もそれに納得した。もしあのアミパリのフーディの下に隙間なく墨が入っていたとしても彼の才能は打ち消せない。そこに素敵なおしりがあってもなくても、本物の才能の前ではきっと関係ないのだ。逆を言えば、素敵なおしり一つでない才能をカバーしてしまえることだってあった。佑斗の妹にそれがあれば、あんなに傷つかずに済んだかもしれないのだ。

　五曲目に披露されたのは、今現在ウェブ上に残っている中でいちばん古い楽曲。佑斗が初めて花村ベンに出会ったスリーコードのパンクロックだ。佑斗はこれに感銘を受け、花村ベンが削除してしまった昔の曲も急いで漁った。大抵ほかの誰かが無断で転載しているので、聴くのは容易であった。つまり佑斗やウィズダムが主張する、花村ベンの作品はリアルタイムで全曲聴いている、というスタンスは見栄だった。顔の見えない胡乱《うろん》な声に、聞いたこともない、考えたこともないリリック。なにより佑斗が惹かれたのは、そのＭＶだった。シンプルなフォントのリリックが並べられ、特に映像やイラストは使われない。本当に最後まで歌詞以外映らない質素な構成なのだが、なぜか目を離させない魅力があった。工夫されていたのは文字や背景の色、サイズと位置、それからタイミングだけだ。あのＭＶの味は確かにバニラだったが、誰もが唸る極上のバニラに違いなかったのだ。よく歌詞だけでここまで人を惹きつけたものだと佑斗は感動した。感動したから曲も頭に入ってきやすかったし、周りに教えたいと思った。制作者の意向かどうかは定かではないが、花村ベンのＭＶは全部同じ人物が作っているように見えるし、そのどれもに名前がない。一体誰が花村ベンの才能を、ブランドを支えているのか興味があった。そしてできれば自分より歳上の、異性であって欲しいのだ。佑斗が初め、花村ベンにも求めた要素だ。これには本人も無意識なうえ気づいたとして決して認めたくない、簡単な理由がある。佑斗は自分より才能がある人物が、自分と近しい生き物であったら嫌なのだ。例えば見波はバスケの試合で自分とそう変わらない背丈の日本人選手に負けたときも、自分よりずっと上背のある外国人選手に負けたときも同じように悔《くや》しがるが、佑斗は違った。外国人なら、同じ土俵には立っていないという判断だ。自分に近い日本人に負けた場合、自分はそれの下位互換ということになってしまう。年齢差や性別差や国籍の違いは全てあたたかい逃げ道なのだ。当然、ある程度それは正しいことで、ことさらスポーツの世界では一センチ、一キロの差が大きく勝敗を分けるし考慮されるべき場面だってある。しかし芸術の世界でそんな言い訳は通用しないのだ。やれ女のほうが色彩センスがあるとかやれあの国の人は美的センスがあるとか、そんなのが本当にあったとしても芸術家がそれを口にするのは非常にカッコ悪かった。男の天才も女の天才も存在したし、どこの国にも天才は存在する。でも凡人の佑斗はそれに縋《すが》り付《つ》くしかない。あのMVを作った人物は、佑斗より人生経験を積んでいるハイセンスな大人でなくてはいけないのだ。そうであれば今は負けていたとしても、佑斗がその人物と同じ年齢になるころには並べると思える。佑斗だけじゃなく、ユッキくんのような歌手だってこの感情を持つことがあった。女性の歌い手なら自分より人気があったって客層が違うのだから耐えられたし、歳上ならキャリアが違うから納得し尊敬できた。でもいつも血眼で見てしまうのだ。「男子中学生が歌ってみた」と題された作品を。ユッキくんの場合こんなふうにも思った。年齢だけで評価されていては、伸び代がないと。これも一理ある考え方だ。下駄《げた》を履かされて出てきたハリボテの天才は、年齢を武器にしていては後がないのだ。年齢は武器ではなく、瞬発的な売りだ。とっかかりとなる最初のネタにはなっても、永遠ではないのだから武器としては使えない。花村ベンに初めて会ったときもその若さに焦りを感じたが、本人がそれを売りにするつもりもなさそうなのを見て、ほっと胸を撫《な》で下《お》ろしたのだ。それでも時折、ふとした瞬間に顔を覗かせる強烈な才能に太刀打ちできないでいた。そんなユッキくんが見つけた、嫉妬しそうになる自分を抑える方法は、花村ベンを利用することだった。彼は凄いんだと認めてしまえば、その凄い人物に頼られている自分だって凄いじゃないかと思えた。醜い嫉妬心を抱くのはとっても辛《つら》いことなので、全部綺麗に洗った後は不埒《ふらち》な下心だけを残すことにしたのだ。ユッキくんは立ち回りが非常にうまかった。それで今日だって複数のフォロワーを獲得したのだ。花村ベンはそれになんの意味があるのか分からないから、浅ましい友の、かわいらしい不義のことは目を瞑っている。期待していなかった。それに、ユッキくんにも夢があるなら許せたのだ。ユッキくんの夢が、全てのSNSアカウントに公式マークを付けるということだというのなら、理解に苦しむ価値観であっても、琉三は応援したかった。自分を利用してまで叶えたい夢だなんて、きっと凄く大切なのだろう。琉三が夢というアモラルな哲学をなにより大事に思っているのは、自分の目に映る夢の美しさと、他人の目に映る夢の美しさが同等だと勘違いしたままだからだ。彼はずっと昔から、他人の夢とその高潔さを買い被《かかぶ》って生きていた。

「ありがとう。今日はすごい日だね。このくらいのライブハウスだと、一人一人のことがよく見えて……。えーと、何話そうと思ってたんだっけな。swagのことか。あの、まあここに来てたら聴いてくれてるんだとは思うけど、そういうタイトルのアルバムを出したのね。swagってのはねー、あのスラングとかじゃなくて、盗《と》った品物……みたいなことなんだ。そうそう、ガンジャのほうでもないよ。んで、盗品って言ってもほんとに盗作ってわけじゃないよ、安心してね。ただ、俺はこの一曲一曲……俺が……俺が作った曲なんか、全部みんなのポケットに、盗まれてくからさ。いや、お金は貰ってんだけどね。違法ダウンロードとかしてなかったらね。そうなんだけど、もう、いいんだけど。むしろ違法ダウンロードだって、俺には絶対バレないんだけどさ。そう………そういうイメージ、の、タイトル。奪ったんならさ、大事にしてね」

門徒は、その説法を静かに聞いていた。言ってる意味などたいして理解できないのだが、自分たちのお釈迦《しゃか》が必死なのは嫌でも伝わった。教外別伝《きょうげべつでん》のほかに手段はなく、花村ベンの心が血を吹いて訴えているからだ。痛ましいMCの甲斐あって、これだけは全員が悟った。あそこに立って何かに耐えているのは、有情《うじょう》だ。

「……言っちゃいけないことが、今いっぱい頭ん中にあってね、それを退《ど》かしながら喋ってるからさ、結構ムズい。………俺は、好きなものがかなりいっぱいあって、ほんとに。

いっぱいあるんだけど、欲張りで、欲張りなんだけど、ほんとにその全部が欲しくて。だからたぶん、それで生きてんのかなって思うんだ」

　愛する対象を増やし続けることは、もっぱらリスクを増やし続けることだった。花村ベンは夢という概念が好きで、夢を持つ全ての生き物が好きで、実直なロックが好きで、王道なポップスが好きで、華やかなジャズが好きで、ご機嫌なスカが好きで、キテレツなサイケが好きで、ノリノリなハウスが好きで、噛む顔の雑種犬が好きで、クラフトボスのミルクティーが好きで、夏が好きで、秋が好きで、前置きのないＡＳＭＲが好きで、バラバラになる一歩手前の太いダメージデニムが好きで、ビーズアクセサリーが好きで、ボインが好きで、ラプラスが好きで、平成狸《たぬき》合戦ぽんぽこが好きで、母親が好きで、弟が好きで、母方の祖父母が好きで、友達が好きで、自分が好きだった。どこにでもいる幸福な高校生だった。ただひとつ、他人とは違うモノも好きになった。それは彼の人生を劇的に、かつむちゃくちゃにする危険性を秘めた爆弾だ。花村ベンも大門琉三も、アホ面下げて自分を仰ぎ見る全てのファンたちのことを、バカみたいに愛してしまっていたのだ。

「ロッカーがさ、愛してるぜってライブとかで叫ぶ気持ちがめっちゃ分かったわ。あのね、今の時代でも言っていいのかな。わかんないや。言われたくないかもだけど、言おっかな。俺も愛してるよ。どっか行かないでね」

　どっか行っちゃいそうな真っ白い顔で、神様はそう告げた。

「最後の曲です」

織細なイントロと同時に照明が柔らかく落とされる。花村はキーボードの前に立った。あのバラードを歌うのだ。バンドに合わせ、ステージの背面に映像が映し出される。佑斗たちにはそれが何だかすぐに分かった。いつものセンス溢れるリリックMVだ。新曲はまだMVが配信されていなかったから、ここが初のお披露目となった。生のバンドと歌声でリリックを追うのは新鮮な気分だった。花村ベンのMVはどれも歌詞だけで構成されていたが、今はその歌詞だけがダイレクトに価値を持った。綺麗な歌詞だ。アルバムにも入っていたのだから、誰もが既に何度も聴いた曲のはずだ。それなのに、今まで見えなかった意味まで姿を現して胸に刺さった。返しの付いた凶悪な言葉は、ちょっとやそっとで抜ける造りをしていない。ライブが始まったころは殺気に満ちた顔で歌っていた花村も、今は穏《おだ》やかな表情で歌詞を噛み締めた。想いを届けることはこんなに難しい。真面目《まじめ》にやるなんて馬鹿らしい難易度のお戯《たわむ》れである。だからこそ、奇跡的に成功したとき得られる喜びには限度がなかった。

観客たちの声援に包まれて、花村ベンはステージを後にした。熱狂を置き去りにされざわつく箱の中からやがてアンコールが叫ばれる。見波も叫ぶ。手を叩いて彼を呼ぶ。佑斗の知らない一体感がむず痒《がゆ》かった。お約束の空気の奥に、まだバンドマンたちがいるのが分かった。アンコールの中で、佑斗はさっきの美しい情景にまだ浸っていた。自分もいつか作りたい。花村ベンのMVを。今までと同じように彼のリリックを生かした、洗練された歌詞動画にしよう。ライブの演出にも携わりたい。今日のライブはかなりオーソドックスな演出ばかりだった。花村ベンにオーソドックスは似合わない。俺だったらもっとうまくやれる。そう思った。場の雰囲気に陶酔しきっていたのもあって、佑斗の悪いところが顔を出し始めていた。

しばらくアンコールが続いたかと思うと、スポットライトはステージに花村ベンを連れ帰った。男も女も彼の名を叫んで、花村は青いテレキャスターを抱きながら、恥ずかしそうに笑った。アレンジの入ったイントロで気づくのに遅れたが、この曲だってみんな何度も聴いていた。花の夜な夜な、あの声優志望が二度もカバーした曲だ。佑斗はそのことを思い出してしまった自分に嫌気がさした。これは花村の曲なのだ。それが引き金となって、佑斗の体はライブハウスから切り離されてしまった。なんだか急に現実に帰った気分だ。自分の持ち場のことを意識してしまう。ライブが終わったら、すぐに感想を呟かなくては。言いたいことはたくさんあるし、感じたことや分かったこともたくさんあるはずだ。自分がいちばん言いたいことはなんだったか、既に思い出せなくなっていた。そうだ、swagはスラングだなんて決めつけたが、本人はそうではないと言っていた。佑斗のあの発言はそれなりに納得され拡散されていたが、ライブが終わったら削除しようと考えていた。引っ掛け問題みたいなセンスをしている花村が悪い。ほかには何か、失敗していなかっただろうか。佑斗は現実よりあの場所で恥をかくほうが耐えられなかった。花村ベンの容姿については話していいのだろうか。今一度彼の立ち姿を眺める。バンドマンなんて楽器を握っているだけでかっこよく見える生き物だ。だがそんな次元の話ではなく、確かにここまで応援してきてよかったと思わせてくれる器とパフォーマンスだった。特にあのMVは美しかった。あのMVについて発信しよう。自分も将来は映像を作る職業に携わるのだから。佑斗はそう心に決めた。そんなことを考えているうちに、濃密でラジカルな一時は幕を下ろした。

＊

「めっちゃくちゃカッコよかったなあ！　いやあマジか！　ってなるシーン何回もあったわ！」

急に帰ってきた現実で、興奮気味にまくし立てるのは見波だけではなかった。ライブハウスからはけていく全員がさっきまでの熱を持ち帰って盛り上がっていた。立ち止まらないでくださいと叫ぶスタッフの声が埋もれていく。佑斗も話したいことでいっぱいだった。

「いや……正直びびったな」

「な！　セトリも良かったよな！　佑斗が誘ってくれてマジで良かったわ。最初の曲だけ分からんかったわアレ何？　帰りの電車でセトリのプレイリスト作ろっと」

黒山に続いてエレベーターが来るのを待つ時間に、佑斗は早速今日のライブについて検索していた。みんな考えることは同じなのか回線が重く、少々時間がかかったが予想通りネットは賞賛の嵐《あらし》だった。ライブによく行く音楽好きの層も、今日が初めてのライブだという若年層もみんな満足していた。

「あ、そういえばあのベースの人も有名人だったんだな。俺フォローしたわ」

「あぁ……ユッキくんだろ。でもアレだよ、別にあの人はアーティストじゃないから、フォローしても意味ないと思うよ」

「え、なんで？」

「いや、意味ないってことはないと思うけど、花村ベンみたいにオリジナル曲は出してないよってこと。歌い手だろ？　髪赤かったじゃん、確か歌い手グループの赤色担当だよ。普段はボカロとか歌ってる」

佑斗の説明を分かっているのか分かっていないのか、見波はあまり気にしていない様子でユッキくんのＳＮＳを見ていた。今日のライブがなかったらまず興味など持たなかった人種だろうから、変な感じだった。

「……あ、ほら！　意味なくねえって！　この人よく花村ベンのこと話してるじゃん！」
見波に言われてユッキくんのタイムラインを遡《さかのぼ》ると、自分の宣伝や日常会話の中に、ベンちゃんという文言が混ざりがちなのが窺えた。盲点だった。
《夜中にベンちゃんに電話したんだけどバケモンすぎて怯えちゃった》
《今日は大事なリハがあってベ……で始まるあの人を高田馬場《たかだのばば》まで迎えに行ったよ　あの子病的に方向音痴で笑う》
それに反応しているファンはどちらかと言うとユッキくんのリスナーらしく、たいして花村ベンに触れていなかったから今まで検索しても気が付かなかったのだ。随分馴《な》れ馴《な》れしいじゃないか。複雑な感情に駆られながらも彼の呟きを遡らずにいられなかった佑斗は、ある一言に思わず硬直した。
《haunt 以外も全部そうなんだけどさ　あのMVってベンちゃん本人が作ってるんだよね何でもできるじゃん　地図読む以外》
目の前が真っ暗になった。受け入れられない事実が、受け付けられない人間から突然バラされて、佑斗は何かに見放された気がした。何かが壊れたのだ。大きな音を立てて、一瞬のことだった。天高く登りつめたプライドが、高いところから落下した様子だった。
強大なルサンチマンに蓋《ふた》をして息をする佑斗が、自分と同じ年齢であんなに群衆を揺り動かす花村ベンのことを認められたのは、佑斗にも「映像制作」という他ジャンルの誇りがあったからだ。佑斗の作ったたった一つの作品は、確かにみんなの心に響いていたのだ。泣いたと言う者も複数いたし、実際に会って直接感謝を伝えられたりもした。一万人が「いいね」と言ったし、自分で見返してもうっとりする出来栄えだった。佑斗の作品は一万人がいいねと言ったのだ。花村ベンが歌った箱のキャパは八百だ。佑斗のボロ勝ちではないか。そういう驕《おご》りがあったから、花村ベンを好きでいられた。さらに言えば、もし佑斗の夢がミュージシャンだったなら花村ベンの存在には耐えられなかったが、目指している場所が違うから認めていられたのだ。それが、たった一行で覆された。佑斗が衝撃を受け、感服させられたあの映像は、佑斗の望むような人物が作ったわけではなかったのだ。佑斗のおぼこい自意識にとって都合の良い天才など存在せず、どこまでも残酷な才能の格差が、燃え広がるようにして佑斗の立場を奪った。天は二物を与えるのだ。二物どころではない。人目を引く容姿が三物目、恵まれた交友関係が四物目、愛される人間性が五物目、世の中に出てこられるのだからきっとあるであろう豪運が六物目、花村ベンなど、佑斗にはこれっぽっちも太刀打ちできない欲張りの悪魔にしか見えなかった。

　受け入れられないあまりの現実に、多感でひん曲がった男子高生の自我は壊れかけていた。どう立ち直ればいいのか皆目見当もつかない。今までの佑斗なら、こんなセンスのいいものを知っている自分のセンスはそれそのものと同等の価値を持つと胸を張って言えていた。なぜ今の佑斗にそれができないのかと問われれば、きっと時系列の問題だ。先に才能を認めてしまったから、後から同世代の同性だと知っても言い訳がきかないのだ。他人のアイデアを盗まなければ完成すらさせられなかったあの一本の動画を佑斗が苦しみながら生み出しているとき、花村ベンは曲を書く傍《かたわ》ら、同時に何本もの動画を制作していたのだ。ずるかった。何も成し遂げられない佑斗は、何も持たない自分の両手を見つめて途方に暮れた。ここからじゃ見えないのだ。こんな低い場所からじゃ、贔屓されて生まれてきた人間のディテールなどゴマ粒だった。だから頭の中で勝手に補完して、強者を最低な悪者に仕立て上げた。

才能の概念が暗黙のうちに不正とすり替えられるのは、暗に弱者が絶対多数を占めていることを表していた。地べたに立たされて首を痛めなければいけない生き物からすれば、翼があるのは不平等なことだ。翼の重さも、高所の危険性も、お日様の熱さも死ぬまで知らないから、さも当然といった顔で届かない石を投げられるのだ。翼のある生き物には地べたを理解する義理がないが、地べたの生き物には天を理解する余裕がなかった。佑斗は地べたから天を仰ぎ見て、あいつの翼は醜いと値踏みするのが得意な弱者であった。お気に入りの翼を見つければ、あれは俺にしか分からない良さだと主張した。対する琉三は天から地上に向かって吼え続けた。そんなところにいないでここにおいでよと。残酷な無茶を、本気で言っているのだ。心底相容《あいい》れない、不毛な関係にあった。

佑斗がこれまでの人生のほとんどの時間を費やして生きやすいように作り上げてきた汽水域が、今は住めない場所になっていた。

＊

《花村ベン初ライブ良すぎて普通に泣いた泣きっぱなしだった　マジでいた　存在してたそれが分かっただけで泣いた》
《次のライブいつなん？　生きるモチベをくれ》
《加工加工言ってたやつをボッコボコにする生歌をありがとう》
《ライブレポしようと思ってたけど興奮で全部飛んだわ　ただ覚えてるのは花村がデレてたってことだけ》
《同じ時代に生まれられたことに感謝するライブだった》
《MCで完全に堕《お》ちた人いない？　特に haunt 入る前のあれヤバかった》
《彼女と一緒に参戦したらMCで別れさせられました。今日からお互い花村ベンさんとお付き合いさせていただいてます》
《ユッキくんさんいたのびっくりした　普通にかっこよかったしおもしろかったからフォローしたわ　今度コラボして欲しいな》
《花村ベン高校生なんかよ　それがいちばんびっくりだわ　文化祭で花村が歌う学校に通

う世界線が存在すんのか？》
《ベンくん彼女いないって言ってました　ベンくん彼女いないって言ってました》
《彼女いないって嘘だろ　俺のことは遊びだったのかよ》
《まさか一曲目からランドマークやってくれるとは思わんじゃん誰よりもデカい声で叫んじゃった》
《クレオメのベンくんやばすぎてキモイ声出た　一緒に行った友達にドン引きされたんだけど　知らねえよ引け引け》
《顔出すと思ってなかった！　なんかほかの覆面アーティストみたいにシルエットだけって言ってた情報なんだったん？　普通に殺されたんだが》
《初めてのライブだったんだけどファン層広くて驚いた　生歌うますぎて……また行きたいな……》
　タイムラインを更新する度、体が緑色をした汚い海に沈んでいくようだった。狭く快適な水辺に、つらい海水がなだれ込んでいつの間にか幅を取っていた。本来こんなところにはいられないのだが、それでも自傷行為のように検索する手が止まらないのだ。
　自分もここで能天気なお魚たちと祝えていたらどんなに楽だろうか。そんなことは佑斗だって分かっているのだ。好きなものが多いことはリスクを増やすことに繋がるが、嫌いなものが多いことは楽しみを減らすことに繋がるなんて自明の理、幼稚園生だって知っている。見波が人生を得しているのは、好きなものが多く嫌いなものが少ないからだ。流行るもの全て好きになるから、外を歩いているだけで好きなものに触れられる。反対に見波のような人間が嫌うコンテンツは大衆受けしないため街中で目にすることも滅多《めった》にない。トレンドに踊らされながら愉快に生きる刹那《せつな》主義者は、ひねくれ者がどれだけ吠《ほ》えようと幸福度を簡単に高められる勝者であった。ビーチサンダル程度の厚さしかない人間だとしても、アチアチの砂を踏んで元気に駆けるのだ。

可哀想な佑斗は、もう花村ベンを消費できなくなってしまった。大好きだったはずだ。大好きだったのだろうか？　大好きだったのかどうかももう怪しい。とにかく今は、大嫌いだった。

花村ベンは清水佑斗の全てを踏みにじったのだ。踏みにじってあんなMVを作ったのだ。佑斗には作れないクオリティのMVを、佑斗には守れない締め切りのスパンで、佑斗にはないセンスとオリジナリティで、作りやがったのだ。何もしなくても腐っていく佑斗の自尊心に何発も鉛玉を打ち込んで、もうそこから音がしなくなってもまだその手を緩めなかった。琉三はまさか自分の努力によって他人の怠慢が死因になるなんて夢にも思っていないからだ。努力したら死んでしまう重度の努力アレルギーの人間には、努力や才能を見せるだけで危険なのだ。佑斗がトレンドから目を背けて生きているのはもしかしたら自己防衛の一種かもしれない。

《花／村／ベ／ンの初ライブ、参戦してました。今帰り道です。思ってたより若くてキャピキャピした感じのお客さんが多くて……。なんて言うか、私みたいな太古のバンド好きには違かったのかなって辛くなっちゃったな。今はいいけどベンくん凄い若いみたいだし、若いファンの子とか事務所の方針とか見てよくいるアーティストの一人になっちゃいそうってかそんな人山ほど見てきた。あーあ、やっぱ私には洋楽がピッタリなんだな……》

半分死んだまま画面を眺めていた佑斗は、活《い》きのいいファンたちが楽しく触れ合う場で自分と同じように浮かない顔で漂う弱者の声を見つけた。客観視する遠吠えの醜さに寒気がしたが、痛いほど共感できもした。この言葉を垂れ流した人間も、不要で身《み》の丈《たけ》に合わないルサンチマンを抱えて発作が出ているのだ。佑斗は唯一見つけた後ろ向きな言葉に心から癒《い》やされて、傷を舐められた気がした。自分もなにか言おうか。そういえば、自分の言葉は五千人の目に触れる力があって、自分の意見ひとつで他人の意見を変えられることだってあるのだ。嫉妬だと悟られたらおしまいだが、自分のフォロワーが全員猿以下であることは確信している。佑斗は衝動的に言葉を紡いだ。

《今日のライブ、俺も行ってたけどうーん……生歌はあの歳にしてはって感じだけど、MVがなあ。今までの焼き直し感が否めなくて流れた途端冷めたんだよな。アレだったら荒削りだった初期MVのが良かったな。あとあのベースだけはちょっと受け入れられなかっ

た。けど女子のファン的には嬉しいのかね。男だから分からん》
この世でいちばん不浄な文はものの数分で書き上がって世に放たれた。佑斗はその汚さに気づかずに、ほかのお魚が寄ってくるのを待った。賭博《とばく》のときの祈りみたいに邪な手を組んで、粉微塵に消え去った自尊心をなんとかくっつけようとした。どうしようもないなりに、どうしようもなくみっともない足掻《あが》き方をしていた。だが、エサにかかる者は現れなかった。普段ならくだらないことを言ったって誰かが同意したが、みんないるはずのタイムラインで、佑斗の言葉に触れる者は現れない。その代わり先程までと同じ熱量の好感情に満ちた感想は増え続けていった。佑斗は自壊したのだ。ルサンチマンでぱつぱつになった腫瘤《しゅりゅう》は、自らの言葉によって弾《はじ》け飛んだ。悪臭を放って、ほかのお魚に迷惑をかけながら死んでいくのだ。

＊

初めてのライブを終えた琉三は、冷たい階段にしゃがみこんだまま立てないでいた。がたがたと震えて、泣いていたのだ。打ち上げに行きたがっていたバンドメンバーが自分を探している。そんなこと分かってはいるが、今はこのアスファルトになりたかった。花村ベンは初ステージを見事に乗りこなし、観客の全員を満足させた。大きなミスもなければ、リハーサルのときよりずっと素晴らしいパフォーマンスができていた。バンドメンバーのみんなも付いてきてくれたし、完璧《かんぺき》と言って良い上出来の一時だった。もし今日の主役が琉三でなくユッキくんであったなら、今ごろ達成感ではち切れそうになっていただろう。ライブの感想を文字に起こすだけじゃ飽き足らず、インスタライブを開始して今日の思い出についてしつこく語ったかもしれない。でも残念ながら、今日の主役は花村ベンだった。花村ベンは今、どうしようもなく惨《みじ》めな気持ちで泣いていたのだ。

狭かった。狭くて死んでしまうかと思って、怖くて涙が止まらなかった。驚くべきことに、花村ベンは初ステージの成功よりも、自分がまだ狭いライブハウスにいることの恐ろしさに泣いているのだ。ここはデビューしたての高校生が立つには充分すぎるステージだし、ましてや埋められなかったわけでもない。チケットはすぐに完売して既に次のライブまで期待されている。でもずっと足りていないのだ。デビューが決まって、単独ライブがすぐに決まったとき、箱のキャパを知った琉三は泣いた。自分の大好きなニンゲンを、たったの八百人しか集められないことが悲しくて仕方なかったのだ。贅沢だ。贅沢な駄々っ子の琉三は音楽に呪われた日から泣かない日なんて一日たりともなかった。毎日毎日義務のように涙が出た。どこかが悪いわけでもない。誰にも理解されることはない彼だけの病《やまい》なのだ。死にたかった。佑斗の身のほど知らずとはまた違った無理を言っているのが分かっているからだ。全然全然足りていないのだ。もっともっと欲しくて、もっともっともっともっと与えたいのだ。琉三が音楽に呪われたのは小学生のころの話だ。ここまでひどく長かった。ユッキくんは彼のことをトントン拍子だと羨《うらや》むが、琉三の一秒は永くてグロいものだった。血まみれの夜を重ねて、いつの間にか高校生になってしまった。まだまだ足りない琉三は琉三だけの算盤《そろばん》でざっくり時間の計算をする。もう全然足りなかった。若いねと言われる度、脳内で首を括《くく》った。認められたいとか、儲けたいとか、そんな低次元の話に焦っているのではなく、できる限りたくさんの人間に出会って、自分を愛してもらいたいから焦っているのだ。自分の愛によって、救われて欲しいから時間なんていくらあっても足りないのだ。嘘か真か、地球では毎日たくさんの人が死んでいると言うじゃないか。琉三は死ぬなと駄々を捏《こ》ねた。自分に出会う前に、誰の許可があって死にやがるのか。信じられなかった。顔も見たことないどこかの誰かに、琉三は死なれたくなかった。そいつが自分のことを好きになるかもしれないからだ。数百万の再生回数なんて、恥ずかしくて飛び降りたいほど足りなかった。自分はまだまだなのだ。まだまだ甘くて、雑魚くて、ヘボくて、芋くて、ダサい。有無を言わさず愛されたかった。気持ち悪いくらいにみんなを愛していたからだった。琉三の想いは不気味で理解に苦しむものであったが、欺瞞《ぎまん》や下心のようなものは一切ないのだ。剽窃《ひょうせつ》で得た一万いいねを後生大事に持ち歩く佑斗に才能を与えず、万物に愛を受け取って欲しすぎて瀕死の琉三に才能を与えたのだから、神様のセンスには皆が納得した。

琉三は嘘みたいに泣いて駄々をこねるが、その姿を人前に晒したことはほとんどなかった。ユッキくんだってこんな琉三は知らないし、この先いくら仲良くなったって涙を見せるつもりは毛頭なかった。琉三は情けない気持ちになりながら、スタッフやビルの関係者の視線をくぐりぬけて外に出た。普段からフラフラ姿を消すことは珍しくなかったため、今消えたってさほど心配はかけないと踏んで逃げ出したのだ。新宿の夜風はしっかりゴミの臭いがして寂《さび》しくない。人通りの少ない道を行こうと路地に入った瞬間、自分を呼び止める声がした。

「えっ、花村ベン？」

振り返ると一人の少女が立っていた。なかなか芋っぽい、中学生だろうか。こんな場所には似つかわしくないが、自分のライブTを着ていることから今日のライブに来ていたファンだと分かる。それにしても、聞いたことのある声だ。

「あっごめんなさい呼び捨て！　呼び捨てしちゃった！　あっあっ、ああっ、ごめんなさい！　わあっ、あの、今日、ライブ、すごっ、すごかったですもうあああってなってもう、ほんと語彙力《ごいりょく》なくてすみませんオタクですみませんあのー」

彼女はいかにもな早口で謝罪と感謝をいっぺんに伝えた。耳の高さで結ばれたツインテールがぼさぼさになっているのはモッシュに揉まれたからだろうか。それとも初めからあんな感じなのだろうか。琉三はボーッとした気持ちで焦る彼女を眺めていた。

「ここのドアの前いたらワンチャンってネットで見て……出待ちとか禁止されてたらごめんなさいもうしません……」

「え、危な。知らなかった」

「もうしません、ごめんなさい……！」

「いいよ」

「あぁ……あの、もし良かったら握手、してもらっても」

「あ、いいよ」

汗ばんで震える小さな手を、琉三は片手で握った。自分もついこの間まで中学生だったのに、中学生はこんなに小さい。琉三はまた怖くなった。思えば握手を求められたのは初めてだ。

「一生洗いません……」

「言ったからね。絶対そうしてね」

「はぁ……あっあっ、あの……絶対覚えてないと思うんですけど、ボク、ゆめるです！あっゆめる、あ、今は十六夜ゆめるって名前にしてるけど、あの、以前花の夜な夜ななを歌わせてもらった……」

「ああ！」

聞き覚えのある声の正体が分かって琉三は思わず笑顔になった。あの強烈な自己主張のメンションのことをまだ忘れていなかったのだ。

「覚えて……」

「覚えてるよ、あの曲歌ってくれてありがとうね。アンコールあれって決めてたの」

「わあ……………」

ゆめるは目に涙を溜めて何度も頷《うなず》いた。大袈裟に手を震わせて口許《くちもと》を押さえるのが彼女の癖なのだろうか。あんまり慣れてなさそうなアイプチが外れてしまっていた。ゆめるも、自分を愛してくれているのだろうか。今だけかもしれないが、目の前でこんなに喜ばれて嬉しくないはずもなかった。こんな人でいっぱいになったら、どんなに幸せだろうか。琉三はゆめるを抱き寄せたい気持ちになったが、ユッキくんの顔が浮かんで踏みとどまった。たぶん日本でそういうことをしてはいけなかったはずだ。でも心から愛《いと》しいのはどうしようもない事実だった。今日来ていたファンたちは、男も女も抱きしめたいくらい愛しかった。確かにあの場には、自分の不甲斐《ふがい》なさに押《お》し潰《つぶ》されそうになっている自分と、ずっと会いたかった人たちに会えた嬉しさを噛み締める自分が同時に存在していた。

握手なんてケチ臭いこと言わないでハグがしたかった。

「駅まで……行こうと思ってたけどやっぱ戻ってユッキくんたちと打ち上げ行こうかな、元気出た、ありがとう」

「ええええそんなそんな！　そんなそんなです……ボクこそ、もうこれだけで一生暮らせます……」

「ゆめるさんは気をつけて帰ってね」

そう言ったとき、琉三はあることを思い出した。ゆめるがここにいるのはおかしいのだ。

「あれ。そういえばさ、確かさ、今日来れないって言ってなかったっけ」

「あ、はい！　そうなんです！　ほんとは今日オーディションだったんで」

「なくなったの？」

「いえ、オーディション蹴《け》って来ちゃいました！」

「は？」

天才は彼女の愚行に頭を抱えるしかなかった。信じられない。花村ベンは確かゆめるに対してオーディションがんばれとまで言ったはずだ。夢に向かってがんばる彼女の姿に嬉しくなって、応援したくなったのだ。琉三の記憶が正しければあのときは、ひたむきにがんばる人間に横槍《よこやり》を入れるクズがいて腹が立ったのだ。ゆめるにとっての夢が、大切なものであると信じて疑わなかったからだ。それなのに彼女は、オーディションを蹴ったのだ。

「花村さ……べ、ベンくんにがんばってって言われたのが嬉しすぎちゃって、どうしてもライブ見たくて！」

彼女の言葉は真っ向から破綻していた。がんばれと言われて嬉しかったのに、あろうことかがんばらなかったのだ。琉三には理解ができなかったし、花村ベンにも当然理解ができなかった。あのイジワルを言った人が正しかったのだ。ゆめるは声優になどなれない。琉三とゆめる以外の全員が分かりきっていた事実だった。挑戦するのが当たり前の天才からすると、挑戦しないなんて行動は意味不明だった。もっと言うなら、努力しない理由が分からなかった。天才にとって挑戦や努力は前戯みたいに素敵なことなのだ。愛があるからそつなくこなせる、幸せな時間なのだ。それをすっ飛ばして結果だけ求める非才な者たちの気が知れなかったし、反対に非才な者たちからしても琉三の主張は化物じみていたことに、琉三は一生気づかなかった。

「……次会うときには、声優になってるかな」

「えっ！　が、がんばります……！」

もう二度と会うことはないかもしれない少女に、琉三はまた無茶を言ったのだ。天才にはそれしかできなかった。

＊

「ベンちゃん！　どこ行ってたのマジで！　自由か！」

「ごめん、うんこしてた」

「嘘だろお前、あんだけ探したのに……今のツイートしていい？」

「いいよ。あ、だめ。おしっこにしといて！」

「小便そんな長くないだろ」

「……ユッキくん、あのさ、ユッキくんってファンの子に会ったことあるんだっけ？」

「え、ああ、あるよ。こんなでっかい箱じゃなかったけどね。いいなー今日マジで震えちゃったもん。……うん、よし、俺もいつかここでやるよ！　それ目標にする！」

「……智行《ともゆき》くん」

「急に本名で呼ぶな」

「……」

「えっ、泣いてる？」

天才だろうが凡才だろうが、完璧な形をしている生き物なんていなかった。みんなそれぞれ違う穴が空いているから、自分にとっていちばんぴったりな形の何かを探して埋めなくてはならない。理由はさまざまだ。穴が空いていると寒いからかもしれないし、棺桶《かんおけ》に入ったとき、カッコ悪いからかもしれない。平均的な生き物の体は小さかったから、穴はよく目立った。よく目立ったが、小さい体に空く穴なんてたかが知れていたため埋めるのは容易《たやす》かった。天才の体は見上げるほど大きかった。だから穴など空いたって目立たないし誰も気づかない。たとえヘリコプターで近寄っていけばそのまま向こう側へ通り抜けられてしまうような穴でも、相対的に見れば全然ちっぽけなのだ。我慢しなくてはならなかった。才能がある者は、その才能の分税を納めるのだ。苦ではなかったが、孤独ではあった。

ユッキくんは琉三の涙の理由など分からない。永遠に分からないのだ。ライブが成功して感動しているようにしか見えていなかった。天才の心中が分からないのはユッキくんだけではない。今日一緒にあの場を沸かしてくれたバンドメンバーにも、佑斗にも、見波にも、ゆめるにも分からない。マネージャーにも分からなければ、家族にも分からないのだ。琉三自身、この涙を理解させる言葉を持たなかった。だから曲を書くのだ。

「打ち上げさあ、俺抜きでできないかな?」

天才は孤独だった。天才は孤独だったが、天才は愉しかった。琉三は脳ミソを鼻から引きずり出されるようなこの痛みを愛していたのだ。音楽は相変わらず自分を崇《たた》って、寝ても醒《さ》めてもそこにいた。充分だった。この愛しい拷問とともに過ごし続ければ、そのうち鼻から脳ミソ垂らした同じような天才に出会えるかもしれない。そうしたら孤独の二乗だ。まだ見ぬ同志を想うと心が躍った。それは残念ながらユッキくんでもゆめるでもなかったが、それでも足りなすぎる時間の中で探していくしかないのだ。琉三は特別に楽観的なのではない。ただ今の生き方を止められないだけだった。

＊

やがてこの夜、絶対多数の弱者を熱狂させる曲が書き上がるのだろう。同じころ、一人の映画監督志望者が夢から足を洗う気でアカウントを削除するのだ。今夜は二人とも眠れない夜になるが、バカにしているみたいなお日様が昇ってそっくり同じ朝が来れば、二人とも中間試験を受けるため登校しなくてはならない。どちらもまだ高校二年生で、どちらももう、高校二年生だった。思い思いの不公平をぶら下げて、厳しい平等の道を歩かされていた。

献鹿 狸太朗

1999年生まれ。16歳の時、月刊少年マガジンRにて三ヶ嶋犬太朗名義の『夜のヒーロー』で漫画家デビュー。高校卒業後すぐにヤングマガジンサードで『踊るリスポーン』連載開始。第59回文藝賞(河出書房新社)で「青辛く笑えよ」が最終候補となる。現在慶應義塾大学大学院在学中。

赤《あか》泥《どろ》棒《ぼう》

2023年3月27日　第一刷発行
2024年9月 6 日　第四刷発行

著　者　献鹿狸太朗《けんしかまみたろう》

発行者　森田浩章

発行所　株式会社講談社
〒112-8001 東京都文京区音羽2-12-21
電話　出版　03-5395-3506
販売　03-5395-5817
業務　03-5395-3615

本文データ制作　講談社デジタル製作

印刷所　株式会社ＫＰＳプロダクツ

製本所　株式会社若林製本工場

KODANSHA

ISBN978-4-06-531010-6
N.D.C.913 319p 20cm